文学书馆
当代中国

因为懂你

李中美散文集

李中美 著

中国文联出版社

图书在版编目（CIP）数据

因为懂你：李中美散文集 / 李中美著 . -- 北京：
中国文联出版社，2017.6（2023.3 重印）
ISBN 978 - 7 - 5190 - 2825 - 1

Ⅰ . ①因… Ⅱ . ①李… Ⅲ . ①散文集—中国—当代
Ⅳ . ①I267

中国版本图书馆 CIP 数据核字（2017）第 160727 号

著　　者　李中美
责任编辑　王　斐
责任校对　李佳莹
装帧设计　中联华文

出版发行　中国文联出版社有限公司
地　　址　北京市朝阳区农展馆南里 10 号　　邮编　100125
电　　话　010 - 85923025（发行部）　　　85923091（总编室）
经　　销　全国新华书店等
印　　刷　三河市华东印刷有限公司

开　　本　880 毫米×1230 毫米　　1/32
印　　张　7
字　　数　235 千字
版　　次　2023 年 3 月第 1 版第 2 次印刷
定　　价　75.00 元

李中美，笔名菊傲雪。高级讲师，用笔墨点缀人生，生活的点滴汇成了河，流淌在心间笔端。现居于山西大同。

行走在流年的烟火中，
心总是在喜怒哀乐中穿行，
悉数不尽的相遇，
描摹不尽的美好。
在无数次感动中停留，
心灵深处留下了过往的脚印。
握一支瘦笔，
将滑落于岁月中的记忆，
或轻或淡地书写。

我上小学时，吴丽的父亲是我们的校长，她的三叔又跟我是一个班的同学。几十年后，我在大同市公安局负责办着一种内部刊物《云剑》时，她是热心的作者。我就称呼她为小朋友。2009年我退休后，我们也常来往，帮我家做做这做做那。我和老伴很高兴有这么一个小朋友。

前些天我接到她的一个电子邮件，下面是原文：

大朋友好！

一不小心给您揽了点事。

我的小朋友李中美是新荣区人，自幼喜欢文字。她的散文写得很美，我很喜欢。我开玩笑说她的文章像江南穿着旗袍打着油纸伞喝龙井的人，我写的像南郊喜欢红配绿蘸着腌菜水吃拿糕的人。

中美要出散文集，和我说想让您写序，我一逞能就答应了，然后就后悔了。您那么忙还给您找事，您看能不能给我圆个场？

您有什么要求告诉我。

大朋友，中美的散文集已经校对好了，只等着您的序了。

小朋友即日

一看这个邮件，我顿时头大了。

这些时我真的很忙。我正为一家出版社赶程着写书稿，答应人家是农历的正月底交稿子，可我现在连三分之一的任务还没有完成。

3

过一天少一天，眼看着差一个月就是春节，我正急得恨不得一天变成四十八个小时，你看看这个小朋友，真是。

我立马给她回信说：小朋友，你看看你。我真的是很忙，你真的是给我在忙中添乱。写到这里，我本想说"不行不行"。但一转念，没这样写，我又返回头看了看她的信，当再次看到"新荣区"三个字时，我的心一下子被软化了。

我父亲是抗战干部，在解放前就在新荣区打游击。从小我就常听父亲说这个地方的人和这里的事，我就对这个地方有了亲切感了。当了警察后，凡是有工作要到这里，我就主动地说"我给去"。1974年10月，我又到了北温窑村，给知青当带队队长，待了一年时间。1992年年底，我又来到东胜庄乡，当挂职干部，工作了三年。

我业已是把新荣区当成了自己的第二个故乡。

这时，我改变了拒绝的想法。接着给吴丽写说：你既然答应了人家，那，那就尽量试试吧。

这里，我说的是"试试"。因为我知道，序言，可不是随随便便拿起笔就能写的文章。写文学集子的序言得有些文学理论方面的知识才行，可我却没有。我只能是用自己熟悉的语言写些自己熟悉的人和事，文学理论，我就连半点也没有。

这可怎么办？

我想想，又跟吴丽说，你既然说她散文写得好，那你就让她找些有关对她文章的评论，我先看看。

第二天，吴丽给转过来两篇文章。一是中美的同学谈中美的文章读后感，另一篇是大同大学的崔教授对中美散文的评价。

哇，评价都好高。看了他们的评价，我真的很想马上就读一读中美的文章。于是我就正式地告诉吴丽，把中美的散文集书稿给我发过来。

文学作品的好与不好，我的评价标准，首先是能不能让我看下去。也就是说，当我看了一两眼后，想不想继续往下看。如果看了一页还想看第二页，到后来一直看完，那这就是篇好文章。给了我本书，当我看了一篇还想看第二篇，最后一直把这本书看完，那我就认为，这是本好书。至于是怎么个好，好在了哪里，标准还有别的。但首先是，得让我想看下去，要不的话，那别的方面再好，我也不知道。

中美的《因为懂你》这本散文集，是属于我想往下看的那种。

作者将本书的八十多题，近二十万字，分作五个辑目。一是"温情你我"，作者写自己的亲情、爱情、友情。二是"感悟人生"，作者写对经历过的人生中酸甜苦辣的不同感悟。三是"春花秋月"，作者写行走在一年四季的岁月里，对季节变迁的感想随笔。四是"记忆拾碎"，作者写在童年时期的乡村和煤矿上的生活。五是"雅俗共赏"，作者写对发生在社会上的事情，眼里所见，心里所想。

可以说中美的笔下触及内容很多，涉猎的范围很广。写人叙事，写景抒情，杂谈随笔，但无论是写哪方面，都是左右逢源而游刃有余。比如《满贵》，篇幅不长，家长里短的叙事，把几个小人物写得格外丰满。满贵的憨厚朴实，润兰的自私现实，以及关所长那些许的猥琐，都在娓娓的叙述间生动起来。语言的运用娴熟，能看出她对于乡村生活的了解有多么的深厚。那些客串在故事里的闲人们，形象也是那么的清晰，寥寥数笔，她们就站在你眼前了。

读《那年冬天的她们》，又觉得中美的笔太过冷酷了，对于红姐的故事，讲述得是那么冰冷惨烈，丝毫不留一点情面，以至于我读过之后，仍然没有从悲伤中脱离出来。我佩服中美叙事时的冷静，"已经看不见大河的影子，一条干涸的河床默默躺着，那时候你突然远去，河面上已结了厚厚的冰，飞舞的雪花像极了你的影子……"若换作我，此刻便已停笔，不敢再叙了。

《钱的事儿》，有着独特视角的她，中肯却又不露痕迹地表达了她对当下社会芸芸众生的生活状态的看法。那个一分钱的钢镚儿居然满载着童年的回忆，故事里的那些情节，与我这个年龄段的人来说，有多少似曾相识的感觉。无须有多少的修饰与斟酌，原本就是最能击中你内心的文字。

一篇《棉腰子》唤起了我对于曾经的回忆，文字间满满的都是爱。我惊诧于中美对于生活中点滴的在意，她记录的不仅仅是一个时代的剪影，更是她对于亲情的最深刻的认知。母亲是她笔下出现最多的人物，而这个现代年轻人不知为何物的"棉腰子"承载的是最深沉最无声的母爱。

而《蜜酥》又唤醒了我埋藏在唇齿间的甜蜜。

中美的文字有鸡犬之声，有柴炊之烟，有街头巷尾的人气，读着踏实。哪怕是一声悠长平凡的叫卖，在你品味的时候，就成了隽永的诗行。

中美的同学说：假如你认为她就这样自我，就这样惹人怜爱，那你就错了。不经意间，她的侠女情怀就会让你刮目相看。《找个大款度余生，瞎想！》《婊子一生正气，嫖客潇洒江湖》《狗与眼神》……那份天马行空、风趣幽默、嬉笑怒骂，不输须眉，真是爱煞人也！

这时，我又想起并也相信了崔教授对她的评价：对她的文字爱得太深，所以我总是含泪拜读。每一篇，我百读不厌；每一篇，我受益匪浅。每一篇，有深度，有亮点，词美句美意境美，让我忘记吃饭，牺牲睡眠。

中美是个才女，这已经是肯定的了。

《因为懂你》是本好书，这也是无疑的。

听吴丽说，她的下一本书也是散文集，叫《因为爱你》，下下一本书叫《因为有你》。

让我们共同期待着。

曹乃谦

目
录

CONTENS

温情你我

感悟人生

春花秋月

记忆拾碎

雅俗共赏

后记　　　　　　　　　　　　300

温情你我

我的母亲

我的母亲是一个普通的家庭妇女，她虽然没有惊涛骇浪的举动，没有提笔书写的气质，没有婀娜的体态，娇美的容颜，但她却是我们一家的焦点、轴心。母亲在我心中就是一场春雨、一阵清风、一支歌谣、一片天空，润物无声，绵长悠远，伴随终生，思念无限……母亲是伴我一生的盈盈笑声！

母亲出生在一个手艺家庭，在那个吃饱饭就是评估富裕的唯一标准的年代，母亲可能算是富裕家庭，但与地主没沾上边儿。母亲家中兄弟姊妹多，她排老二，为了照顾弟弟们，一天学堂都没进过，家里家外，粗细杂活，缝衣做饭，母亲样样精通。母亲在18岁那年冬天，认识了父亲，冬季的严寒荒芜了母亲的羞涩。当春天到来时，高大伟岸的父亲再一次伫立在母亲身边时，母亲的生命便同父亲紧紧地系在一起。

听母亲说起他们的婚事，还真是一段精美的传奇。父亲出生于书香门第，爷爷一辈子以教书为生，坚守着一份贫穷。母亲结婚时，家里的新被褥，父亲的新衣服，全是借来一用，婚后新东西荡然无存。母亲着实大度，从没为此事而后悔过、争吵过，只是坚信从从容容地过好今后的日子，才是个王道。那时，因为有了母亲的精打细算，勤俭持家，才度过了一段艰难困苦的岁月，才铺垫了今天我们的幸福生活。

母亲心灵手巧。记忆中我们的衣服鞋子都穿得与时俱进，这都是母亲那双巧手为我们私人定制，如今想起满心都是幸福的浪花。

母亲年轻时真是细致得很，记忆犹新的是一年的春季，那应该是过清明节，母亲给我们用五颜六色的布料缝制了清明串，我挂在胸前，好多日子都以这个精美的挂串来吸引小朋友的眼球，那么多小孩儿在我面前羡慕着我的私有财产，我炫耀的心许久都在他们头顶上仰着。这个季节家里还有我炫耀的资本，母亲用面团做了些小鸟，或展翅，或低头，或张嘴，形态各异，栩栩如生地飞翔在树枝上。色彩还艳丽，我想彩绘艺术不过尔尔，现在想起那鸟儿还在眼前横跨心底。

母亲现在已六十多了，脸上虽有皱纹但她依然精神矍铄，容颜在我心里是那样的俊美慈祥。手还是那么巧，心还是那么的细。前些日子母亲给我又缝了双红色鞋垫儿，那精致的图案，细腻的线条，针针线线都是爱，我拿着鞋垫儿，放在心口，泪顺着脸颊流下，想想这么多年母亲丝丝毫毫的关爱，我用这一辈子都无法报答。母亲您舐犊情深，这辈子做您的女儿没做够，下辈子您还是我的妈！

母亲贤惠善良，是经历过苦难洗礼的人，母亲吃的苦比我们走的路都多。早些年，父亲为维持家庭生计，在煤矿上工作，母亲一个人带着我们姊妹三人，白天在队里干活，晚上回家管理我们仨，还要喂猪缝补。在那昏黄的油灯下，那种孤独寂寞，那种劳碌奔波，我不知母亲是怎么把日子一天天梳理过去。记得爷爷已上年纪，行动起来不方便，是母亲每天为爷爷洗涮喂饭。当爷爷糊涂得不懂屎尿时，母亲还是一日三餐地侍候着爷爷，从没嫌弃爷爷，一如继往地给爷爷清理着污垢，给了老人家一个干净舒适的晚年。母亲对父亲更是宽厚仁慈，她知道自己没文化，总是千方百计地为父亲服务着。我们的家庭在20世纪80年代末已经大有好转，父亲有了自己的事业，母亲辛勤地呵护着这个家。每天父亲回来，母亲便把可口的饭菜端于桌前，父亲上班走时，一身干净整洁的衣服母亲已给准备妥当，鞋子擦得锃亮，父亲享受着母亲的特等待遇，母亲心里从未抱怨过，只是暖暖地做着一个妻子一辈子要做的事，很知足，也很快乐。

母亲也有缺点，性格倔强，自己认定的事情，别人总是很难劝说，有时一意孤行让我们生起气来，但母亲还是孤注一掷，索性我们这时不去劝说，顺着母亲来，这样便让母亲高兴了。我想，母亲一辈子都在为我们付出着，就这点小性子何不让母亲也任性一下呢。于是我觉得母亲任性起来才是最美的妈妈。

母亲是平凡的也是伟大的、无私的，她的深情滋润着我的心灵，充盈于我们这个和谐的大家庭。母亲做人的美德深深烙在我的心中，就如一块瑰宝，永远闪光。母亲，我爱您的皱纹，爱您圣洁的灵魂，爱您的唠叨，爱您那满手心的浓情，也爱您偶尔的任性！

一本好书总是爱不释手，书中的语言、人物、情节……描写得直抵心窝，朴实无华的文字，感动得我泪水涟涟，在晶莹剔透的泪珠里，折射出父亲高大帅气的形象。

《路遥文集》是我第三次拜读，这次我似乎读到了书的精髓，每读一次，领悟到的总是不同，我从书里再一次看到了与共和国同龄的父亲，那坎坷的人生历程。他年轻气盛的身影，饥饿困扰时的无助，"文革"时期的忧伤，拥有母亲的快乐，从教的认真，当煤矿工人的艰辛，命运的转折，上天恩赐在钢筋水泥林中辉煌的身影……

父亲在我的内心世界可以用两个词概括：高大、严厉。

打小，我和弟弟妹妹就都怕父亲。而此刻我敲打着键盘，其实是很盲目地在输入着文字，因为我不知该从哪个角度去书写父亲，淡写轻描那是对父亲的不尊，重墨涂鸦又感到这么多年来，对父亲的理解还是不够。父亲高大的身躯俨然是为我们日后的生活遮阴蔽日，但父亲严厉的性情也让我们之间总是存在那么一道屏障，心总是靠不得很近很近。父爱如山般的暖总是隔着膜传递到我们的心上。于是父亲的爱总是有别于母亲的那种炙热，也正是因为父亲的严厉，每次看到与共和国同龄的作者，我总是倍感亲切，于是乎总是会认真对待他们的文字，从他们的字里行间寻找着父亲的身影。第一次看路遥的书，满心满肺都觉得路遥的形象就是父亲。第二次看书是和电视剧同时看，当看到搬到荧屏上的剧中人物，我瞬间被孙少平感动得一塌糊涂，那时，我觉得父亲就是少平。这次我又拜读路遥先生的作品，又一次被他的细腻的情感世界，现实主义的文笔展示，个人的坎坷经历折服得五体投地。这次我感到父亲是作者塑造的一个综合性人物。

父亲高中毕业正逢"文化大革命"，那时的他意气风发，放下书本，加入了轰轰烈烈的"文革"，其间父亲凭着年轻气盛的激情，成为红卫兵阵营里的一名积极分子，徒步从大同到北京。之后的几年，父亲放下学业，从容自如地成了一名有文化底蕴的，有理想信念的普通而光荣的农民。

面朝黄土背朝天的生活，怎么能收买得了一颗有理想而年轻的心？不可能！在田间地头出现了手捧医书的父亲。他每天都在背医书上的概念、理论，各种疾病的症状、针灸疗法、推拿手法……医学知识在日积月累中丰富起来。父亲就是一块金子，无论境遇如何，总是会发光。父亲不但学习了针灸推拿，还抽时间画画。他的素描和油画作品真是让人大饱眼福，可惜辗转搬家，留下的作品都遗失了，唯有扫描在记忆里的成像，纵然被岁月洗去了太多的过往，但曾经看过的父亲的绘画作品依旧历历在目。因此在心里不断地佩服着父亲的毅力，也被这种精神时时提醒着激励着。人生每前进一步，总是离不开父亲在精神层面的感染与资助。

每次读《路遥文集》震撼到心里的总是少平在当煤矿工人那段日子，看着传送带上的滚滚煤浪，浑身上下只剩下两只眼睛转动时露出的唯一白眼球与两排牙齿，那白色分外得醒目。我顷刻间就被煤矿的黑色送到了童年的窑洞，看到了背着一截木头桩子的父亲，拴木头的铁丝深深地嵌在了他清瘦的肩膀里。我看见过一次父亲刚从矿井上来的情景，终身难忘，和电视画面中的矿井中的人一模一样。每看到孙少平黑漆漆的脸，父亲当年的形象便跃然眼前，我如同又经历着一种苦难的生活。父辈的艰辛在年少无知的岁月里似乎从未离开，但似乎也从未感知困惑，只有现在这个时候人到中年，为人父母，居家过日，逐渐对父辈的艰辛产生了共鸣。时间沉淀下来的爱与回忆最数父母的清晰、浓烈。

我想，每个人最幸福的时光应该是在苦难中奋斗的过程。父亲也不例外。他在艰难困苦的时候遇到了母亲，之后放弃了教书匠的清贫，为多挣点儿钱当了煤矿工人。他们在那个年代，两地分居，各自坚守着清贫，为那个小家奋斗着，为我们仨奋斗着。那时他们有着久别重逢的思念，孩子绕膝的欢喜，虽然是计划再计划的经济条件，但我想那段时光应该是父亲心里最为美好的回忆。

人生，一半是命运的安排，一半源于自己的奋斗。父亲终究还是主宰了自己的生活，他有了自己的事业，在建筑行业一走就是将近二十个年头。这些年，他风里来雨里去，承载着多少人的寄托，也兑现了自己的梦想。

父亲伟岸正直，谦虚谨慎，和母亲一样很勤劳。这些优点在日后的生活中潜移默化地影响着我们，最终使得我们对待人生的态度总是犹如前面有明灯照亮着、清晰着。父亲这种无言的爱，渗透在我心灵深处，植入到思想根部，以至我们都成家立业，父亲的身影虽然不再是往日的伟岸，但他折射出来的光辉形象依然熠熠生辉。

父亲对母亲的爱可以说是长长久久的。记忆中的母亲因为柴米油盐或家庭琐事唠叨着，父亲总是一笑了之，生气的事是少之又少。母亲在父亲的暖爱中逐渐变老，真是一种幸福。

其实心里有好多好多的话想要书写成文字，但又无奈于思维的贫乏，语言的苍白，只能自己意会着。就像记忆中的一句话：当思想流诸笔端，总有些许差异，这就像物理学中的绝对误差一样，无法避免。但还是敲起键盘，用这稚嫩且凌乱的文字，写着我亲爱的父亲……

是该和书中的人物联系在一起了，父亲具有少安踏实的实干精神，少平不满足现状的奋斗历程，还有一心为民的公仆本色。

父亲的爱在记忆里升华，在沉默中伟大……

父爱

美丽的遇见和美丽的诗一样

就像我遇见了你

小时候你牵着我的手

我的小拳头就在你的手心

暖传到了我的心上

身后留下两串脚印

一串艰辛一串稚嫩

你的艰辛如沉默的月色

揉进我的记忆

总是在夜凉如水时

触动我旧日的心弦

我跟着你跋涉千里

明明疲惫不堪却觉得芳草鲜美

心怀中满溢着感激

我的眼前总是你的高大与伟岸

四十多年父爱从未走远

如今好像才初遇

享受不尽这父爱的浓情

于是我默默地祈祷

期盼着下一个轮回

我依然在你的大手中成长……

婆婆无望地向窗外看着，眼睛红肿地眯成了一条缝隙，头发灰白而凌乱，如同秋日江边的芦花。老人家的脸干瘪得没有一点儿水分和油性，纵横的皱纹深深地嵌在那张饱经风霜的面颊上。

婆婆在我的记忆里似乎没有变，20年前是这个样儿，20年后还是这样的。在我结婚的时候，婆婆来到了市里，那时我觉得她是个慈祥仁爱的农村老妇人，至今这个感觉依旧浓缩在我的心里。也就是在那个时候，我开始把婆婆与我的母亲来进行比较，两位都是慈祥善良而平凡的母亲，只是母亲要比婆婆年轻得多。结婚前，我总觉得婆婆那花白的头发太显老气，硬是领着老人家染成了黑色。那一刻，头发的改变瞬时让一位老妇人变成了中年妇女，我看着她，并不知道她心里有何感受，反正一时间满足了我的视觉感。我不知道这是否说明我的婆婆是不老的，但至少那一头纯黑色的头发好像能甩掉不少农村妇女的气息。现在想起来真是好笑。

时光如同沙漏，八十几年也就一晃而去了。老公公如同一片树叶落地，悄无声息地走了。他始终微笑着，这画面温馨得让人感觉不到这是与死亡有关的事情。只是每次想到婆婆往后将独自面对现实，行单影只地走下去，我心里总是有些凄凉。就在老公公去世的日子里，我专门和婆婆聊起了早年间的那次染发事件，她满是皱纹的脸笑了，那笑容掩映在花白的头发间，说，那是她这辈子唯一一次染头发，至那后，她再没有染过。我也笑了，可能我们俩笑的意义完全不同，但都是对那次染发的一种美好回忆。那次我们婆媳俩聊了好久，也是自从我成为老人家媳妇以来最长久的一次聊天。她回忆起与老伴儿走西口的艰难、回忆着有了儿子的快乐、回忆着第一次莫名其妙地被老伴儿打了的委屈、回忆着住进市里的种种美好、回忆着近半年来老伴儿好几次给她脸色看时，难过地哭泣的经历……我倾听着一位历经岁月洗礼将近 80 岁老人的诉说，看到了在岁月中跋涉着的年轻的她。她隐忍、宽容、大度、善良！她的坎坷也是中国千千万万那个年代女人们共同的苦难；她的坚韧、淡定、从容也是我母亲骨子里的东西，也是无数个伟大的母亲身上共同的标志。

有幸成为了她老人家的儿媳妇，是我这辈子很荣幸的事情。这20 多年来婆婆像对待女儿一样，爱着我，尊重我。她的容忍、朴实、善良、厚道的本性一点一滴地融入我的心里。她虽然没有深奥的文化，没给我丰厚的物质，但是她给予我精神上的支柱与做人的道理，以及为人处事的原则，这些美德是什么重金都买不到的！婆婆在她的儿女们心里是成功的母亲！"爱出者爱返，福往者福来！"她的付出理所当然地在日后的生活中不断兑现着。13年前婆婆和公公被爱人从东沙窝那个小村庄，连根拔起，移植到了城市里，他们两人如同两株失去养分的老树苗，重新开始适应环境。隐忍、认命、努力地在忘记过去，与邻里之间和善友好地交流相处着。我不知道他们是否强烈地想念过故乡的山山水水，想念过那里的空气和人们，只是觉得我们离他们近了，方便了许多。突然发现，我从来没有走进他们的心里，去感知那种离开生活了大半辈子故土的思乡情怀。这个移植老人的做法直到现在还是没有弄清楚是对是错。

公公去世时微笑着，依旧是慈祥的，我怕婆婆受不了，拉着她的手，安慰着眼前这个老妇人。她泪水涟涟地无数次滑过脸颊、嘴角，低沉地边流泪边说着："我知道他不行了，没想到这么快，他好长时间了没有精神，不让我告诉你们。终了，他还是走了，他笑着上天了。"我忙接着说："就是，就是，他老人家去天上过一种更好的生活！"尽管我们都有了心理准备，但对于婆婆来说还是措手不及的，我想她那时脑子瞬间是空白了，我不知道再该用什么话来安慰她，我的喉咙似乎撒了一把灰尘，让我只能发出含糊不清的声音。直到她的眼泪滑到嘴角，我的心感到了久违的冰冷和苦涩。之后她开始追忆着前些日子的事情。责备自己还是没有伺候好人家，要不不会走得这么匆忙。我尽量去说些宽心话，让她不要指责自己。她倒是很听从我的话，主要还是婆婆的确坚强得很。我是看不到她内心的羸弱，因为在我的面前她从来都是那么隐忍善良。

公公被拉回老家时，还没有准备好棺材，婆婆一动不动地守在老人家的身边，握着他的手，还不住地说着："这手还热乎乎的。"我知道她不想把老伴儿放进那个冰凉的木匣子，就这样静静地看着、守着，感觉老伴儿就是睡一觉的事情，他会醒来。人们出来进去乱哄哄的，她可能有些麻木了，觉得这距离还不遥远。当她的老伴儿被放进那个木匣子时，她老泪纵横了，但始终没有大声哭泣。我想，这种压抑在她心底深处的痛，她将如何去承担呢？兴许是我与婆婆在一起生活的时间太短，以至我不知道婆婆叫什么名字，至今仍未清楚。只是在有限的共同生活中，听到公公有时候会叫她一声"她妈"，这样的称呼是老公公对着我们时对她的尊称。如今那样的含有温热的呼唤老人家再也听不到了，那个木匣子装走了她相守将近 70 年的老伴儿，也装走了她的希望、幻影与繁忙。

公公在世时，因为胃不好，婆婆每天从早上 4 点起来开始做饭，基本上是隔两个小时就要进餐一次，一天至少要做七顿饭，一天的时间基本上是围着灶台和老伴儿转。这突然间无事可做了，拿起什么都有老伴儿的手印，走到哪儿都有老伴儿的痕迹，她以后可怎么去打发那些孤独的日子呀？

每一次看到婆婆孤独地坐在炕的一角，看到她那眼里的泪水顺着皱纹的沟壑，一串串地落下来。一时间我看到了婆婆的表面是坚强的，那种强烈的孤独和无尽的忧伤，以及一种找不到彼岸的思念，将长久地驻扎在她的内心。

婆婆是典型的贤妻良母。公公个子不高也不魁伟，但是在婆婆心里他就是个大丈夫。婆婆非常地敬重公公，从一嫁到这个家，她便把他当成了自己的天。她说，公公为这个家付出了太多，吃了太多的苦，就连公公牵牛赶马这些寻常事，她都觉得比别人强。可见她心中的老伴儿近乎完美，难怪不舍，但终究还舍得。可能婆婆的心像一团烈焰在回忆中燃烧着，也可能像严冬里的厚冰在现实中堆积着。也许随着这个热闹的夏季冷热都会渐行渐远，也许失去老伴儿的悲哀啃噬着她的心，让她的夜会更长些。但我无论如何都不想让老泪浸透她的双眼。来兮归去都是人生的常态，终有一天活着的人都要归去，只是迟早罢了！

　　刘先生已经去世半年多了。他是一位地道的农民，但是他一点儿都不像农民。晚年时，他住进了市里，从他的言谈举止，邻里都以为他是退休干部。我其实早准备写一点儿文字来纪念他，但是，那些回忆总是七拼八凑的，很散碎，成不了片段。他活着的时候，我心里总是揣摩这位老人，他虽是位农民，却有着高深的处世哲学，走到哪里都被人们敬重着，这种气场是从哪里来的？后来我知道了，他的确淳朴、厚道、隐忍、坚强。我笔下称其刘先生一点儿都不为过。

我记忆里的刘先生一直就是个瘦弱的老头，不怎么爱说话，一嘴假牙齐整细小，妥帖而洁白，笑的时候牙也跟着动呢。刘先生个子不高，但在老伴儿和孩子面前却有着很高的威严，尤其在老伴儿面前，那是说一不二，老伴儿向来是言听计从，从来都是把他当爷伺候着。我有时看不惯他们这种不平等的关系，想发言来着，可是，作为儿媳妇，话到嘴边，又咽回去了，这愤然不平的言语一直没有秃噜出去。

从我进了刘先生家，婆婆嘴里从来没有说过一句对刘先生的责备话。这个中国传统的女人，认为刘先生就是她的天，有他这么一辈子罩着，贫穷、苦痛、寂寞，这都不算什么。婆婆回忆起她在那段最饥饿的日子，随着刘先生走西口的艰难历程时，还是一脸的敬重与欣赏，全然看不到被历史湮没过的苦痛尘埃。

那年月，中国赤地千里，饥寒交迫。山西北部本来土地贫瘠，加之自然灾害频繁，生存环境的恶劣，迫使很多无法生活的人们背井离乡到"口外"谋生。"男人走口外，女人挖野菜"成了那段岁月的沧桑印记。刘先生领着全家老小加入了走西口的浩荡队伍。在广袤无垠的内蒙古大地，刘先生挺起他的胸膛，用瘦弱的肩膀迎接着一个新的挑战。

刘先生当年是赶马车的，也是个技术活儿，这相当于汽车业刚起步的司机。在牲口的训练上，刘先生有他的一套。这话是从婆婆嘴里得知的，她一说起刘先生，脸上总洋溢着自豪感。她说，刘先生到了口外，一家老小好几口，嘴张着像挨饿的麻雀，刘先生的心如同热锅上的蚂蚁。他天天出去找活干，带回来的食物还是少之又少。

一日里，大队上有一匹无人敢驾驭的黑马，队长放出狠话，谁要能制服了这个黑牲口，加倍工钱！刘先生听了，挺身而出，拍了拍黑马的背，触摸着它的鬃毛，眼睛平和地看着黑马，边说话边拉起了它的笼头。黑马一声长啸，站在一旁的人都被吓蒙了，刘先生神情自若地站在原地没动，他继续和黑马说着话，并且将脸贴在了黑马的嘴边。黑马美丽的大眼睛，在那一刻温顺成了小鹿，打那以后，刘先生驯牲口的本领便传开了。当然，全家的生计再没有发愁过。一个男人能把最野蛮的牲口制服得温顺了，那还有什么制服不了的呢！

　　刘先生在训斥牲口上的那套我只是听说，但老人家在为人处事上，我还是被深深地折服了。

　　刘先生七十多岁从农村打入了城市。我原以为这人生地不熟的，没有了在农村的那种环境，想找到被好多人尊重的感觉，那可难喽。没想到，半年多时间，刘先生成了那栋楼里邻居相处的桥梁，家里成了居委会。刘先生把城里的那种两相互不往来的陌生给打破了，竟然能将乡村那种质朴传递给邻居，使得邻居们在茶余饭后坐在楼下欢喜地聊着天，炎热夏季里不再憋闷，寒冷的冬日里不再寂寥。这点不得不承认刘先生高深的处世之道。后来我琢磨来着，是因为他老人家有颗善良淳朴的心，感动了大家。

　　城里的叫卖声，让从来不去过问家事的刘先生也喜欢往家里头些零七碎八的日常生活用品。刘先生在乡村里的那些年月，从来没有这样的习惯，家里的日常生活都由着婆婆管理。这样一来，刘先生也喜欢在兜里时不时地揣点钱，什么葱姜蒜之类的东西，见家里没了，或看到东西好又不贵，他就拎了回家。我每次看到这样的画面，感到很温馨，总是笑着表扬一下老人。刘先生慢慢地说自己现在也了解市场行情。哦？我有些惊愕，看着刘先生什么都不说了。

　　刘先生在 77 岁的时候得了胃癌，那时他什么都吃不进去，日渐消瘦，孩子们哄着老人家做了手术。但是，日后刘先生自己说他什么都清楚，即使当时阎王就要了他的命，他这辈子也不亏。可是，阎王还真没收他这个徒弟，又让他活了六年，还是头脑清醒，精神饱满地活着。

刘先生在他临走前三天，身体有点儿不舒服，住进了医院，那时的他还是个精明的人，一丁点儿都不糊涂。我去医院看他的时候，就坐在他的床边，他对我说了一些话，大体是两个意思。一就是说做人要不怕吃苦吃亏。二就是告诉我以后不要让孩子出国，说就那一个孩子，走远了太思念，怕我受不了。我那时，突然觉得刘先生像极了传说中的九头鸟：不鸣则已，一鸣惊人；不飞则已，一飞冲天。他真的上天了，再没有回来。他的话我记着了，吃苦吃亏我定然能做到，但是孩子的事情，我自觉由不得我。这是我和刘先生的最后一次见面，他坐着就走了，很坦然，很慈祥。

1989 年，我开始对文字有了全新的理解，并且爱上了写作。可能是因为青春年少，假装成熟的缘故，对三毛的作品欣赏得不得了。尤其是她的那些略带伤感的文字，更是读了又读。崇拜着她那自由不羁的风度，崇拜着她那永远的一袭长裙，甚至崇拜着她远涉重洋的爱情。

然而，在近乎疯狂地崇拜三毛的时候，另一个我喜欢的年轻作家海子——死了。那一年，我因为这两个人，有喜有忧过。抱着海子的诗集，忧伤着，为什么说着"喂马、劈柴、周游世界"，却要告别世界？边忧伤着海子，边捧着三毛的诗集能读到天亮，伴随她优美的文字走过江南斑驳陆离的古镇石级，走在茫茫的撒哈拉大沙漠里，也走在异国风情的他乡。

但是，这个世界上总是充斥着荒诞的欺骗，就像海子，说好要周游世界呢，走着走着，突然就不再前行。可能他正如三毛书中的话"心若没有栖息的地方，到哪都在流浪"。海子也许在这个世界上真的找不到栖息之地了，于是，毫不含糊地去天堂流浪。他一定不想过凡尘那种不死不活的，为小哀小愁过得昏天黑地的日子，不如涅槃后重生呢，故，他随风而去。

之后我所有的青春岁月，几乎都耗在了看三毛的作品上，并且学会了模仿三毛的笔法去写自己的心情。

记得有那么一两年的时间，我创作的文字就是诗歌。成不成样儿，反正我写了，主要是写给自己看，偶尔发表在电台或报纸上，听到或看到自己的名字，也只是一时的欢喜。不过，拿到稿费的时候，还是无比欣慰。

那个年龄段的作品，我基本上都是在无病呻吟，装有心事儿。偶有一天，孩子翻出来我当年的诗集，是的就是诗集，一大本，全手写，而且还插了相宜的图案。

她看着哈哈大笑，我白了她一眼，她来劲儿了："呦，没想到我妈没我大的时候就开始写感情了，而我现在一说起和同学出去吃个饭，你都不住地问有没有男生。看来你们那个年代比现在时髦啊！"我狠狠地瞪了她一眼，说："那是艺术，高于了生活。我们哪有你们现在活得滋润。""嘿嘿，不见得，我们现在才不自由呢，失去了自我价值。""这话从何而讲？"姑娘似乎有点委屈的样儿："我现在啊，要活成你期待的样子，要投降于你，'自由'这两个字在我身上就更没有市场了。"姑娘声音拉得挺长，说着说着没气了，头也耷拉下来。"瞧瞧，你这是十八个老娘的命，瞎叫苦！"我看着姑娘算是在安慰她。

的确也是，我们生活的年代，三毛就是心灵鸡汤，足能愉悦了我们的身心。而现在呢，穿越剧、韩剧、跑男等综艺节目，甚至各类游戏，满足着不同年龄段的人们的心理，每个人都浸泡在娱乐至死的节奏里。感觉生命在享受一场场的文化盛宴，其实是众人皆醉皆明白，一叶障目的是望不到边际的文化沙漠，只听到驼铃在响。四面楚歌也是迷茫，独自远行还是迷茫，没有一味心灵鸡汤能慰藉逐渐衰竭的灵魂。

遇到三毛文字的年月里，可谓是融入她的世界了。那时候，不仅仅是我走近了三毛的世界，是好多和我一样的人都在陪着三毛一起哭泣，一起欢笑。

两年后，也就是1991年新年的狂欢气氛意犹未尽时，三毛却在这一年的钟声里走了。那个长发及腰、长裙飞舞，眼里载满世界，脚上沾满风霜的历练女子，从此不再走天涯。那时，我感觉她走了，我在文学上就失去了一根拐杖。在好长一段时间里，我走不出对三毛的眷恋，纵然床头上她的书籍落满了尘埃，但那段时间里的我却一直在想念着那个风尘仆仆的女人，感觉她的魂魄散落在她的字里行间。

三毛走了。我的文风慢慢开始了转变，我不能就靠着她的文字来书写自己的年华。我开始大量地阅读各类书籍，国内的、国外的，只要有书就行。

逐渐，我文字里三毛的感觉渐行渐远，当自己有了自己的文风，这一点是非常值得庆幸的事。

记忆最清晰的一篇文章是在我的老妈去世后写的。当时，父母都在老爹家里帮忙。我其实和老妈也生活了好长一段时间，老妈家的瑞莲和我一样大，所以我对老妈的记忆和感情在心里有很大一部分存留着。当把老妈的丧事办理完之后，我自己在家里待着，想起老妈来了，于是就趴在桌子上写起《我的老妈》。正好当时学校有个征文比赛，我就把那篇文章交了上去。从这篇文章开始，我的写作风格彻底地改变了。也就是我自己认为思想和感情不再处在那个懵懂阶段，走向了成熟。对于三毛，我逐渐从她的阴影里走出来了。那篇文章在征文比赛中获得了特等奖，这时候，我深深地体会到了，写作的真实性情感，以及朴实无华的内心世界的独白，远远胜于空洞的华丽。这次转身，真正地树立起了自己对写作的信心。但是，在那以后的好多年，我的文字还是仅限于自己欣赏。一厚摞的文字记录，现在翻起来，倒是很有成就感。不用别人欣赏，自己活成一道风景，这就够自己从内心深处欢快一辈子了。

直到现在，我从来没有想过要哪个人因为看了文章而记住了我，也从未想过当我从人群中走出时，有人在窃语：那个女人文章写得不错。但是我还是遇到了此类情况，我只是笑笑作以解答。我知道，这样的喧然只是一个再小不过的范围，我还是要再度认清自己，也告诫自己：文字只是我需要记录的一个生活方式，也是我充实灵魂的最好武器，要不我去干什么呢？如今，经济依旧萧条得怕人，我不敢拿着辛苦了好多年挣的那点可怜的钱充大去，我怕万一失手了，我变成了穷鬼怎么办？

我已走过半世烟火，突然间又想起三毛，发现三毛的书早已被尘封多年。抖落书上的尘埃，再现了当年的记忆，三毛依旧那样年轻，长发及腰，长裙飘逸，可我却早已走过了青春岁月。如今，刻在我岁月里的有对三毛记忆的碎片，不过最多的还是我这半辈子的平凡人生。只是可惜读了三毛的那么多书，却没有勇气放开自己的脚步去独自丈量世界。

　　看来世界有几个女子能像三毛，恐怕只有她自己吧！

柳

万木之中我独爱柳树。红杏美，能长到"出墙"，太媚；松柏壮，能长成"参天"，太傲；柳也在茁壮拔高，但是她再怎么高，还是低调优雅地垂下，再怎么高都不忘本，俯首在母亲的怀里。我爱柳，其实就爱她的这种不张不扬，低眉信手，含蓄体贴的姿态。

"惊蛰到，春雷响，万物长。"话是这么说，但北方的惊蛰到来时，万物似乎还在沉睡。天气总是忽暖忽冷，我还在乍暖还寒中畏脚缩手，万物都在春寒料峭中萧瑟，这时只有柳枝传递给大家春的柔媚，她最为可爱，在春雷中惊梦般地苏醒，柔软着。在剪刀似的二月风中，凌乱谁的头发，却阻止不了柳枝随风摇曳的优美曲线。这是一种临风吹而不乱怀的坚定信念，是一种将春天温柔地送到人间的不惊不艳的风度。没过几天，春的色彩便展现在世人面前，柳芽在春寒中兀自洒脱，嫩嫩地脱去鹅黄的外衣，矜持地露出毛茸茸的身子。满柳枝的小家伙们，在春风中肆无忌惮地随风潇洒，在河岸、在道旁、在堤坝、在院落……哪儿哪儿都充满了她们欢快活泼的气息与身影，充满了她们的妩媚与顽强。春天的色彩就这样被随处可见的柳枝绘制得斑斓多姿起来，温暖起来了。

是啊，春景从柳枝上倾泻滑落。"春生柳眼中""春风柳上归"柳絮纷飞，柳叶百媚，春天在人们的视野里荡漾着，是柳儿吹响了春天的集结号。这时春天不再料峭不定，温度在不断上扬，人们的衣服开始艳丽夺目了，草儿啊，花儿啊，在曛暖的阳光中，浓密着、盛开着，开始了赶趟儿般的追逐。柳树已是浓装登场，装点着整个春天的色彩，迎接夏天的到来。

深秋季节，"无边落木萧萧下"的景致总是让人伤感不尽，然而柳树那浓密的秀发，在秋风瑟瑟中总是等到万木凋零不待，方才慢慢飘落。她总是为季节调慢了节拍，总是在不断地满足着人们的心思。

我爱柳还因为我家里也有柳，她也吹响了我们家春天的号角。柳是老弟的孩子，一个漂亮且多才多艺的小姑娘，我总是叫她柳咪。

柳咪真是不愧与柳有共性，瞧她的眉眼，活脱脱就是柳叶沾上去的形状，浓密地拧在一起，一笑起来，柳眉杏眼。不用听她那"咯咯咯"的声音，就看看那眉眼你的心都酥甜酥甜了。柳咪的手指细腻修长，往钢琴上一放，优美的旋律便飘扬过来。这手就是那绘出春天色彩的柳枝，讲述着春天的故事，传递着春天的味道，糅合了一生的追求、幸福与完美。柳咪的舞姿轻灵曼妙，她的《慈母》以一个 10 岁的孩子，演绎出了一位母亲的大爱。她跳舞时用心去表达着肢体语言的魅力，用她那清纯透彻的明眸，审视着一个舞者的内涵。舞中的柳咪柔中带刚，刚柔相济，如柳丝低垂，婀娜多姿；如柳影摇曳，临风飘举，柳动影随，高雅灵动。我似乎看到的就是春风中临风摆动起来的柳枝，母爱在她的肢体里荡漾起来，显现得淋漓尽致，她就是柳，是春的信使，爱的舞者。

"无心插柳柳成荫"，剪一根枝条来插在地上，她便会鲜活起来，后来变成一棵大柳树。她不需要高贵的肥料或高深的壅培，只要有阳光、泥土和水，便会好好生活，而且长得非常强健而美丽。柳树在旧时是送客别友的最佳信物之一。在友人将要离去之时，折一根柳丝送给他，意为"留、思"之意。想要留住亲朋好友，却已不能，只能在两地默默思念与祝福了。千言万语，尽在这柳丝之中。友人带回柳丝后，把它栽在庭院中，让它与思念一起慢慢滋长，越久越浓郁、越茂盛。

我想我们家的柳咪何尝不是如此呢？她在无心之中插秧，不骄不傲地成长起来，高雅端庄、清纯甜美。这样的一位春的使者，一生都在悠扬不尽的美中荡漾……

尤金在写一个叫阿舒的女人时说，阿舒小时候家里特别贫寒，她成功的动力，是饥饿中眼馋于一根香蕉而倍受侮辱，伤到了心肝肺，日后那颗受辱之心开始了拼死奋斗，成就了如今阿舒的辉煌。

读阿舒时，我眼睛里闪烁着泪花。感动在唇边荡漾，感受在心里翻滚。

我似乎有过和阿舒一样的境遇。那年，我因为正在十三中补习初三，虽然我是从郊区来到城里上学，但对城里的优越条件却一丁点儿都没有感到优越。那是我人生中第一次走进楼房，第一次住宿舍，第一次睡床，第一次融入城市生活。

我们的教室在四楼，宽敞舒适，窗明几净，还有蓝色的窗帘。食堂在一楼，不大，每天吃饭时间，人挤得满满的，地面油腻腻的，脏得打滑。窗户很小，只透着一尺见方的阳光，昏暗的灯光照着涌动的人头。饭菜总是一个味儿，土豆白菜炒葱头的味道。宿舍在地下室，大宿舍有五十多位同学住着，我在小宿舍住着，也有二十几位吧。说是睡在了床上，其实也不是床，只是床板铺成的大炕，一人一细溜儿，一条褥子，把两边都要窝回去一个边儿，中间正好成了个凹槽，那时候我睡在里头觉得很舒服。宿舍的门是不上锁的，晚上睡觉也不从里面上锁，只是关上去而已。那时候我们的饭票是一种厚一点的纸做的，盖着学校的大红章，一沓就是十元钱，用皮筋绑在一起，这是一个月的伙食费，就在枕头底下放着。听隔壁大宿舍的同学们说，夜里出现了偷饭票的人，当时我心里就有些紧张。果然，半夜里，我们宿舍也出现了贼人，被一个半夜里尿急的同学发现的，她一惊叫，我们都醒来了。真是怕人，大半夜的，大伙儿都哭起来，那个贼人早已经跑了。

那件事之后，我不想在城里上学了。当时已经进入了冬季，第二天正好是礼拜天。早晨我收拾了脸盆，背了书包，没赶上回家乡的车。我忘记了怎么出城，但我在路边拦着了一辆拉煤车坐着回去了。我被冻得脑袋铮铮地疼，脚麻木不堪，那时我毅然决然地打定主意，不在城里上学了，我吃不下那苦。回家后，我的举动遭到父母的严厉斥责，还被亲戚们教育了一顿。第二天，我灰头土脸、垂头丧气地又坐上了去城里的汽车。在车上我还是相当泄气，父母的教育与谴责其实在我心里没有起到什么大的作用，我内心里还是对在城里上学有了排斥，只不过是不敢反抗而已。汽车的颠簸使我头

29

晕恶心，浑身无力，到站后，我拎着脸盆，背着书包下车了。

站在城市的柏油路上，我回望着家乡的方向，沮丧地叹了口气，我满脑子都是灰尘，拖着沉重的步子向学校移动着。就在我最失望的时候，我看到了去年和我坐同桌的李红，我眼前几乎是亮起来了。

李红是从乡下转进我们班的补习生，老师让她和我坐一起，我们一起学习，一起讨论难题，并肩坐了一年。她后来考到了市里的幼儿师范学校，我进城里补习了。她考上学校后，外形有了大的改变，头发剪短后烫成了卷发，还抹了口红，皮肤也变得白净了许多。我惊喜地叫着她的名字，她转过身来，看着我，什么表情都没有，和身边的那个男同学说："她没考住。"之后就走了。我在这个寒冷的冬季，经历了人生中第一次致命的伤害，眼泪滚落成珠，与寒风肆意挥霍着我的体温，我那时真的好冷。

遇到李红，她的话像秤砣一样压抑着我，又像暗箭射进了我的心。我下定决心要在这个城市待下去，我要活出个人样儿来，不选择和任何人比，就和她一比高低！在寒风中，我顶着风前行，耳边风声呼呼，细沙子打得我脸生疼生疼的。来到学校，什么都没变，变了的只有我的心。我寻思着，一个人内心强大了，那就是一股势不可挡的洪流，撞击的不是表皮，而是灵魂。一场寒流让17岁的我开始了人生的蜕变。

从那以后我真的用功了，兴许是我以前的确没有把知识掌握好的缘由，仅凭着半年的发奋，姑且考上了师范学校。第一口气就算是出了，那暗箭却始终还扎在我心里。上了师范后我一直没和李红联系过，也没有碰到过她，但是，我就怕哪一天见到了她，她是否会更趾高气扬，气宇轩昂，说一句戳着了我伤口的话。

十年后的一天，我又一次见到了李红，她已经是两个孩子的妈妈，生活似乎不是太景气，削弱了一点儿当年的锋芒，她主动和我打了招呼，我一下子又想起那年冬天寒风中她鄙视我的语言。我对她好像有了心理障碍，她的热情没有让我感到丝毫温暖，依旧是那个年月里的冷向着我的心袭来。我简单附和几句，她留了我的电话，我借口有事走了。

那次见了李红之后，在我的心里，我已经不和她比了，没有什么可以和她较劲儿的事儿了。逐渐，我把她忘记了，那支化为我无限动力的暗箭在心里消失得无影无踪。

大约又是一个十年的时间，李红特意找我来了。这时的她一点儿锐气都没有了，昔日的风采荡然无存。她哭泣着给我讲述了她从毕业到现在二十几年的经历。她说，她毕业之后不想当老师，那时候她对象的父亲正是有权之人，厂矿又是最鼎盛时期，工资待遇又高，于是他们两口子就一起去了最好的地方，享受着高工资、福利房等等，一切都是高人一等的风光。后来丈夫仕途不顺，心里打击太大，整天闷闷不乐，得病卧床静养了五年，把她整个人都快整垮了。稍微好点的时候，工厂精简，她丈夫被病退了，两人的工资低得连家都无法养活。

我听着她这二十几年的经历，看着她迷茫的眼神，好想问问她，是否还记得那个冬季见到我之后的感受。我话到嘴边又咽回去了，怕给她雪上加霜。也许她说者无心，我听者有意，她早已忘记了那个邂逅。可我见到她时，总能想起那年的寒风中，我本以为阴翳的心情遇上雪中送炭的了，没想到却是雪上加霜，这冰冷的盔甲直接将一颗少年的心封存起来，不再轻浮，不再任性，安心学习。

我听别人说她现在生活窘迫，我知道她来找我的原因。她当年射向我的暗箭，经过时间的沉淀与生活的磨练，早已化成了一种力量与温柔。我知道她需要什么，只不过多少都是我对她的感谢，没有那年冬季遇到她，我想也许我是堕落的。不过，我之所以没有变得更好，原因是那暗箭伤得还不够狠，表皮的痛只是推动我向前奋斗罢了。

回想年少的心，适当地遭受些打击，有时候就是力量！

　　娘是浩瀚的大海，我们是海里自由的鱼儿。在娘的生命里，除了用全部的精力去爱我们，还有就是爱我的表姐。表姐叫鱼儿。记忆中的表姐特别漂亮，高挑的个子，丰满的身材，一根大辫子松松垮垮地系在脑后，大眼浓眉，牙齿齐齐白白的，嘴唇上涂些口红，真是绝代佳人。我娘有时也叫她欢鱼儿，这正如她的名字一样，一条欢快的鱼儿，自由自在地畅游在青春年华，累了便在我娘这个博大的港湾享受一种母爱的温暖。我娘对表姐如同自己的孩子，表姐对我娘也够孝顺的，她们彼此之间的爱是至真至纯的。每次家里遇到缺人手的事情，总是表姐去填平这个缺口，也总是她在我们的风光背后无声无息地奉献着。

我那时正是十三四岁的光景，心里对于美女的鉴定就是以表姐为依据。

我觉得西施没有我表姐漂亮，因为她太瘦；貂蝉也没有我表姐好看，因为她太媚；杨玉环还行，她和我表姐有的一拼，表姐唯一遗憾的是皮肤有点儿发黑，不过，这丝毫没有影响到我对表姐漂亮的评估。表姐在那个年代里，在那个年代我的心里，真的是风华正茂的美女代言。一笑一颦，一举一动，一个回眸，一个甩辫，一个表姐便是一个世界。

姨妈去世的早，母亲和这个表姐尤其亲得厉害，倾注在她身上的爱也是细细密密的。表姐长到十八九岁的时候，就常年住在了我们家。十八九岁的表姐，水灵得很，也聪明得很。那时总有人给她介绍对象，表姐好像总是很羞涩，扭扭捏捏的。我那时特想知道表姐和男的在嘀咕什么，但是又怕她横我，于是这种想，随着表姐不断的相亲经历也就疲乏了，不再寻思她在说什么。后来，表姐找了姐夫。姐夫是一位普通的人，性情温和，心地善良，不爱言语，只是一味默默无闻地干着活，并且始终如一地爱着表姐。

也许是姐夫对表姐深深的爱，助长了表姐放纵、任性的心。婚后的表姐总是和姐夫发生着摩擦，表姐经常回到母亲身边来诉苦。我那时看到表姐哭哭啼啼的样子，觉得人生好讽刺，绝代佳人的表姐，怎么就可以下嫁给姐夫这样的没棱没角的男人呢？感到表姐对于婚姻的选择太过仓促，而如今这鲜花插在牛粪上，已经定型，凄楚彷徨也只是在回首中迷茫。一度，我也为表姐嫁给姐夫这样的男人而愤怒。可是母亲从来没有这么说过，她总是说表姐太任性，不懂得心疼男人，几番劝解之后，表姐点头表示自己有错，之后就乖乖地回家过日子。往后的好多年里，姐夫就是那样地爱着表姐，表姐在母亲一次又一次的打磨中，逐渐温和了许多，也少了些任性。两个闺女的出生，也确实让表姐忙碌地忘记骄横跋扈的弩箭，姐夫在辛苦地挣钱养家。只是，在好多年之后，我求学、工作、结婚、生子，时光错乱了我的世界，突然间发现，岁月无情摧残容颜的岂止是我，还有我那漂亮的表姐。我发现，红颜佳丽的表姐随着时光渐次老去。表姐的皮肤更黑了，身材也臃肿了许多。

　　那时，我看到表姐第一时间想到的就是老舍《骆驼祥子》里的虎妞。真的，表姐在岁月的洗礼中，丢掉了太多的青藤娇柔与美丽忧伤，像虎妞一样强悍地穿行于人间冷暖。那一把松散的长发，早已剪短成黄红色的方便面样儿，不再飘逸，而是紧紧地绑住着。看来被生活束缚的不仅仅是我，还有表姐。或许这世界上不被生活束缚的人也没有，即使是身子没有被拘谨着，心也被某种情结框在了里面。突然想起了仓央嘉措，他不是在那个黄房子里释放着青春的温馨与浪漫，但是在那座神圣的殿堂里，不也是像牢笼一样桎梏着他的自由与快乐？但是不论怎样的拥有，还是怎样的渴望，生活记录下来的最清晰、最长久的还是一笔流水账。有坎坷曲折，还有寂寞喧闹，日子多是在平淡如水中行走。表姐风花雪月的遐想，早已被洪流无声夯实不见踪影。这天，表姐的闺女出嫁了，如同虎妞版彪悍的她，还是隐忍不住别离的笙箫，伤感的泪水一次次冲出眼眶。那些牵挂、期盼、担忧与祝福都在那一串串的泪滴里。那时的她是无助的，形似虎妞般的表姐，她的内心世界也有柔弱的地方。幸好，姐夫还和当初一样地疼爱着她，那种化为亲情般的爱情，在今天看来，就像母亲一直看好的一支股票，在平稳中、平淡中品味着人生的酸甜苦辣。

蝴蝶飞不过苍海，只因她没有雄鹰的硕大身躯与搏击风浪的翅膀。佳人不一定只能配才子，姐夫是平庸平淡的，就是这种淡淡的爱，在雨中他能为表姐撑一把伞，在夜行的路口他能为表姐点一盏灯在等待着……想来，表姐就是一只蝴蝶，在姐夫这片草地上，在一种只有温饱的情怀里翻飞。春花秋月再好，也抵不过一餐一饭的人间烟火。一晃眼，表姐已经 50 多岁，娇美容颜被岁月覆盖成了虎妞。如今的表姐，不再抱怨姐夫，也不埋怨命运。表姐这杯茶，有过浓郁的芳香，有过淡淡的忧伤，此刻就是白水泡清月。而姐夫依旧是那个曾经的保温杯，暖暖地护着表姐，况味经久。也许是表姐尝尽了世间冷暖酸甜，真的将曾经的美丽当成了过往。

母亲节那天，网络里晒着无数的祝福语，我虽然喜欢摆弄文字，但是我还是没有晒出隐藏在心底里的爱。因为母亲识字少，这样的牌不出也罢。

母亲节前一天我打电话给母亲，说要给母亲买一束鲜花，母亲电话里说："要花干啥？乱混混的。"还说，"什么都不要，钱够花，觉够睡，吃的一堆。"我知道母亲的性格，不要就是不要。索性在母亲节这天，我什么都没带就去了娘家，和母亲待了两个多小时，之后办自己的事了。

　　母亲节之后的第二天，我陪母亲办事，母亲穿了件新衣服让我看，我一看就是母亲自己买的，勉强说还行。母亲告诉我这是她昨天自己给自己过母亲节犒劳的礼物。我一下子好懊悔，我发现，在这个人人都器重的节日里，母亲虽然嘴上不说，但是心里还是需要一份安慰。就像每年姑娘都要为我准备一点小礼物，可是今年因为在母亲节早上姑娘被我呵斥了几句，这个小礼物没有收到，自然心里好像失落了什么。这份爱不是物质可以替代的，但是小小的心意总是可以表达一种恒久的爱，即便是一根橄榄枝或千里外的鹅毛。

　　母亲节，是一个感谢母亲的节日。这个节日最早出现在古希腊；而现代的母亲节起源于美国。母亲们在这一天通常会收到礼物，康乃馨被视为献给母亲的花，而中国的母亲花是萱草花，又叫忘忧草。我想母亲节流传到中国，一定多少带有中国人的情结。忘忧草一定是希望伟大的母亲忘记一切烦恼忧伤，健康长寿，幸福生活。可能是母亲给予我的太多了，包容我的也太多了，导致我忽略了爱母亲的细节。想必，母亲在楼下一群人面前也想晒晒母亲节的礼物，这不是炫耀，是一种感动。我每一年的母亲节总是要留下遗憾。

　　记得去年的母亲节，我纠结着要对母亲说一句"我爱你"的话，无论在电话里，还是见了面都没有足够的勇气去改变一下自己的老土。今年这句话还是没说，我鄙视自己的情商，也鄙视自己的智商，更鄙视自己的勇气。没有办法，母亲节只有一天，但孝顺母亲的日子天天都有。我要在母亲有生的年月里，以孝为先。不要让"树欲静而风不止，子欲养而亲不待"的遗憾贯穿在我的生命里。

　　母亲的贤惠、善良、隐忍、大度等优点，无一不影响着我成人后对人对事的态度。这一生对母亲的感恩不是语言可以表达的，母

亲对我们的爱是细水长流，恩泽惠顾到每一个小细节，点点滴滴滋

润着我们，分分秒秒关照着我们。她赋予我们健康的体魄，也给予我们纯洁的灵魂。这辈子拥有母亲的爱，是世界上最大最幸福的事。

为人母之后，母亲还经常唠叨我，我一点儿都不烦，甚至我觉得这唠叨再美好温馨不过。母亲的唠叨，警示着我的浮躁，纠正着我的过失。古人云："以铜为镜，可以正衣冠；以古为镜，可以知兴替；以人为镜，可以明得失。"母亲于我而言就是一面镜子，让我不断地审视自己，在人生这条路上越走越宽越豁达。渐渐地我发现我成了母亲的影子，在我对女儿唠叨时，女儿顶嘴反驳，我似乎也看到了自己青春时期的叛逆，也体会到当年母亲对于我的无奈。每次回家看着她额间的皱纹和头上的丝丝白发，我又仿佛看到了20年后的我。20年后的我，是否也如此时的母亲一样沧桑？而那时候，我希望我仍旧可以听见母亲的絮叨声，依旧可以懒散在母亲的怀里闻着母亲的味道。无论时光怎样流转，对于母亲的爱永远都无法磨灭，犹如她对我的爱一样。而这个永远，我肯定会是一辈子那么长。希望我的母亲在经年之后的更多岁月里，幸福健康，开心长寿！

母亲，我爱你！

　　六叔站在风中，目光一直追随着逐渐远去的兰姨，秋风凌乱了兰姨的头发，也吹散了她几十年来辛苦经营的家园。

　　20 世纪 70 年代末，六叔潇洒倜傥，白衬衫，黄军装，斜挎着黄军用包，手里拎着大网兜，里面装着脸盆和洗漱用品。他高大的身影，精干地走进了棉纺厂，被队长任命为副组长。六叔混进了女人堆儿，每天听着机器的轰鸣声，也听着女人们的笑声，幸福地享受着二十几岁年轻人得不到的"福利"。这是棉纺厂那一帮老女人下班后戏说六叔的话，六叔不往心里去，还美滋滋的。反正六叔每天看着这帮女人，心里不厌烦，还打起了小算盘。

棉纺厂的老女人占一半，年轻的占少一半，还有更少一半便是没结婚的妙龄姑娘。六叔很有女人缘，老少女人都喜欢和他聊上几句，唯独有一个姑娘从来没有和六叔开过玩笑，也不喜欢和其他人瞎唠，只是默默地做着自己手里的活儿。姑娘叫兰，班组里谁都不知道她的底细，她从来不主动和大家说话，大家也就不去打问。下班后，兰也不和任何人随行，自己收拾好东西就匆匆地走了。六叔观察兰姑娘好一段时间，总想过去问个好，可总也没有机会。这可把六叔难受了好几天，终于有了一个机会，六叔先出了工厂的大门，紧接着她也出来了。六叔忙着上前搭讪，问她在哪里住着，可不可以一道走。兰有些矜持，慌乱地说着"也行也行"。六叔高兴了，最"自闭"的一个女工是他给"撬开"了话柄，似乎是打开自己堵塞了好久的任督二脉，内心一阵阵的狂喜。

六叔陪着兰姑娘走着，步子不紧不慢，彼此身子离得有一米多远，他不敢往近靠，保持着这个距离正好。大约半个小时，兰姑娘说到了，六叔也就不敢再走，规矩地再见后，内心火热，像有什么在燃烧。平日里女工们都用口罩把脸堵得严严实实的，只有下班后才能看到她们的颜面，六叔这次算是真正地看到了兰姑娘的脸蛋。圆圆的，粉嫩粉嫩的，眼睛不大但有神，齐腰的大麻花辫子，走路一甩一甩的，把六叔的心甩得痒痒的。

六叔当兵出身，分进工厂前没接触过几个女人，到棉纺厂后，虽说扎进了女人堆儿，每天听着女人们嬉笑打闹，心里是欢喜，但是没产生过悸动啊。这回不一样，六叔回家后还在想着和兰姑娘这半个小时都说了些什么，还想着兰姑娘的脸蛋。六叔躺在炕上，盼着明天快点到来，这天夜里，六叔后半夜才有点迷糊，两眼瞪着房顶，就是不瞌睡，满脑子想的都是兰姑娘。

太阳依旧是按时出来了，什么都没有变，但是六叔的心里与往常不同了。他把自己收拾得更精干，在镜子前晃了好几遍，这才出了门。树上的喜鹊"叽叽喳喳"地叫着，六叔哼着小曲儿，小跑着便到了厂子。路上，六叔左顾右盼地看着，希望兰姑娘也在这个时候出来，还是没有碰到。他急急忙忙换好工作服，进了车间，一看，兰姑娘已经在那里开始工作了。他走过去，也没说话，就是站着。兰姑娘看着他，眉眼间有一种笑，六叔高兴地接受着这种感觉上的美好。他期待着下班，希望还能陪着兰姑娘回家。

下班的铃声响起，六叔健步撤离车间，换好衣服在厂门口等着兰姑娘。兰姑娘不急不慢地出来了，脸上有着一天的疲乏，也有着羞涩的笑容。他们并肩走着，距离比上一次近了点。就这样，六叔和兰姑娘一同走了大约一个月，兰姑娘才叫六叔进了她的家门。

兰姑娘和年迈的奶奶生活着。奶奶已八十多岁，眼神听力都不好，只是腿脚还行，多少能走走，慢慢地给兰姑娘做点饭。不管奶奶多大年纪了，和兰姑娘在一起总是一种生死相关的牵挂。岁月将这种亲情在苦难而孤独的日子里维系得更近更紧。六叔看着眼前的一切，慈祥的老人，简洁朴实的家具，一个梳妆镜一把椅子一个柜子一盘暖炕。奶奶已经把饭菜准备好了，看着兰姑娘和六叔一点儿都不吃惊。看来兰姑娘早已和奶奶说起过他了。

就这样，兰姑娘和六叔的感情不断地成长着。兰姑娘心灵手巧，唯独遗憾的是因为父母早年出事，留下她一个人和奶奶生活着，文化没掌握多少。她进棉纺厂纯粹是因为自己的手太巧，被主任发现公开招聘进来的。命运总是对每一个人都很公平，兰姑娘没有了父母的爱却还有奶奶陪伴着，现在奶奶老了，生活中走进了六叔。这怎能不说是上天的眷顾呢？兰姑娘心里美美的，她享受着命运赋予她的美好爱情。

六叔和兰姑娘在一个飘雪的日子结婚了，幸福的小日子拉开了序幕。

婚后的六叔一下子成熟稳重起来，他不再整天混在女人堆里听她们嘻哈，他调离了车间，到了厂长身边，整天陪同厂长谈业务走南闯北。六叔脑瓜子聪明，眼睛里能看懂厂长的需要，时间久了成了厂长的得力助手。而且自从有了六叔的陪同，厂长走哪儿都省心不少，几笔业务谈得顺利，给工厂带来了巨大的利益。厂长打心眼儿里喜欢上了这个稳重历练的小子。

六叔在厂长身边一待就是五年，这五年的时间，六叔对于棉麻纺织这个渠道的货源与人际都刻在了脑子里。兰姑娘早已是两个孩子的妈妈了，六叔看着孩子们，再想想这些年走过的路，他冥思着，为何不去自己做个小生意来养活这个家呢？这样的想法一天天在六叔的思想里成熟起来，兰姑娘辞去了工作，在家里成了一名专职的妈妈，抚养着两个孩子。

半年后，六叔的棉纺加工厂开业了。他以诚信的服务态度和合理化的管理模式，将工厂经营得稳妥有序。两年多的时间，六叔的企业在当地已经小有名气。客户源源不断，人们对于六叔的信赖来自他产品质量的优质，来自六叔对于每一笔货单的诚信。十多年后，六叔已经不是当年那个羽翼未丰的六叔了，六叔的产品远销海外，媒体报道过，电视播放过，四十多岁的六叔功成名就，成了名人。孩子们都已经长大了，在岁月的沉淀中，兰姑娘没有了当年的稚嫩，成了现在的兰姨，但是兰姨的性情还是当年的那样善良与温存。我说，每一位成功人士的背后都有一位默默无闻的奉献者。六叔的成功一半归功于自己的努力，一半源于兰姨在家里的奉献。

如今，六叔和兰姨都已是六十多岁的人了，兰姨的姑娘和我同龄，我们在一起聊到父母时，她说，兰姨光鲜的背后隐忍着伤痛。我开始不明白，后来她说她在心里压抑了好久，这是一种社会现象，也是当今一类人群的一种通病。但是我还是不明了她要说什么。

她说，六叔在工厂经营最困难的时候，遇上了一个客户，那是个女的，是个比兰姨小十几岁的女人。这个女人帮助了六叔，六叔感激不尽，来来往往六叔和这个女人走在了一起。直到现在，六叔还和这个女人在一起，六叔也回家，但明显他的心却不在家里，不在兰姨身上。兰姨也是知道的，但，兰姨不说，心里就这样沉默着。朋友说，她能感觉到兰姨痛苦挣扎的灵魂，想唤回六叔的那种无奈，那种讨好，那种女人的尽责，但是这些都是徒劳。她说，她悲哀兰姨的善良。

她叫那个女人为门外的女人，我听了没有说什么，只是想着我如果要去用笔墨渲染六叔和兰姨这一生的情感，我好像下不了笔，就像在油锅里捞钱，捞起来就是准小偷，这种纠结在心里压抑着。但是每一次想到兰姨，这种想写的欲望更加强烈，熊熊燃烧，烧掉了我落笔泼墨覆盖着的厚厚杂草，仅剩一片荒原……其实，我想十年后再去写这种纠结，等着那些无关乎风月情仇的事情遥远了，等待那些走进兰姨生活中的人走开了，等待着岁月将一切刻骨铭心的痛淡隐了。可是谁又知兰姨的那种憨厚朴实，对于情感的寄托，对于孩子们的关爱，对于六叔的依赖与信任，一次次地刺痛着我的灵魂，我在暗夜里无数次和自己对话，和那个女人对话。但是我还是不能释怀横亘在兰姨心里的那种苦痛，那种挣扎。我知道门外的那个女人一直以来都住在六叔的心里，一直以来都在刺痛着兰姨的心灵。

门外的那个女人终于在一个大风天出现在六叔家门口，她叩响了六叔的家门，开门的是兰姨。六叔在沙发上坐着没动，那个女人身上的香水味弥漫在整个屋子，兰姨什么都没有说，站着愣着。善良的兰姨走进卧室，简单地收拾了点儿东西，告诉六叔，让他们生活吧。这么多年兰姨心里隐藏着的东西本来以为不说就不会自己跳出来，但是还是按捺不住事态的发展，门外的女人还是走近了。

兰姨走了，不知道要去哪里，这辈子和六叔的缘就这样在风中凌乱着，凌乱着……

六叔站起来，看着往日躺在怀里撒娇卖萌耍赖的女人，一脸的严肃。那弥漫在整个屋里的香水味，熏得他有些恶心。他跑到卫生间哇哇地吐了几口，满眼的泪水顺着脸颊流了下来。眼前的这个女人，站在他的身边，他看着她的黑色丝袜、黑色皮鞋，以及那超短的裙子，顿时感觉又有些恶心。往日里，每一次看到她这样的装束，六叔总是会夸上几句。女人站在那里，不敢迈前一步，也没有退后。六叔抬起头来，瞟了她一眼，从她面前走过去，坐到沙发上，抽了一支烟。她欲要张嘴，六叔举起了右手，示意她不要解释什么。女人也坐在了沙发上，沉默着。

好长时间后，六叔说话了，他问女人为什么要来家里，女人看着六叔说："找你。""没和你说过吗？我会去找你的！"六叔的声音又硬又高。女人站起来，拿出了离婚证，放在了茶桌上。六叔似乎知道了什么，又过了十几分钟，六叔语气慢下来说："这个家，用你换不来，曾经你对我的帮助我是知道的，你说吧，你离开这里需要什么代价？"女人收起了离婚证，满眼的泪水。六叔看了她一眼说，"你来这里就是一场噩梦的惊醒。你我需要的不是一个家，是一种情感。"女人惊愕地看着六叔。原来整天爱着她的这个男人需要的不是与她共建家园的美好，而是肉体与精神的一种掠夺。看来她真的不了解男人，不了解眼前这个男人。她脑袋里一片空白，

45

昔日那爱的云雨如同倾盆大雨顺势浇灌下来，她打了个寒战。窗外风刮得树叶乱飞，马上要下雨的架势。

六叔穿起衣服拎起一把伞，冲进了风雨中。女人无奈地带上门，离开了六叔的家。此刻，在这个世界上，在这个风雨交加，落黄凄凉的傍晚，六叔、兰姨和她各自怀着不同的心情，走进苍茫暮色中。

六叔边走边想兰姨可能去的地方，他排除了亲戚、朋友和孩子们的家，想到的只有一个地方，那就是奶奶的墓地。六叔开车径直奔向郊外的小路，那是一条两边栽满高大的新疆杨的路。风刮得树叶乱飞，鸟窝在树上摇摇欲坠，一群乌鸦"噶噶"的凄惨地叫着，六叔听着心烦死了。他焦急地看着前方，找着进入奶奶墓地的入口路。六叔看到了兰姨，她跪在奶奶的坟堆边上，头发在风中更凌乱不堪。六叔没有再往前走，他下了车，站在一旁默默地看着这个与自己患难与共四十多年的女人，满脑子都是他和兰姨年轻时的画面。第一次看到兰姨，她娇美羞涩地绕着那条大辫子，不言不语；第一次看到兰姨生小孩时，整个人都被汗水浸透了，看着孩子"呱呱"坠地，轻轻地抚摸着兰姨的脸；第一次升职加薪时，兰姨高兴得夜不能寐的情景；第一次在生意场上失意时，兰姨焦虑得一下子瘦了十多斤，头发顿时白了很多。兰姨在六叔心里有太多的回忆，无法抽离，无法抗拒。

风停雨住了，六叔听着兰姨的抽泣声，仿佛看到了奶奶在慈爱地看着他，那曾经温和的声音顺着兰姨的低泣声似乎又飘进了六叔的脑际，"六子啊，兰子就交给你了，不论穷富你心里有她就是了，一定要相守到白头。"六叔想着奶奶的好，想着兰姨的好，泪沁满双眼，顺脸而下。天色黑下来了，他走到兰姨身边坐了下来，轻轻地抚摸着兰姨的头发，又将她搂入怀中。兰姨身子在颤抖，六叔一把抱起她说："回家！"兰姨不挣扎也不说什么，只是蜷缩着倚偎在六叔怀里。六叔把兰姨放进车里，急速地驶向了回家的路。

　　树影错落着向后移离，六叔的一只手把着方向盘，一只手牵着兰姨的手。好久了，六叔从未摸过兰姨的手，而今，抓着这只手，久违的幸福感塞满心头。音响里周华健唱着：这些年一个人，风也过雨也走，有过泪有过错，还记得坚持什么。真爱过才会懂，会寂寞会回首，终有梦终有你在心中……

　　徐婉慢慢地诉说着父亲与母亲的故事，还有那个叫黄华的女人。

　　徐婉短发，皮肤白净，身体微胖，纯北京口音，说话快但不乏温柔。她边说父母的故事，边看着一旁的男人，说："他就没我爸那好性情，脾气倔得很哩，啥儿啥儿都不会干，光长了个会指使人的嘴儿。"目光里闪闪亮亮的，温存得很。男人笑着说，"我那老岳父，那性格好得很，净忍耐着，一辈子由着岳母耍性子，什么难题都是'嘿嘿'一笑，所有的苦涩都吞在肚子里喽。"

徐婉看着男人，似乎陷入了一种回忆。不一会儿，她抬起头，看看窗户外面，若有所思地点点头，说："父亲的确是个大好人，母亲也是个善良贤惠的妻子，黄阿姨也好。"她情绪稍微有点激动，停了一小会儿，娓娓道来：

那是1969年刚刚过完年，荒芜与贫穷还笼罩着整个中国大地，"文革"政治斗争的余声还盘旋在城市与农村上空，知识青年上山下乡的热浪激情澎湃着每一位城市青年。尤其是家庭成分不好的，更是积极主动地做好了上山下乡的准备。徐婉的爷爷和奶奶都是大学教授，被当年的红卫兵抓成了"资产阶级反动权威"，左批右斗地被下放到农村去喂猪、掏粪，奶奶忍受不了凌辱，在农村没多少日子，便撒手人寰，爷爷就那样静静地忍辱负重着。当时徐婉的父亲17岁，正在上高中，赶上了这特殊的时期，又逢幸福的家庭瞬息间支离破碎。父亲青春的灵魂被社会的变故，家庭的突变，深深地烙下印记，突然间长大。他忍受着失去母亲的凄凉，父亲被禁锢农场改造的悲伤，毅然决然地报名成了一名下乡知识青年，踏入了农村这所大学。

在浩瀚无垠的内蒙古草原上，一位少年，每天随着村里的乡亲们，不言不语，任劳任怨。日出而作，日落而息。其他一同来的青年们有的调到了离城市最近的地方，有的返回了京城，唯独他还在原来那个村子里，倒是与几个可爱的孩子们每天在一起。这个没有多少户人家的村子，孩子们的教育不知从什么时候开始寄托在他的身上。村里还有一位年轻女老师，初中毕业，她带低年级，父亲带高年级。她是黄华。

黄华个子高，皮肤有点儿黑，她父亲是大队书记，在"文革"期间去世，她和没有文化的母亲相依为命。她朴实无华，当时的村革委会主任看到她们母女俩，心生怜惜，让她在学校去教一帮小孩子。黄华认真，又碰上父亲年轻上进，更是感染了她。两人认真地将小山村的教育肩负起来，并且得到了全村人的信任和认可，孩子们每天都在收获知识，一股股知识的暖流融进每一个孩子的内心。这场革命对于这个偏远山村里的教育，确实迎来了前所未有的一股清新的文化风。但是对于父亲来说这真是一场宿命的安排，年轻的灵魂怎能安于现状呢？但是，就眼下的状况，他还就得将心靠岸，生命开始于北京，静止于山村。彼岸花无论怎样的繁华似锦，他却只限于想着。父亲和黄华恋爱了，两颗青春的心为一个事业，捆绑在一起，那指定是要发生什么事情的。尤其是在这样孤寂的环境。

那一年父亲 20 岁，黄华 18 岁。他们一校两人，白天各自忙碌着，寂寞的夜晚里，父亲有时自己待着，有时黄华叫他去家里和她的母亲一起吃饭。黄华的母亲也喜欢这个不善言语，温文尔雅的知识青年。父亲有时也抽时间去看望当时还在被管制中的爷爷。爷爷从奶奶走了以后，衰老得更是厉害，还带有轻微的痴呆症状。父亲看着爷爷，抱着他颤抖着的身子，看着他曾经深邃的眼睛，而今浑浊不堪，迷离彷徨，泪禁不住流下。爷爷趴在他的耳朵旁，轻声说："孩子，记住了千万不可在这里结婚，你等着，一定能回到从前。"父亲听着，茫然着，无措着，也被这个声音深深地叩醒了沉睡了四年的青春梦想。

徐婉的父亲回到学校，灯下，他陷入了沉思。

爷爷那羸弱的身影，低微的叮嘱，在父亲看似简单而平静的生活中，如同静水里投石，不仅使得湖水动荡，更主要的是激起了父亲灵魂深处的呐喊。他需要的不是这样的日子，他有自己的人生目标！他必须去努力改变现状！横亘在他面前的除了心理上的鸿沟，还有就是眼前的这个女人。怎么去和黄华说，是要中断了恋爱关系，还是要领着她一同闯天涯，去追求梦想！这真是一个难题。命运千回百转地让人纠结，好事来临，抉择依旧是很难。

恢复高考了。徐婉的父亲面对政策的落实，现实的美好冲击着内心的苦涩。不论怎样，他拿出来刚下乡时带来的全部书籍，开始了不分昼夜的奋战，准备迎接高考。

也许是吉人自有天相，箭已上弦。县里的高考指标给了父亲，父亲以优异的成绩赢得了北京一所大学的录取通知书。爷爷也平反了，又回到了以前的住处，又恢复了往日的美好，只是爷爷更沉默寡言，家里没有了当初的欢乐，宁静着。

返城那天，父亲收拾着行李，黄华在一旁帮衬着，一切整理妥当，黄华让父亲把穿着的裤子脱下来，右肘子处磨了好大一个洞，她取了相似的布，认真地缝了起来。那针针线线行走在衣服上，缝在了父亲脆弱的心里。黄华流泪了，父亲流泪了。灯下，泪滴伴着窗外的雨声，一针一线缝在了经年之后岁月的沧桑中。

父亲成了一个名副其实的大学生，结束了一场梦魇般的知青下乡生活，也告别了一场青春岁月里的恋爱。

回想起来，知识青年上山下乡，真是特殊的历史为一代青年提供的一条特殊的道路。在这条道路上，有宝贵青春的荒废，有美好理想的破灭，有生活信心的动摇，更有一代知青的奋斗业绩。在国家最艰难的岁月，是他们同当地人民一起，用自己的勤劳和智慧，支撑着共和国大厦。较之后来的青年，他们更多一些对人生艰辛的领悟，更多具有吃苦耐劳的品格。"知青"二字已不是单纯字面上的含义，而是那段特殊经历赋予他们的一种"资格"。这是徐婉的父亲在大学二年级时和同学们一起的感慨。

黄华依旧是乡村小学的一名老师，只是坚守得更艰难了。她自己一个人，不离不弃，也不能离弃。那么多渴望求知的眼神看着她，村里的乡亲们盼着孩子学有所成，走出村庄。她不能离开！但是为了爱，她日思夜想着。她希望有个奇迹出现，希望她的爱人又回到她的身边。但是，现实总是不尽人意。

爱情开始的地方是一段欢乐，结束的时候是一滴眼泪。父亲在大学里如鱼得水，足日渐长。不论是能力还是学业成绩，都赢得了丰收。其实父亲的心里一直都有黄华，他也是一直这么努力着，等待着自己壮大了，找好时机将黄华调动到自己的身边。可是爱情，不容等！大学毕业后的父亲，分配到了自己满意的岗位，被领导看中。领导曲线式地将父亲与他的女儿不期而遇，同事旁敲侧引，其他领导好言相加，爷爷在一边也劝导着。父亲想着不能让黑暗再次笼罩自己，不能让爷爷老来再去受苦，他背叛了自己的灵魂，颠覆着几年来的爱情。书信中写满了懊悔，黄华收到信后，沮丧难耐，没有眼泪，有的只是两眼的空洞与无望。

黄华回信了，说：一生我为了你而忘了自己，不求有结果，不求同行，不求曾经拥有，甚至不求你爱我，在我最美的年华里，遇到你，我已是知足。原来，我的城，只是你路过的风景。原来，生命中一些姹紫嫣红的遇见，最后不过是我一个人的山长水远。若，山和水可以两两相忘，青云终会打湿诺言，若所有的故事终会落幕，所有的过往都将成为云烟。就让我做一个安然若素的人，安静地行走于时光深处，不说悲欢，不语落寞，不诉离殇，只于流年深处拈香落墨，一字、一句，将这一程情深缘浅的邂逅淡淡尘封、淡淡回味，任烟雨红尘，几度繁花飘落。君若记我，那密密缝制的补丁便是一世情书！你若安好，便是晴天！

黄华就是这样安静地书写了一场爱情的结束语，一纸一墨，句句戳中泪点。但现实还是在繁华都市中行进。淡定的抉择是出自内心深处的强大，没有哪一个女子愿意看着自己的心上人远离自己而不去阻拦，只是有时更大的一种爱在心中奔腾不息，希望对方走得更远更高。任何的牺牲自己成全别人的付出都是伟大的，都是一种自我伤害到了极限的挑战。别无选择！

父亲与母亲结婚了。这不是天赐良缘，是黄华给的，母亲并不知道。

婚后，父母都享受着国家的补贴，虽然当年的物质依然匮乏，但是两人的日子还是过得蛮好。一日，父亲从衣柜里拿出昔日的那件打了补丁的衣服穿在身上，母亲看着细细密密匀称的针脚，打量着，再看看父亲，忍不住问起，那补丁是谁给缝制的。父亲摸着补丁，一种经年的记忆笼上心头。他不禁有些惊慌，局促不安地说着，是当年一块在乡下的知青给补的。女人是最敏感的情感动物，这块补丁成了父母之间历久弥新的经典话题，母亲时时提起，父亲从未说出黄华，这是隐藏在他们婚姻背后的一个谜。母亲太想知道这个补丁出自谁手，父亲就是因为这个补丁，对于母亲的追问总是沉默不语。生活中太多的事情发生在父母身边，每次不论什么原因，母亲只要找不到谴责父亲的理由，就拿那个补丁来说事儿。每一次的结局都是母亲大快朵颐地占了上风，父亲如同一个犯了错误的孩子，听着母亲离奇地分析这个补丁的来历，之后"嘿嘿"一笑了之。

雪小禅说：如果光阴把一切席卷而去，最后剩下的，一定是一抹幽兰。如果爱情把一切席卷而去，最后留下的，也定是带着蓝色记忆的最初的心动。若是这世界没有情非得已，没有阴差阳错，没有现实的残酷，我想父亲和母亲可能就是生命中的过客，黄华和父亲可能就是跳动的火焰，燃烧在激情的岁月。之后便是没有我们的存在，母亲的世界里也就没有一块补丁的烦恼，父亲的心里也不会因补丁而存留一世的情缘。这样的假设或许是荒唐的，但依着心的脉络，去整理一些不清晰的过往，一旦情感跨越界线，我们的思维还是靠拢在弱者一边。徐婉寻思着黄华阿姨如今的处境，我也想知道她的现在。

徐婉说着黄华，她在得知父亲大婚后，以泪洗面过，无助呐喊过，但在自己一段时间的痛苦之后，振作起来，彻底地肩负起了这个小山村的教育，她认为失去了生命中的一半，眼前这些孩子们就是她的支柱，就是她的另一半。她将爱注入孩子们的心里，她将今生今世的爱化作了琼浆，融进了血液，奉献给了这个小山村。黄华一生没有婚约，没有走出村庄，但是乡村里的孩子们一拨拨走向城市，每逢佳节，总有学生回来看望黄华。她看着孩子们，幸福感油然而生。也许她的心里一直都埋着一颗爱情的种子，在她的灵魂里爱情已经是沧海桑田；也许那些情愫早已被搁浅在遗忘的角落，从未泛滥。总之，黄华的一生绽放只为一人，脉脉絮语令人疼惜，这寂寞的一生，枯寂无人，相逢无归期，用一世的光阴珍藏了一段时光。有心与无助，都在岁月里磨砺成空白，默然不语。

徐婉两只胳膊放在屈起的膝盖上，双手托着下巴，闭着眼说，在父亲去世后，她们姐妹在整理父亲的衣柜时，在最底下压着那件打着补丁的衣服，那细细密密的针脚刺痛了她的心，泪水流过，润湿了记忆，想着在父亲的心里黄华其实一直都在。

人这一辈子无论曾经有多少鲜衣怒马的时光，最后剩下的都是一杯清茶淡水，一如他们洗尽铅华的人生。光影交织的长廊里，有峰回路转的喜悦，也有雨打芭蕉的怅然。我想，徐婉的父母是为了享受阳光来到这个世界的，黄华是为了看到阳光而来到这个世界的。一世的情缘载着春暖花开与寂寞清淡都已走过，只因一块补丁。

晨练时，我遇到了丫丫和她妈妈。

丫丫的姥姥和我以前是邻居，我最后见着丫丫时，她四五岁。她是由姥姥一直带大的，因为她的妈妈和爸爸都是聋哑人。

第一次见丫丫时，她还在襁褓中，姥姥推着婴儿车在楼下陪她晒太阳。丫丫小细眼在阳光下眯成了一条缝，睫毛长长地簇拥在那条细缝上，脸蛋白皙小巧。我看着这个小宝贝总要站立一会儿，跷起食指摸摸她的小脸。这时，她总会拿起小手笨拙地抓住我的指头，放在嘴上，准备要吮吸的样子，我赶紧拿开了。她的小手就在空中乱抓着，还"哼吱哼吱"叫着。有时，我逗她，她还会"咯咯咯"地笑出声来。我觉得她好可爱。

丫丫的姥姥以前和我经常见，碰着了也要小站一会儿。我知道她的姑娘不会说话，也见过那个漂亮的姑娘，脸上没有一点儿瑕疵，眉眼都长得特别好看。后来，姑娘结婚了，找的对象是个聋哑学校的老师，也不会说话。我在楼下见过他俩，打着手势，并肩而行，很幸福的样子。丫丫出生后，姥姥就把她接到了自己家里。姥姥怕丫丫生活在无声的世界里，以后语言发生障碍。从那时起，姥姥无微不至地照顾着丫丫，每次见到她，总要和我聊起姑娘小时候特别可爱，就像丫丫这样。但是，在别人都开始说话的时候，姑娘却迟迟不开口，直到他们在等待中失望了。上天宣判姑娘是先天性声带发育缺陷。她抱着姑娘仰天长哭，泪水洗刷不掉的是那无尽的痛苦，她似乎陷入了黑暗的泥泞。他们夫妻开始了四处求医的征途，无数次的否定之后，他们给姑娘找了最好的聋哑学校。在现实面前，他们只能无奈地低下了头，尊重事实，不再为孩子奢求那个有声的世界。

丫丫的姥姥最怕的是丫丫遗传她父母的缺陷。每一次推着丫丫，一见到我就说，她的外孙女一定是个聪明的家伙，瞧瞧现在就开始小嘴嘟囔着要说话呢。我也觉得丫丫一定会说话，每次看到她，我一逗她，她就开心得"咯咯咯咯"地笑，那笑声清清脆脆的，像极了刚刚融化的山泉。再有就是，只要有小狗叫声，她就侧着耳朵听。就凭这些特点，我断定丫丫一定会说话的。

果然，丫丫在不到一岁就一串串的话，一股脑儿地都给说出来了。她姥姥高兴得在楼下看见邻居就让丫丫打招呼。这小东西那小嘴可是给姥姥争气，见老一点儿的就叫奶奶姥姥，年轻一点儿的就叫阿姨叔叔，小一点儿的就叫哥哥姐姐，小嘴甜得似抹了蜜。她妈妈爸爸也高兴，最数姥姥合不拢嘴。惹得楼下的大人小孩都喜欢上了丫丫。我在搬离大十字街的时候，丫丫还在姥姥家住着，那时她是四五岁的样子。我偶尔回去一次，因为太匆忙，总是没有遇上这个小家伙。

这次遇上丫丫，我远远地看着她，她长高了许多，但是那可爱的脸蛋，小眼睛，我还是熟悉得很，再者就是我看到了她旁边的漂亮妈妈。那个不会说话的姑娘，现在已经成了一个成熟稳重的少妇。如果不是我知道她不会说话，谁都看不出她生活在无声的世界里。丫丫在她旁边活蹦乱跳的，一会儿采了小花插在妈妈头上，一会儿又牵着她的手跑起来。我看到了她们，向丫丫的妈妈打了招呼，叫丫丫的名字。丫丫看到我一定是不认识了，有些陌生的感觉。妈妈在一边打着手势，我想，她一定在告诉丫丫什么。果然，丫丫说话了："噢，阿姨，你是在姥姥家那里住着的，我想起来了。""呵，好巧的嘴。"看来，丫丫对于妈妈的手势全都能理解了。她和我"的嘣的嘣"地说着她小时候，我心里一阵好笑，这小东西，语速这么快，记性也是过人啊。一般四五岁的孩子，怎么能记得起那些模糊的岁月呢？看来，上帝真的是太公平了，对于这个家庭，一个生命的到来，使得他们的世界从此不再寂静。

我对着丫丫的妈妈问话，我想她应该能识别出我的口型，没想到，她还是有点茫然。这时，丫丫听到了，跑过来告诉我，她的妈妈自从她上学后就不上班了，妈妈专门接送她，给她做饭呢。接着，丫丫又转到她妈妈身边，用手势比画着，那一定是传递着我的问话。我看到她妈妈笑着又比画着，她也比画着。之后是母女俩的一阵笑声。丫丫趴在我的耳朵旁告诉我，她妈妈说，我没有变，还是那样的年轻，身材还是那样的直挺。我听到这些话，也高兴地笑了起来。

　　真是沟通无极限啊！想起以前我每次遇到丫丫的妈妈，那时她还是个姑娘家，即使是楼下站着一堆人，她也是羞涩地自己站在人群之外等着她的母亲。如今她有了丫丫，孩子成了她的翻译官，左右逢源着。想必，这个可爱的小人儿，成了她人生的桥梁。这座桥是她内心世界里最幸福的支柱，是最温馨最动人的画面。

　　在秋日的暖阳里，我离开了她们。我边跑边回头看着她们，晨光灿烂在她们的身上，银铃般的笑声又传入我的耳际。眼前，御河的水波光粼粼，我想着，明天是不是还能遇见她们呢？

四十年来家国，三千里地山河。凤阁龙楼连霄汉，玉树琼枝作烟萝。几曾识干戈？

一旦归为臣虏，沈腰潘鬓消磨。最是仓皇辞庙日，教坊犹奏别离歌，垂泪对宫娥。

闲来无事，只读李煜，不，是读他的心。词间我看到了他眷恋风花雪月的故事，也看到了他孤独无助的守望。

一首《破阵子》看到了南唐曾经的繁华，不曾经历那战乱的纷扰，大好疆土，江山如画，美人如云。谁能想到三千里山河的美好家园顷刻间覆亡，一国君主作别了帝王的行宫，别离了后宫三千佳丽的热媚，仓皇失措地逃走。留下了太多的不舍，太多的惨淡，凄惨苦涩的泪水顺流而下，洗瘦的何止是脸颊，还有腰身与内心深处的无奈与脆弱。这样的词，谁读起来都是哀婉郁结，撼动心魄，催人泪下。

话说，李煜天生一副帝王相，明目俊美，倜傥卓绝。上天赋予他七夕节来到人间，又在这一天黯然离去。在他离开人间烟火的时候，身子呈弓状，心尖指向了南国，双眸久久不肯闭上。我想他是在向往曾经的江南水乡，那个况味的"浪花有意千重雪，桃李无言一队春。一壶酒，一竿纶，世上如侬有几人"。这种皇宫隐士的生活，对李煜是非常合适的。文学世界对于他来讲不仅是个避难所，更是一个广阔的精神家园。他不仅找到了安全感，还真的获得了幸福感。这是一种前所未有的自由和快乐。

回想李煜在早年当王子的时候，曾经过着一段悠闲自得的生活，但是，因为"鹬蚌相争，渔翁得利"的故事，无意权力的他被推上权力的顶峰，坐上南唐国主的宝座，使他成了历史上最具温情的皇帝。只可惜的是，当时政局非常糟糕，内有臣下结党营私，外有大宋虎视眈眈，李煜的后宫也不算安定，因此，他当国主的那十几年，是最让他苦闷挣扎的一段人生。也许，地位对于其他人那是世界上最具诱惑的东西，然而对于他来说，不如去过那种一壶酒，一竿纶的悠哉渔夫生活。所以，他一直向往世外桃源的悠闲生活，他向往在幽静的山林花间，品茶抚琴，对饮成词，有知心爱人相伴左右，一晌贪欢。可惜命运却极大的讽刺，和他开的玩笑太大，南唐国主，这是个沉重的负担，坚守南唐岂是一个才华横溢的羸弱文人所能承受的？他哪能想到在歌舞升平的繁华过后，便是苍凉悲戚

因为懂你

的到来。

　　风回小院庭芜绿，柳眼春相续。凭阑半日独无言，依旧竹声新月似当年。笙歌未散尊罍在，池面冰初解。烛明香暗画堂深，满鬓青霜残雪思难任。

　　南唐的气数已尽，他不能让所有的百姓跟着他去受罪。他可以领着众臣、兵将、百姓去做一次最后的反抗，然而，他知道，那将是一种最无谓的抗拒。他知道自己活着只是一种苟且，死去更是一种最好的解脱。但是，他不能让所有的臣子和百姓跟着他去送命，他爱他们，他唯一的选择就是降服于宋，让他们好好活着。活着就是王道，看来无限江山，别时容易再见难啊！李煜想让南唐的精髓还活在世上，也只有这样。流水落花春去也，忧思只能寄托于此而已。

　　春花秋月何时了，往事知多少？小楼昨夜又东风，故国不堪回首月明中！雕栏玉砌应犹在，只是朱颜改。问君能有几多愁？恰似一江春水向东流。

　　故国已是更姓，山河变得陌生，一切都是悲凉。满腔愁苦哀思化为尘埃，无声落地。即使那仇恨是万般怒火，千层巨浪，也只有春水东流。这是谁的短长？李煜自己背着。痛不欲生，纵然满腔愤血，也缓缓而去。故国不堪回首月明中！
　　一千多年前他孤独而艰难地守望着他的家园，而今，他在我的心里怎么还是那样的孤独无助。他的每一首词，每一个字都在敲打着我的灵魂，诉说着尘世的寂寞与忏悔。我似乎从未听到过萧声鼓乐，从未看到过歌舞升平。只有一个孤寂的清瘦身影行走在历史的长河，春花秋月何时了，往事知多少……

小店轶事

"针尖大的窟窿，椽头大的风。"这是民间谚语里对冬季门窗不严，寒风袭来最形象的比喻。就最近，我在一家小店吃削面，天气冷得实在给力，小店墙壁很严实，唯独门走风漏气。进出的人们多了，自然室内温度不高，遇到不能随手关门的人，靠门口坐着的人还得自己去关，性情温和的人关了就继续吃，不就是吃顿削面的时间，一会儿的事儿。但是也有不那么随和的人，大声喊着服务员，关门！其后还会跟一句粗话。

我在靠墙的桌子上坐着，隔一桌子坐着一男一女，男的去吧台订面，女的等着。一会儿男的端着两碗面过来了，女的娇滴滴地责备着他："什么破地儿，门不关，冻死了。"男的起身把门关严了，看着女的说："快吃吧，大冷天吃点面热乎，等会儿还有事，省的吃别的浪费时间。"女的瞥了一眼他，露出了不情愿的样子，筷子在碗里来回挑着，嘴里还叨叨着什么，我没听清楚。门又有人出去，没关严，女的生气地看着他数落着，最后一声我听见又是说冻死了。男的继而起身关门，女的依旧是来回挑着那碗面。男的还是像检讨一样说着："就凑合一顿吧，晚上再好好吃啊。"女的满脸都是不耐烦，嘴里骂骂咧咧的，不住地说着"冻死了"，男的不住地起身去关门。

　　这一男一女在我的"窥视"中，一顿饭没有愉悦地结束了。走时，男的拎着包在前，女的双手插在棉衣兜里在后。我心想着，女的出门是否能把门关严实了，女的走了，扬长而去，门大开着，门口的一个年轻小伙子随口跟了一句，"什么东西？"他起身关门，并向着女的背影吐了口痰，我看着他们的行为都恶心了，一碗面吃了一半，再没有胃口。如今的人这是怎么了？就说那女的，恋爱也好，夫妻也罢，男的已是低三下四地一再强调中午时间紧，凑合凑合，到头来她还是一脸不依不饶，脸色难堪，语言犀利，对环境也是不能容忍，最终忘记了自己的冷，扬长而去，留给别人对她的鄙视。其实，彼此如若相爱，在哪儿都是暖，吃啥何尝不是甜呢？冷了，不是抱得更紧了吗？削面的热乎不是更适合温胃御寒吗？如果女的有爱，自己在饱受寒冷之后，出门一定记得随手关门，给大家一个暖。如果那个年轻小伙有爱，随手关门即可，何必还要冲着离去的背影吐痰呢？不过小店里还是有爱存在的。

　　两位中年妇女，一位怀里抱着个小孩儿，另一位忙着端汤、弄菜。抱小孩儿的手伸进口袋里掏纸给小孩儿擦鼻涕，随手带出了一百元钱，悄无声息地落在地上。另一桌的老伯看到了，忙着告诉她，她看着钱，连忙捡起，"谢谢，谢谢……"好几次谢那老伯。一百元对于抱孩子的女人和那位老伯也许都不是个事儿，也许是个事儿，但那样的举动足可以推断出一个人的品性，看来还是有爱存在的。来回进出小店的人们，你把门关严了，他也随手关好，爱在顷刻间传递着，我独自坐着，喝了点面汤，身上暖乎乎的。临走时，随手关上门。

外面冬日暖阳明媚暖心，我开车而去，心被阳光晕染得亮起来！

这是我近几年来看到的最简陋的小屋，看到的最认真懂事的女孩。这样的画面似乎有些夸张，但是她就是我见到的最真实的一家人。

我因有事儿，要到库房一趟。库房在郊外的村庄，院里住着一户来自内蒙古的打工家庭，夫妻俩和一个六年级的孩子。女孩在暑假里我就见过，这次见了之后，她又长高了许多。

我到库房时正好遇到小女孩放学，她脖子上挂着一个钥匙，开了家门，把红领巾解下之后，在院子里的桌子上放下书包，开始写起作业来。她没有喝水，也没有去找什么吃的，可能她从来就没有那习惯，我只是以我的习惯来估计她的行为。她开始静静地坐在院子里写作业。

我看着她问："你每天都是这样的？"她"嗯"了一声。"你爸妈什么时候出去的？""可能早上不到 5 点吧。""那你早上自己去学校？早饭吃什么？""我早晨习惯了不吃饭，自己去学校，也不远。"她似乎毫不在乎这些，边和我说话，边继续写着作业。我又问她："你每天几点就完成了作业？""最早 6 点，最晚也就是 8 点吧。""那班里的同学们都是几点做完作业的？你知道吗？"

可能是处于好奇，也可能是因为职业的原因，还可能想和自己的孩子比较，我问了许多问题，她说："班里的同学们大多在十点多完成作业，也有写到 12 点的。"我通过问她，还知道她班里四十多个学生，她每次考试都在前三名。

我知道她父母从内蒙古来城里就为打工多挣点儿钱。她的父母没有我大，但是看起来沧桑得很。母亲个子矮胖，一说话就笑，父亲也是笑嘻嘻的，一点儿都看不出来生活的窘迫。女孩说，她的父母非常辛苦，她就想好好学习，长大了不想打工，想当一名老师。她说话的时候，微笑着，语气里满是憧憬与甜美，好像当老师的梦想就在眼前。我看着她，告诉她只要努力，这点梦想一定可以实现的。她低下头，认真地写着。我看着她那工整而秀气的字迹，就像她清秀的脸庞，似乎看到了一个站在讲台上，传道授业的老师。

太阳要落山了，天色暗了下来。女孩的作业已全部完成了，她收拾着，又拿出来语文书，我问她："不是都做完了吗？这又要写什么？"她说："明天要学新课，我要提前预习一下。""这是老师规定的吗？""不是，老师没说要学新课，我估计要学了。"女孩边读课文，边勾画着词。这时，她的父母回来了。

天气没有多凉，但是两人武装得严严实实的。我和她们熟悉，盘问起中午在外面吃的什么？今天挣了多少钱？是现金还是赊账？那女人也是个话唠子，男人站在一边不言语，推着电动车说去买馒头。女人和我说着话，身上满是灰尘，但脸上却挂着笑容。我问她早上起得那么早不累吗？她笑着说："好呢，习惯了。"女人胖乎乎的脸蛋，一笑现出两个深深的酒窝，睫毛又长又黑，很喜人的模样。她小有兴奋地说，今天干了一天活，老板不错，给了180元，他们夫妻两今天收入360，明天还是伺候这个老板，还能挣360。她满是幸福的表情，瞬间诠释了幸福是什么。在那一刻，我被她的满足感和幸福感感染了。巴尔扎克说对了，"幸福并不在挥霍金币的房屋底下"。看来，幸福就是平常生活里的一种平常人生。

天彻底黑了，我的事情也办完了。并排着的两间房，并不是相通的，女孩自己睡一间。男人开始忙乎着做饭，女人还和我说着话。这时我发现女孩在家里坐着看书，家里太小了，一进门便可以坐到炕上。被子还没有起炕，狼藉的小屋开始散发出炒菜的味道。女人热情地要留我吃饭，我婉言谢绝之后，走进了夜色之中。

郊外的夜路车少无行人，路边的树影错落得有些张扬和诡异，幸好月色不错。没几分钟上了大路，夜色阑珊，灯火璀璨。我想着那个在屋檐下静静地学习的清秀女孩，那早出晚归的辛勤父母。幸福是一盏灯，那个"老师梦"点亮了女孩的方向。好一个秋凉，一个满载希望与收获的季节。我内心里祝福着那个纯真的少年——早日从那个小屋走向讲台！

阿滕

阿滕是个很帅气的小男孩，每次见到他总是像化了表演妆似的，难怪我这么认为。瞧他那皮肤白白嫩嫩的，感觉一掐就冒水，那眉毛浓浓地拧在一起，眉梢还上扬了，睫毛长得可以放两三根火柴棍。最可爱的是他那张嘴，红润光泽，嵌在这张白嫩的脸上显得格外醒目。

阿滕现在5岁多了，在他3岁左右的时候，话总是表达不清。印象里最好笑的是他说的"好"字，太不清晰，总是说成"小"，问他好不好，他总是说"小"或者"不小"。我专门借这个字来逗他，每次总能把我笑得肚子痛。但他还是坚持自己的说法，甚至还和我急。他除了这个字说不清，成串的话也是很难听懂的，有时他爸爸妈妈在身边陪伴着，就义无反顾当起了翻译。他说不清话还挺爱说，总是看到自己好奇的东西或事情就不断地发问，直到最后问得你没法回答了。这点很好，打破砂锅问到底的好习惯应该保持下去，以后上学了若对什么问题都要追究个明了，那这小家伙的学习一定赖不了。因为他说话不清，有时他说得急，我听得还急，有时实在是他说了好几次我都没领会意思，我便以"是"或"不是"，"好"或"不好"来敷衍了事。现在他稍大了点，话更多了，但也清晰多了，不过若说得太长了，我听起来还是存在误区。

　　小家伙的胃口特好，身体特棒。偶尔我会接他到我家里来，在接他的时候我是很负责的，总要问老师他在幼儿园吃饭了没，老师回答得很干脆："吃了，吃了好多呢，回家可不敢给他吃啊。"然而当我问到阿滕的时候，他总也是把头摇成了拨浪鼓，嘴里还一再强调："没吃没吃。"我晕啊。后来听他妈妈说，他就那样，想回家里再吃。我就偶尔接他这么一次，总不能给孩子留下个不好的印象，于是让他爱吃什么尽管说，捡他爱吃的买。因此他在我跟前总是放肆得很，也开心得很。

　　阿滕很爱表现自己，他也是我学摄影的第一个模特。给他拍照不用我费劲地帮他摆姿势，他自己就有无数的劲爆动作。有时我还没拍完此动作，他已经又换了一个姿势，还时不时要看看拍得好不好，问我帅不帅。有时他也有不顺心的时候，你怎么哄他，他都不开心，那这个时候让他拍照也是徒劳。不过这时你要是拿出一份熏肉火腿肠来诱惑他，还是能扭转局面的，他酷爱火腿肠，我是领教过他对火腿肠的钟爱。小孩儿也是吃人的嘴软，拿人的手短啊！一截半斤的火腿进肚之后，什么事都忘了，小肚子鼓起来了，嘴里说着："舅奶，这会儿能照相不？"语气里明显含着柔软。我看着他那油光的嘴和脸，告诉他不拍了。他一下子又兴奋起来，刚才是因为什么恼怒不堪的，我不知道，想必他也不一定知道。

小孩按道理是初出茅庐不怕虎的，但是阿滕有他心里畏惧的人，那就是"日本人"。他怕日本人还是源于父母在看中日战争剧时对他的言词，我想一定是在最为血腥暴力的场面，父母说"日本人怎么的可怕，杀人哩，不听话日本人就来了"。孩子还小，就这么说过几次，那是一准的从心里到思想上都惧怕日本人。因此每当他不听话时，人们就把"日本人"拎了出来，阿滕自然就乖巧多了，他是真的怕。我在他面前没有提过"日本人"，他不听话我就只管他任性去，等他任性够了，自然就乖巧听话起来。还有他的大男子主义思想意识很重，和女孩子从来不计较长短，总认为男人天生就应该让着女人。而且阿滕最让我欣赏的一点就是他说话算话。一次他妈妈爸爸不在，他在我家待着，晚上看电视迟了，他硬是要做作业，我想一个幼儿园小孩儿，做什么作业啊，哄着他说睡吧，太晚了，可他临睡时说："我明天早早起来做。"果然第二天早晨，他起来第一件事便是写作业。我还是劝他不要写了，他是这么说的，"男子汉说话算话。"我晕啊！这点着实让人喜欢，我想这是受他爸爸的影响深了。

阿滕是有理想的，当警察，穿警服，戴警帽。我给了他一些警察服装，听说每天回家都要戴上帽子，穿上衣服比画比画。最近说幼儿园组织去了趟消防队，听说他又喜欢上消防官兵了，理想变了。我寻思着他就是喜欢戴大檐帽的，穿制服的，这类职业他可能都觉得好吧。

阿滕是外甥的小孩儿，外甥的婚姻我想一定属于上上婚，不然

怎么会有如此聪明可爱的小家伙。阿滕现在是非常优秀的，祝福他
在未来的日子里，阳光帅气地走出精彩人生。

我曾经见过一位老人，他的贫穷以至我无法用语言描述。从那时起我的世界观就改变了许多，我相信"人之将死其言也善"的道理，当人到了最危险的时候，譬如猛虎野兽追逐，他求生的爆发力将是平时的几十倍，但我再也不认为一如继往的贫穷是激发斗志的动力。

婆婆所在的村庄依山傍水，一年四季都能听到泉水叮咚的声响，村庄南面就是桑干河。河面宽阔，河水清澈透明，时常有打鱼的人荡着小船，在夕阳余晖映照下晚归的身影，夏季里有渔舟唱晚，芦苇丛里浆声划出的热闹风情。清晨空气里弥漫着浓浓的草香，也夹杂着各种牲畜的粪味儿，寂静的村庄鸡的鸣叫、羊的欢呼、牛的哞哞、泉水的叮咚，扁担的吱扭……各种声音组成的交响，一直延续到八点多，才逐渐消停下来。我在这里待的最长一段时间就是十天。在那十天里，我绝大多数的时间都是在屋子里和孩子睡觉，要不就是给孩子念故事。她纵然是听不懂的，但这也是我最好的消磨时间的方法。

隔壁邻居是两位放羊的老人，据说他们弟兄俩都是光棍。每晚在我睡觉的时候，才听到他们扬鞭归来，之后便是"咩咩，咩咩……"的群羊进圈的驱赶声。可能只有把羊们安顿妥当之后，他们才开始犒劳一下疲惫了一天的自己。我那时和孩子大概已经是进入梦乡了吧。

一天早晨，我认为是我这一生中起的最早的一次，天色刚亮，孩子还在酣睡中，我在外面随便走走看看。夏季的村庄空气的确是不错，隔壁老人已经是准备放羊去了。只听的群羊出圈的热闹气氛，我忙着走出院门，看到的是两位衣衫褴褛的老人，肩上一侧斜挎着灰色的帆布袋子，另一侧也是斜挎着一个绿色的大水壶。这两件家伙交叉着把那位老人的上身前后各打了个"×"，里面装的就是他们一整天的伙食吧。我上下打量着老人，这位背粮食的老人更沧桑些，他有七十五六的年龄，个子很高，但背驼得厉害，瘦骨嶙峋很赢弱的样子。再看他的脸上黑黄的皮肤，灰白的胡子，几绺稀疏的头发似婴儿的绒毛在晨风中浮动，脸上似乎缺了什么，但的确是五官齐全。我不好意思地启齿："您儿这么早就出去？"他腰弯得更厉害，露出了黄色的牙齿说："嗯嗯，每天都这样。"这时的羊群低着头你挤我，我挤你的，昨晚清扫干净的路面，一经走过，留下了一层黑黑的羊粪，均匀地分布在地上。此刻空气里弥漫的气味与老人从我身边走过时散发的味道一样的浓烈。

那些羊大概有三十只，一夜在圈里憋得难受了，都快速地走着，那眼神都直勾勾的，晶亮，像是被饥饿点燃着，看到绿色的草地就凑到一起，吃着，身后又稀稀拉拉地留下了一粒粒的粪蛋蛋。这些动物可能就是老人生存的希望寄托，它们和他组成了一个家庭。

老人走远了，我看着他的背影，想着他是否向往过美好的生活？又想一定没有，他可能觉得这种生活对他来说就是一种宿命。我回头看着他的院门，那两扇大门两侧的木头磨得圆滑，下面离地面有半尺高，也是磨得光溜溜的，还挂了一些动物的毛。门是虚掩着的，并没有上锁，我在门前站了好一会儿，因为太好奇，壮足了胆子走了进去。院子满是狼藉，一间房子经年未修，雨水冲刷的房顶陷下了一半，一部分不大粗的木头和泥土裸露在外面，参差错落，再有山雨吹打那指定落魄成废墟。我知道那只凶猛的黄狗已经跟着老人走了，没有看见其他生命迹象，我继续往前走，试图要看看他的家。我在玻璃窗前站立，将手弯曲起来，放在玻璃上挡住阳光，看着里面，"喵"的一声，着实吓到我了，我后退几步，一看，爬到玻璃上的是一只猫，"哦"，不是一只是好几只，可能是五只吧。这几只猫同样的瘦得像纸片。我又扒在玻璃上看里面，里面是一目了然的赤贫，炕上一卷行李，地上满是树枝，一个柜子上面放着好几个大小不一的盆子。炕上也有两个盆子，放着水和黏糊糊的食物。不过这几只猫好像比老人干净一些。我离开了玻璃窗，瞬间听到了几只猫在屋里你死我活的欢宴声，树枝上跳动声，柜顶上盆子的碰撞声……

我走出这个院子，阳光已经穿过云层射了下来，村庄里鸡鸣狗叫声混杂着，此时我的腿确实是很沉很沉，思想也是很焦虑。我是从未见到过如此的贫穷和孤独，以及衰老以及……此刻我需要一剂止痛的良药，也需要安慰。我不知是怎么走回了婆婆家，我平生第一次觉得贫穷落后的环境，就是井底之蛙，看不到外面的世界，什么时候都不觉得贫穷。因此贫穷的环境下孕育出的生命，似乎没有改变命运的动力，只有坚守。我坐在炕上，看着静静地酣睡中的孩子，这个家和隔壁那个家比起来，我似乎居于殿堂。但是无论如何我都不能将贫穷看成优点，村里人都坚守着贫穷，也欢喜着。我是无法忍受贫穷，第二天我就离开了临时小住的婆家，回到了城里的家，这一下我真的觉得进了殿堂。但是我还是开始想，兴许在更高一级的人眼里，我是否也像那位老人在我心里扎下的根一样痛呢？从那时起我决心要向前冲，不管路途如何艰难曲折，我都要走下去。

再次回到婆家，那是秋季，也许季节也可将贫穷缓解。我透过老人家的大门，看到满院子里都堆满了黄澄澄的玉米棒子。这是个半下午，老人一定不在，阳光倾泻在院子里，玉米金灿灿得发光，我看到了一派丰收景象，贫穷似乎一时间改写了。玻璃窗上依旧有那些守望的猫，它们的身子好像不再如同纸张的单薄，肥了点儿。但愿老人那羸弱的生命也不再羸弱，毕竟这个家有他便是好多生命的希望！

周末在娘家吃火锅。

一大家子围着一口锅，你的筷子夹出来，我的筷子塞进去，夹出来的是热辣，塞进去的是浓情。如今能在一锅里搅来拌去的不是一大家子就是最挚爱的友人，这热辣，这浓情，在香飘飘中凝聚着、酣畅淋漓着。

每次吃火锅都要买好多种菜，其实把那十几种或菌类、或鲜蔬、或肉等等，只要在那香辣的锅里一煮，出来再往或海鲜、或麻酱的料里一蘸，那都是一个味。辣得张大嘴，舌头来回伸缩着。若还辣就喝点冰镇的饮料，这下顶瘾，辣的感觉没了，继续各种涮好的东西劲爆着入口。碰杯声、锅里的沸腾声、你叫我嚷声，混杂着热气腾腾的火锅味，映着一张张红通通的脸，幸福在升华。最终我明白了火锅吃的就是一种浓情、一种喧闹、一种除吃之外的其他东西。

最早吃火锅是在八几年，已是记不清了。那时娘给买了个铜火锅，卖木炭的地方还不多，父亲还自己制作过木炭呢，想起来都温馨得不得了。那时吃火锅主要就是吃肉，菜都靠边站，有时也不准备菜。每次娘都是自己切肉，真正的手切羊肉，厚厚的片子，在锅里涮吧涮吧就进肚了，香得不行不行的。想想现在的那薄薄的羊肉卷儿，在锅里一涮几乎就没了，想要吃的有感觉，那得明确要求手切羊肉。想那年月，每次吃完火锅，我们姐弟都一个感觉，撑得不行，再也不想吃涮羊肉了。短期内不会去想火锅，隔上半个月又想了，再大吃上一顿。就是这样，铜火锅在记忆深处扎根了，那种吃火锅的情结在时间流逝中却一如既往的浓厚。

小时候吃火锅时间拉的最长，一般从准备到开始热火朝天的涮，到吃得向后撤，再到娘把火锅用炭灰擦亮，这大概需要半天的时间。现在吃火锅准备用不了多久，但是说话时间长，边吃边聊，从大禹能聊到习大大，从头脑清醒聊到胡说八道，从起初的嘴巴麻辣不适到再辣再麻都毫无知觉。一家子吃火锅坐在自家里，心情再沉重都是轻松的，一切的不如意都化成了泡影，抛在了脑后。一味地享受亲情的温暖与幸福，有父母的陪伴，有亲姊妹的笑脸，这就够了。有时和最亲密的挚友在一起，也可以享受几双筷子同在一锅里搅的温暖。这般温暖有酒且饮，低吟浅唱古人的"莫许杯深琥珀浓，未成沈醉意先融"在觥筹交错中、在推杯换盏中，从中午一直吃喝到晚上，悸悸然晕乎乎地睁开眼，已是繁星满天。回了家，抖落身上的衣服，除了酒味，也有经久不散的火锅味，还有的就是浓浓的友爱。

适逢数九寒天，吃火锅吧。这火锅，里里外外都体现出了温暖，锅圆汤热，团圆而热乎。不拒荤素，不嫌贵贱，只要能在一锅里搅和，那就不用说关系，不是亲情就是挚爱。火锅的热辣浓情，在锅里也在锅外。

感悟人生

灯下读我

　　我有时总在思考着人生，但最终未能定论。我总是在羁绊与解脱中过渡，夜晚的灯下，最是读自己的好时光，但也最是迷茫无助之时。

　　此生注定了方向，定然是碌碌无为了。蓦然回首二十多岁的时候，浑身的志气，就在那三尺讲台上也能抖落个眉飞色舞的。兴许是初出茅庐不怕虎的稚嫩，敢想也敢干，活得有声有色。我肯定，我是有着高标准师德的教师，每一次站在讲台上我都精神抖擞，状态好得不行，课下一头扎进或作业或学生堆里依旧是忘记了自己。想起那十年的时光，实在是充实得很。也为自己的人生重彩一笔。那时，我没有感觉到钱可以改变命运，我死认定知识改变命运。然而又十年之后，我还是被前者说服了。就像那句"人定胜天"一样，一次次自然灾害之后，家园满目疮痍，荒凉贫瘠时，人真的胜不了天啊！真理往往也能被推翻。

灯下，我翻阅着书，只听得书在翻阅声中响，可我却什么都好像没看进去。只是眼前晃动着陆游的一句诗"老病已全惟欠死，贪嗔虽断尚余痴"。徐国能说这句诗写在略显泛黄的梅花喜神笺上，苍寒的笔力仿佛暮冬的一剑兰叶，隐约指向迟来的春意。我却怎么也理解不到这个层面去。后来翻看整首诗，方才领略了陆游当时的心情与意境，真的是没有那种万念俱灰的情景，是在病好后看到了迟到的春天的节奏。看来读诗必须要读到诗人的情怀才好，否则只是看到了文字的皮毛。回头想自己，绝大多时间都在读文字的皮毛而已，是在做文字旅行，过眼云烟，实在是亵渎了文字的魅力。

前些日子在日本的"浅草寺"，算是个神庙一类的景区。小雨淅沥，网状的旅游鞋里全是水，阴冷阴冷的，实在不舒服。看看那寺庙的规模远远不及我们的"华严寺"气派雄壮，再说那"浅草寺"的历史渊源也远不及"华严寺"。由于天气不好，心情自然好不得哪去，只是驻足观望。就在要出来的时候，看到了一个抽签的箱子，上前一看，箱子上写着"抽签100两"，我明了这是要放一个100日元的硬币就可以抽签了。摸口袋里只有10日元的硬币，想着反正日本这地方没人看着，投多少谁都不知道，只有自己明白，于是就投了一个10日元的硬币，抽了一签。没想到，签上的内容不好，随即被我揉了个稀巴烂，还吐了几口唾沫。嘴上还说："中华上下五千年的历史文明，日本的一切文化还不都是在效仿我大中华？"那一刻，极度地鄙视这个"浅草寺"，导致那一天的行程都在雨中度过，心情郁闷。后来我想，人家明明写着放 100 日元的硬币，可自己没有遵守诚信，玷污了文明，当然抽不到好签了。可见自己在履行诚信这一块上还存在缺口，思考再三，那签就算是个惩罚得了。于是，不再寻思签上到底写了什么，过了一段时间，什么都忘记了，但没有遵守诚信的那事还搅在心里很不是滋味呢。

这两年，真的是游手好闲，偶尔和朋友们喝酒，但酒也喝不了多少，便是微醉。之后将有一番车轱辘话，来回说着，不知道什么时候睡着了。这一醒来就是一个断片，似乎发生过，又似乎没有经历过，只能靠自己游说自己，"一切都是过眼云烟。"安静下来就翻开日记本写下一些文字，这便是中年的日记，大多是在发生了事情之后的一些记录，多为忏悔，我叫它"忏悔录"。

说起日记，我是从很小就开始记录了。记忆中都是父亲强制着、看着我写，长大一些，日记成了隐秘心事的摇篮。日记里假装坚强，假装成熟，假装有心事，甚至还假装恋爱……装着装着真的大了。日记依然伴随着我，因为只有写出来，记忆才能泛出淡淡的清香。

曾经以为笔墨挥洒可以换来钱，后来发现拿笔墨换钱太难，但这真的是件很幸福的事。生命是河，日记是鱼，鱼在生命的河水里畅游，短暂的记忆却是一个又一个的休止符，有狂放的飞舞，有寂静的等待，生命即使是没有明确的方向，记录下来依然很美。

夜色阑珊中万家灯火璀璨，窗外，各家有各家的欢乐，不乏烦恼。我在灯下读着自己：身为闲身巧度日，心为忙心常思量，寒来暑往随风去，春秋冬夏念烟波……

让心停泊于月下

　　这暗寂的夜，让思绪微弱的闪烁。这季的花开，于我一生都是种妩媚，在蕊心里灼烈，又缓释在灵动的心河。这盛夏的绚漫缤纷，艳丽了我每一个晨曦月下。

　　（一）读书

　　文字像是罂粟，会把幸福叠加，也会把伤疤掀开。文字并不深奥，有的人读的只是文字，那叫路过；有的人一语点破，那叫懂得。文字的世界里，不一定能把一种幸福或寂寞表达得淋漓尽致，但总是能看到点踪影。

我读书时总是喜欢握一支笔，旁边放一叠纸。好的语句首先勾画，实在是喜欢的语言索性就摘抄下来，随时随地拿出来享受那种语言的魅力。读到故事性强，又深深地冲击着我的软肋的文字，我便会直接把自己放逐于文字的境遇中，主人公不是作者笔下的张三王五，是我这个经历了半世风雨磨砺的女子。哭笑亦过往，雨过天还晴。

曾一度把读书看作是最神圣的使命，具有极大的荣耀感。"万般皆下品，唯有读书高。"尤其是女人更应该是行走在书行文字中才觉得那是最美。可惜美女往往都不在书中，扎在书中的女人大都不是美女，都是想通过读书，从内在气质修炼成自己觉得合格的形象。上帝创造人的时候绝对的公平，颜值过爆的女人总是心浮气躁安不下心来静静品味书中的乐趣，而普通人的日子就是这样的寂静无声，在书中畅游寻欢。

一本好书就是一位良师益友，不论你是西施的美貌还是玉环的身段，捧一本书静静地读过，才发现有时也需要一个静默的港湾，只属于心灵的停靠站。

（二）记忆

记忆这个不是东西的东西，总是把想遗忘的备注得更清晰，任你不看不听，也会在夹缝里挤出来挑衅着你的遗忘。

我和她面对面坐着，她那娇美的容颜，说话的坦诚，我们心灵的默契，总是能不约而同地想到对方。每一次在一起的时光，她总是在记忆这个狭缝中挣扎一番，她的过往更具有故事情节。我说她与那谁的记忆被备注得更清晰一些。她离婚了，那谁是她的前夫，我不喜欢那个人，因此就叫他那谁，这样叫他我心里很舒服。

我们在一起时她总是要说起那谁，她说对于那谁她一丁半点儿的情感都没了，但是我发现那谁在她的记忆深处也许住得还很深很深。她笑着说刚刚毕业，在她第一天上班，她听到的第一声说话就是那谁，就那么几声话语把她迷恋了，之后当她看到那谁的面孔，她的整个心被融化了。她在瞬间相信了"一见钟情"这个词，她说那是上帝赐予她的小鲜肉。他们恋爱了，结婚了，有小孩了。一切都是那样的美好，郎才女貌，事业爱情双赢的节奏。七年后，他们分手了，如今孩子已经 18 岁，她说已经看不到那谁的好，只是记忆深处还留有一小点空间。我说这段视频就该彻底地删除，一小点都不留。说这话的时候，我其实也是违心了，有些记忆即使是灰色极致了，但就是清晰得要命啊！

（三）朋友

　　美貌是危险的，智慧必须靠努力才能获得，而朋友则取决于你自己的选择。我选择朋友的底线是善良，在他的眼里有我的位置，这样才能走在一起。不然无论富贵贫贱我都不会取悦。

　　生命中不能没有朋友，即使你是个孤陋寡闻的人，有时也是需要一两个朋友来暖暖心。我是个性情中人，隔些日子总是特别想和朋友在一起聊聊。但是有时也会纠结，是否朋友在心里也有过同样的感受，是否也需要过我？一度，我怀念了一个发小，专程拜访过，没有找到她，但打听到了她的电话。那号码在我的手机上欲要拨出，又挂掉了，反反复复好多次，最终我还是没有勇气拨出，原因很简单，我就怕她从来没想到过我。于是自己劝告自己"相见不如怀念"。那种种设想相见欢的场面与矜持，都羞于唇齿，掩于岁月。

　　风无定，云无常，人生如浮萍，聚散无常，相遇是有缘，相识是用心，相知贵乎真心。用心经营一段友情，如清水煮月，虽淡却在深夜里想起。

（四）希望

听过好多道理，依然过不好这一生。这是不是很可怕？四十多岁了我依旧在琢磨着如何过好这一生。喔，不是一生了，是半世。怎么过好？这是一个希望，也是一种追逐梦想的力量。

有时不惑万千，一种顺风的陪程，暖了季节，却又把心思一朝一暮堆积，堆积成了一种厚重，一种患得患失的富有和贫瘠。在别人眼里的你也许是幸福的、快乐的，但自己往往觉得空虚寂寞得难耐，那种感觉比贫穷还要直不起腰。于是我需要的是一个出口，哪怕是一个小小的路标警示自己，提醒自己。有时也要八卦一下，到寺庙里找大师说说，为空虚的心灵找个落脚的地方，缓缓歇歇，灵魂在中转站稍作停留，低下头闭着眼，听木鱼声声，澄清是非扭转观念，心不在高原流浪，收回来，放在胸前。

其实，每一个人想的最多的还是自己的得失成败。一切生物的希望都是和自己息息相关，默默相承。一季的花开，为的是绚丽璀璨的绽放；一辈子的守候为的是相依相偎的终老；希望总是不经意间溢于言表，驻于心头。有希望便是晴天！

让心停泊于月下，静静地守候一份宁静，有书读，有朋友陪，有恬淡的记忆，有展翅欲飞的希望……

凄风苦雨地冻天寒，十字路口纸絮飞舞乱弥漫，亲人焚烧一季的思念，无端风雨肆虐，泪水涟涟……

这是一个初冬的夜晚，城市迎来了首次霜降，又一年的天寒地冻要来了，树木在一夜之间被墨色泼染。冷了。不过，每年一进入初冬，街面上就渗出了狂欢。

按道理今年的农历十月初一夜里狂欢的节奏不应该发酵，但是依旧狂了。因为，这一天也是西方的万圣节。还真是与国际接"鬼"了！

今年，11 月 1 日恰巧是农历十月初一的寒衣节，在南北方都称其为鬼头日，这是我国传统的祭祀节日，这个相传起源于周代。这一天，特别注重祭奠先亡之人，谓之送寒衣。寒衣节与春季的清明节、上巳节，秋季的中元节，并称为一年之中的四大"鬼节"。同时，这一天也标志着严冬的到来。

冬季到来与我而言并不凄冷，我穿成炮弹足以御寒。但是，寒衣节，这个日子，我从小就怕。姥姥去世得早，小时候，妈妈每到这个日子，总要买上好多纸钱和纸衣服，在黑夜让我陪着在十字路口烧掉。我那时最怕这个节日，我不晓得世上是否有鬼，但夜里那错落的树影，凄冷的风声，远处燃起的火焰，悲哀的哭泣，这足以让我怕得脑门都木沉沉，心抱成一团。矛盾的心理让我不知如何是好，闭着眼，我怕突然间奔出来个鬼怪魑魅；睁着眼，我又害怕极了，怕看到一个吓人的魔鬼出现在我面前。我从家里出来的时候就告诉妈妈，不让她哭的。我想，妈妈那时候也是害怕的。她每次都是烧罢纸类物件就拉着我往回返，我感到那一截路好长，总是跑得我腿有点软，似乎两腿要互相搅拌在一起了。

长大之后，我的胆子也长大了点儿，家已经搬到了市里。寒衣节烧纸的事情，妈妈说，姥姥没有来过市里，烧了姥姥也收不到。索性，在城市的灯火辉煌中，妈妈只是在家里孤独地思念着自己的父母。这个时候的妈妈，我知道她内心深处最是苦痛寂寞的。我不敢想在若干年后，我成了妈妈那样孤单，那我将如何去面对，我真的不敢想，也的确不愿意去想。每到这个时候，我在心里一个劲儿地祈祷着、祝福着我的父母——健康长寿、快乐幸福！

再说那万圣节，版本多的去了，我当然不知道哪一个属于正版。近几年传进我耳朵里的故事是：欧洲的基督教会把 11 月 1 日定为"天下圣徒之日"即圣徒之意。传说自公元前 500 年，居住在爱尔兰、苏格兰等地的凯尔特人，把这节日往前移了一天，即10月31日。他们认为该日是夏天正式结束的日子，也就是新年伊始，严酷的冬天开始的一天。那时人们相信，故人的亡魂会在这一天回到故居地在活人身上找寻生灵，借此再生，而且这是人在死后能获得再生的唯一希望。而活人则惧怕死人的魂灵来夺生，于是人们就在这一天熄掉炉火、烛光，让死人的魂灵无法找到活人，又把自己打扮成妖魔鬼怪把死人的魂灵吓走。之后，他们又会把火种、烛光重新燃起，开始新的一年的生活。

然而，现在的万圣节成了中国人的一种狂欢。我第一次见着街头扮鬼狂欢的模式，险些没把自己吓晕了过去。

那时我下班，穿行于大街上，天气有点冷，我竖起领子，将头缩在领子里，低着头，顶着风，逆行着。突然，前面不远处传来了凄厉的哭泣声，再看，一群扮作妖魔鬼怪的人，殷红的舌头伸得老长，衣服上、脸上鲜血淋漓，手里舞弄着刀枪剑影。我没被吓蔫儿，是因为我被吓傻了。幸好身边还有不少的回家人，不然，那天我的魂儿都被吓散了！这一个群体的魔鬼，不住地叫喊着，旁边的闲散人士也加入了狂欢队伍。我听到了放肆的哭泣和大笑声，响彻天际，划破夜空。

扫除了惊慌，我淡定下来。看着更多的人群加入了魔鬼队伍，我茫然间觉得，这是一群孤单的人，他们并不是在狂欢，他们是在宣泄孤单的情绪！狂欢是一群人的孤单。

今年万圣节与寒食节撞着了，我想万圣节应该被隐藏起来，但是，我听说，与往年一个样儿，"外甥打灯笼""照舅"狂欢的不成样儿了。瞬息，一缕思绪上到眉间，下到心头。一些人在思念里哭泣，一些人在孤单中思念。不一样的节奏，一样的孤单。即使狂欢，也是一群人的孤单！

因为懂你

+

过客

雨又来了，屋里有点冷，我窝在沙发上，看刘植荣的《通胀与通缩》。我对经济类文字不感兴趣，因此看得一塌糊涂，不过，这样也能激发新奇，反复看了好几次，才知道了一二。手机响了，是娟子，我都两年多没见过她了。娟子约我到外面小坐，我说行。

撑起伞，走进雨淋淋的秋色中。被雨淋湿的秋叶更美了，色泽艳丽，水亮清透。约的地方不远，就在小区外面的一个可以吃饭 K 歌的场所，我到了，发现娟子已经坐在那里了。里面有点昏暗，娟子的漂亮脸蛋不是那种亮得冒光的样儿，有些许憔悴。我逗她："离我家这么近不进家，耍浪漫啊？"她声音低沉着说："想说说话，好几年了，一打电话你就是忙，今天怎么不忙了？"我告诉她我已经两年没在外面跑了，这两年天天都在家里。娟子有些诧异，我说："是真的。"她怪怨我不告诉她。

想起来，这两年就是一瞬间的事儿啊，娟子说她一直想着和我坐坐，总是怕我没时间。就这样地等着，原来已经两年了。我彼时感到特别的温暖，不是因为耗了娟子两年时间而兴奋，是因为我发现，我在别人心里能静静地放这么久，还能再被拾起，真的好高兴。

娟子变了，她以前不是这样素装出镜的人。她一天三打扮，四季发型都各不同，每一次出行的发型、口红、眼影颜色，甚至指甲的颜色都要随衣服相配。我其实特不喜欢她这样爱折腾的样儿，时间都浪费在琢磨那点穿着上了，总觉得不值得。娟子的老公叫强子，强子是那种特别爱干净的男人，因此，家里的一切大小活儿都是强子干。强子不在家的时候，哪怕是半月十天，娟子都不开锅，不打扫家。娟子爱美，强子宠着她，很是幸福。

还是好几年前的事了，我到过娟子家，家里不大，但是收拾得干干净净。娟子出门难，不知道穿什么，打开柜子乱翻着，柜子里的衣服七零八落地掉下来，娟子两手一抱，就那样又塞进了柜子。我问她："不去把那些倒腾出来的衣服叠整齐了？"她说不用。我对娟子的做法有点看不惯，并对她说起过，"女人被宠着也不能太过分了，适当地为家里也做点贡献啊！"她说，家里有强子呢，不用她想。

娟子和我一起出去时，我不让她喷香水，原因是我不喜欢闻那味儿。娟子被好多人羡慕着漂亮的脸蛋，优雅的气质，可我从来没有羡慕过她，我不喜欢她那行头，装饰得都失去了原来的样子。我故意对着她贬低她，说她口红太红，看吓着我的，换一个粉的。她会欣然接受。人各有志，各有各的活法。娟子在我心里就是一个特爱打扮的女人，而此刻我眼前的娟子像是被霜打过的茄子，怎么就蔫了呢？

娟子哭了，说强子外面有了女人，那个女人她见过，不好看，但强子却喜欢得要命。强子要离婚，娟子不让。就这样，他们已经闹腾了三年多，筋疲力尽了，现在处于冷战时期。强子不回家，去年孩子到外地读书了，那个曾经干净整洁的家就剩了娟子自己。我无语了，看着被宠出来的娟子，现在这样子，心生怜悯。我调侃她："你这么漂亮，风韵犹存，一出去潇洒，后面不是跟着一个连的'狼'看着你，看对哪个，挑着选。"娟子苦笑着说："都不是那回事。"看来女人因为有家的保障，才可以美美地潇洒到天涯啊！可见，爱是平等的，可以付出更多，也可以爱她更多，但决不是在容忍中不断妥协，强子可能忍不住了吧。

我这时问娟子，强子可以回头吗？娟子无望地说："基本上不可能了。"他们已经大战了若干个回合，感情伤到了极点。我说："那你还死皮赖脸地霸着干吗？"她说："还是不想离。"我又问娟子："你这么折腾好几年了，你觉得强子为什么要离婚？"娟子竟然说不知道。我看着娟子说："娟子你这么漂亮，强子曾经那么喜欢你，但是漂亮毕竟时间长了不能当饭吃，不是吗？你对家一丁点儿贡献都不做，可家是夫妻共同的天地，日子久了，强子肯定也心烦。就在他最心烦的时候，遇到了可以把他当作男人看待的妹子，他不动心才怪呢！那女的肯定在家里什么都做，强子翻身农奴成将军了，这事搁谁身上都动心。"娟子低着头，抹眼泪。之后，娟子开始骂那个女人。我继续劝她，没必要骂人家，爱情是个公平的筹码，他选择离开你，那只能说明在他眼里，你已经不如别人。正如韩寒在《我所理解的生活》里说的：世界上没有第三者，只是因为感情转移了视线，一味地用家庭来攻击现有的情感，那是对情感实施的家庭暴力。

娟子说，那她就成了婚姻中的一个过客，就这样完事了，她不甘心。但是，那又有什么办法呢？爱一旦远离了你的航线，哭泣与亵渎它又有什么用，不如自己好起来，早点走出那个困境。每一个女人都是美丽的，她在等待着一个懂她的男人出现。强子走了，娟子还会有个爱她的男人出现，这是迟早的事情。只是想着，两个人在一起久了，就像左手和右手，即使不再相爱也会选择相守，因为放弃这么多年的时光需要很大的勇气。幸福有时与爱情无关。

这里的灯一度地昏暗着，我太不喜欢这样的环境了。这么多年不见娟子，我已经不知道她想听什么。娟子说她成了强子感情世界里的过客，我还是希望她早点成为自己的主人。爱情，就像两个人在拉猴皮筋，疼的永远是后撒手的那个。娟子一定痛！但愿秋季过去了，保暖上一个冬季，等到春天到来的时候，娟子已经走出了那个困境。

活着

"没有比活着更美好的事，也没有比活着更艰难的事。"余华在《活着》里这样说。想着这句话，随之书中福贵一生的艰难历程，已是历历在目。与之有着艰难人生历程的她也挤进了我的脑海。

她，我曾经在心里一直都叫她蓝火焰，在我恒久的记忆里总是无法抽离，并且时常闪现，是有着温度的女人。

她很美。第一次见到她的感觉是这样，以后见到她的次数多起来，感觉还是很美，如同燃烧着的火焰，蓝色的，饱含着灵动的柔美气质，骄姿傲人的眼神，典雅大方不造作。我从来没有想去了解她，可是，有时候一个契机便注定了一场缘分的开始。

那是圣诞节，我随同朋友在商店里购物，节日的优惠销售吸引了大批勤俭持家的妇女。她领着姑娘，我们在商店里相遇了，她是朋友的朋友，朋友向她介绍着我，我在注视着她。看着她忧郁的眼神、白皙的皮肤、姣好的面容，我想着她一定是心灵受了重伤的人。那眼神像极了福贵，是的像极了。瞬息间，福贵的种种次次人生挫折涌入我的脑海。我端详着她，她看着我，那种火焰般的炙热也烤至我的内心。我把她与福贵这个生活在艰难岁月里的人捆绑在一起，对比中，难忘着她忧郁的眼神。

凝眸中，天色渐暗，外面迎接圣诞的雪花飞舞着，那夜的潇洒雪舞，却让我从记忆深处莫名地伤感。

后来我知道了她的故事，是凄凉到灵魂深处的事情。我们一起喝过酒，喝到了沉默寡言与互诉衷肠。她内心中的苦痛，也许只有在酒精麻醉成这样的时候，才能一吐为快，才可以释怀一会儿。

她有着幸福的家庭，一儿一女，丈夫疼爱她，孩子们又尊重她。她无牵无挂地生活着，倚在爱人的肩头，看着孩子绕膝长大，幸福感让她变得越来越漂亮。然而，天有不测风云，人有旦夕祸福。她的儿子，一个青春帅气的小伙子，在大学时，遇上意外事件，撒手人寰。乌云笼罩了她的天空，似乎地狱般的黑暗吞噬了她的幸福，她几近崩溃。那种叫天天不应，叫地地不灵，撕心裂肺的痛，让她深深地陷入了悲痛之渊。在她人生最幸福的时候，丧失了爱子，悲痛、凄凉、麻木一同袭来。不过，她还是坚强的，她看着女儿孤独的背影，看着爱人瞬间白了的头发，她双手掐着臂膀，指甲深深陷入肉里，鲜血顺着手指头流了出来，疼痛感让她清醒了许多。她告诉自己要坚强，一定要坚强！希望儿子在天堂还是快乐的，幸福的！

一个幸福感满满的女人，坚强地面对着突如其来的人生灾难，坚强地面对着从此以后的生活。我说："幸福不是住进豪宅，开着名车；不是权力的聚拢和强大的气场；而是一种内心的满足，一种心灵永远不会受挫的美好感受。"她的眼神告诉我，她的心灵有伤，唯有这样的伤，谁都不敢触及，谁都没法抚平。也许有一天遇到了同样经历的人，这样尘封的心也许可以相互默默哭诉一场痛彻心扉的经历，在苦痛中彼此互慰、取暖。但是伤口只能依靠时光，在岁月的长河中慢慢等待着愈合。

曾经看到过失独家庭的故事，不同的经历，同样的凄惨。每一位父母都经历了痛不欲生的彻天长唤，最终基本上都是换个环境，将自己封闭起来，不去说，也不想说。此刻，我似乎又看到了福贵的忧郁眼神，这个从开始的富家子弟，到后来被抓兵役，亲人一个个离开，乌云一次次笼罩在他的心头。生命里难得的温情将被一次次死亡撕扯得支离破碎，只剩得老了的福贵伴随着一头老牛在阳光下回忆着。

她说，她就当自己就这一个姑娘，如今，不想了，也不敢去想。"缘来则聚，缘尽则散。"她用了这样一句佛语，算是安慰自己的吧。这样的记忆成了无法触碰的枷锁。活着于谁来说都是美好的，然，于谁来说也都是艰难的。风花雪月和沧海桑田毕竟只是一瞥的停留与一时激起的欢喜。艰难困苦都得过，耳边响起了许巍的歌声：生活不只眼前的苟且，还有诗和远方的田野……

夜静了，我在想

傍晚时分，我不是在走，是徘徊在那条再熟悉不过的路上。夕阳无力地打在我的身上，虽然前天夜里下了整整一宿的雨，但是今天的天气却不是太冷。然而我的心却一度降到了冰点，我知道我该再一次冷静下来思考自己了。不遇事，总是明白不了事理，遇事了，头脑才从激情走向平淡。

手机里喜马拉雅电台还在播讲着易中天的中华史，我却什么都没有听进去，只是知道越王勾践称王了。一直在想，我这半世烟火，一个红尘普通女子，经历的事情可以写成了书。其实，每个人的一生都有故事，只是我们不知道罢了，不去记录，便淹没在岁月的流沙中了。

人这一辈子不知道要面对多少突然而来的苦痛或幸福。或亲人的生死别离，或爱物的灰飞烟灭，或幸福的瞬间降临……无论是何种因素的到来，都不是我们可以改变的。我们还是凡人，没有那种事先可以预知的意念，无法掌控生命中的大事，只能静静地由命来裁决。但是有些事情还是可以由我们自己把控的，只因太过大意，也许后果让你毛骨悚然，后悔莫及。

幸福的降临我们内心总是可以承受得了，当苦痛袭击我们的时候，往往在瞬间，我们还是一片茫然无措，真的不知道该怎样面对。不过，过一些时候，再大的苦痛，都有足够的勇气去承受。

静静想来，任何的苦痛其实都要和情感紧紧地相连着。亲人的离去让我们和爱顿时要说再见，这定然是残酷不已的。正如狂风横扫落叶，你凄凉地、无助地不知道去怎样面对现实，但是现实还是在时间里匀速地流淌着，不紧不慢。于是，你在岁月的沧桑中，也许有一天突然明白了什么，这就是宿命！不可违抗，只有顺从。再有当你面对突如其来的灾难时，你没得选择。在瞬间你一定是麻木的。可能几分钟之后，你从惊愕中醒了，看到了满目的疮痍，你第一时间想到的一定是逃生。是的，选择生命是你最本能的反应。其后，你也许对眼前发生的事情会有个短暂的记忆回放，你会发出无数个猜想与悔恨。这些，都是后来自己想的，残酷的现实已经摆在眼前，只能唏嘘不已，惋惜当初。

所有的苦痛都是建立在情上了，一旦"情"字难舍，也只能苦与情就这样像蚌与沙粒一样并存着，有美丽的期待在支撑着一种渴望着的情愫。感情就是这样，任何物件都是可以用金钱来衡量，唯有情字很难说清，索性就不去说。

想来40年的风雨走得还算顺利，即使有坎坷，过去了也就不再想起。就像歌词里唱的"天空飘来五个字，那都不是事儿！"但是，有些苦痛却长久挣扎在你的心里。

我说苦痛就是绣在你生命里的细针脚，是深深刻在心上的隽永，即使你太想从记忆里抽离，却无能为力。只能任凭这样的事实，不分场合与时间段地挑衅你内心的平静。是的，苦痛太像是复制下来的镜头，占有着你的内存，并且经得起岁月的考验。有时，它也真的能瓦解了你的淡定与从容，我被占据过，也被瓦解过。

刚出生时，母亲无奶水，听说我差点儿没活过来，那都是听说，自己再苦痛，记忆却毫无悬念，索性没有记忆的那部分，属于无苦难期！

第一次与死神擦肩而过是我结婚前一天。那时大雨滂沱，肆无忌惮地倾倒下来，地面上的水与马路牙子平齐，我就在家门口等着雨停。雨不停！我冲进雨中。路面上有下水井没有盖子，但是一马平川地被大雨淹没着，我掉进了井里。就在掉入井里的瞬息之间，我撑开了双臂，将整个身体架在井沿儿上。雨依旧倾倒着，同行的大姑姐慌乱不已，只是在惊慌中叫着我，我突然间淡定了，忘记了疾风暴雨，告诉她紧紧拉着我，我借着她的力量上了地面。回家后，我开始后怕起来，老弟开玩笑地说："差一点儿就让我们到御河找你。"的确也是啊，这样玄乎的事情，挑战的是我的勇气和机智。事后，因为结婚的欢喜，暂且忘记了惊慌。不过，每到自己独处时，这样的命悬一线的危险画面，还是要出来撞击我的灵魂。既而，我会不由自主地打个冷战。

后来我又有过危险的境遇，只是因为苦痛不想再次提起。我有时做噩梦，甚至梦到过自己死了。每一次的噩梦醒来之后，我总是要掐一掐自己的大腿，提醒自己这只是个梦，不要惊慌。

对于苦痛的境遇，我有时脑袋是处于一种麻木的状态，时不时扪心自问："这是真的吗？"但当一切归于现实，我只能在麻木的状态下不断地自责。这一点我突然发现我像极了"阿Q"，别人扇你个耳光，自己再扇一个，并且告劝自己扯平了。这是多么愚昧而荒唐的理由，这样的逻辑在阿Q的世界里慰藉着他的灵魂，这可是一百多年前的那个灵魂。而我却用跨了世纪的愚昧安慰着惊慌的内心，我有时都开始讨厌自己了。

　　我不知道你们是否遇到过生命中的难点，于我而言真的有过。在苦痛里挣扎的时候，其实谁都解救不了。但是唯独当同病相怜的人在一起时，苦痛将会被削弱。我曾经看到爱人与一个事业有成的朋友一起喝酒，他们说什么时都显得很平淡，可当说到彼此曾经是怎样的穷时，他们汇合到一个频道上了。频频举杯，不断拥抱。我想，当一直驻扎在内心深处的那种痛，有了共同的知音，这的确是一个难觅的过程，也是一种碰撞灵魂的共同梵音。

　　唉！无论生活如何变迁，如何复杂，总是在不断地美好着，我也在不断地憧憬着。夜这么静，想归想，还是再当一次阿Q吧，听听许巍的歌曲：生活不只眼前的苟且，还有诗和远方的田野……无可奈何花落去，奈何又如何？

禅·茶

风轻云淡是禅，行云流水是禅，花鸟雨露是禅……原来禅即是生活。清雅淡泊在茶里，宁静致远在茶里，通透柔软在茶里……原来茶便是岁月。

雨后的天空清澈透明，阳光温柔地流泻下来，铺的满地。我推开千年古刹华严寺厚重而高大的门，抬腿迈过门槛，走进这佛家圣地，寂静的庭院，山楂果成串在树上，正红。每隔一段时间，心里的喧嚣无法按捺，尘世的浮华无以言说时，总要走进这古刹。和释妙真大师预约在了这样的一个下午，古刹寂静无声，木鱼声声入耳，燃一柱清香，袅袅升腾着。大师端坐着，慢慢地为我讲述着经法。此刻的我什么都不去想，只是静静地坐着，在木鱼声中，听着一位高僧低语，清澈着灵魂，涤荡着内心的尘埃。以出尘的姿态去过入世的生活，想来凡尘中的人更是不易。谁的内心不具有两面性呢？想静下来的是心，在红尘中迷醉的是身，身心皆疲惫不堪的时候，关上门吧。禅声绕在脑际，悟了吗？禅就是生活，不去刻意追求，不去咀嚼忧伤。在这个清寂寡欢的季节里，与落叶一起做一次修行，但愿可以重生。

从华严寺出来，走进山居茶社。坐在这偌大树根雕砌成的茶台上，心里想着这树的前身。它一定是身在广袤无垠的北方大地，它一定是棵经历了千年风雨洗礼的胡杨，它庞大的根系是为了吸收水分去供养它的枝叶繁茂……它用千年的繁华与苍凉与寂寞，换来今生与茶的相遇。我抚摸着茶台，心生感激。

其实我一直都喜爱有茶的日子。

其实我心底里很清晰，自己爱上的是袅娜着茶香的光阴。

清雅、淡泊、悠然。在一盏茶香里，浮躁的心会变得通透、缓慢、柔软。

其实，对茶，我没有研究，只是喜欢。就如同喜欢一首经典老歌，没有理由。闲暇时，喜欢沏一杯淡茶，听一曲经典老歌。然后，一个人就坐在暖阳里，静静地发呆。直至茶喝到无味，歌曲也听了几个循回，才发现，时光的针脚没有在岁月的锦帛上留下什么，只有我的心念在茶香里淡淡流过。

茶烟氤氲，茶香清雅。煎茶的人端过来的是相遇的缘。我知道他是山居的主人，未曾谋面，不便问起，只管淡淡而笑，慢慢品茶。

我明了他只是一个山居主人，我只是一个云水过客。品的是他的温火煮茶，是一段时光，一段锦瑟。下午的阳光，透过雕花镌刻的窗棂，暖暖地倾洒在我身上。耳边，悠扬的筝曲在茶香中蔓延、流淌。眼前，淡黄色的茶台似乎在变，变成了葱郁的绿色，扎根在我心上。还有那，一缕缕茶香。

　　慢阅诗经轻抚茶台，走在那千年古刹，触摸这千年之木，莲成诗，茶成烟，看残阳补断霞，落花流水天涯。

留住昨天

老照片上，你还年轻，我也很美。那是一个夏天，我的头发在风中飘逸成一首歌，你的双臂拥抱了我的年华，我的梦想从此开始狂长，光阴在季节中破碎成河。

此刻，我静静地坐在窗前，听雨声滴答。那会儿，我还在喧闹的街市上走过，华丽的橱窗展示着时尚的衣服与名包，我瞥了一眼，走了。家里静得出奇，我与狗的出气声、心跳声，以及彼此的温度都可以感觉到。雷声隆隆的可怕，我起身关上了窗户，狗跟在我后面。

在手机上，我翻看着曾经的老照片，每一张照片都是一场经历，一个故事。我徜徉在记忆的碎片中，明媚过，也哭泣过。

那一年我十七八岁，早晨的阳光躲进了云层深处，我穿着一身淡黄色的运动衣，配了一双淡粉色的运动鞋。那个年龄，我被这样的淡淡的色彩装扮得很开心，不过有时也故意装迷茫。那张在花下读书的照片，就是故意绕进了烦恼之中。那本书是琼瑶的《窗外》，我是在看第二遍，已然进入了书中的角色，哭得稀里哗啦的。其实，我那时还没有感受过恋爱，却提前导演着爱情。脚下盛开着打碗碗花，缠绕着一根枝丫，一直到小树的顶上，花都开展了，像在嘲笑我无端的苦恼。那种马腾草，倔强地向上突破着，最上面还开出了紫色的星星点点的花儿，生怕没人注意它的存在。我不喜欢紫色，随便它如何绽放我都不会感动。这个世界上总有些微妙的东西，即使不是波澜壮阔，而只是一点点薄情，有时就被这清清浅浅的东西给感动到流泪了。这就走到了青春，是懵懂，是清纯。

我希望你对我好，因为这醉人的夕阳散落在平静的湖中。这就是一幅美丽的画面，我不是自己不敢走，是我的心需要一个依靠。人生路漫漫，我们一直都在寻找着属于自己的幸福。前行的路上，历经着风雨荆棘，身心疲惫了，总要找一个适应自己的驿站停靠，也许，这一停一靠，就是一生一世。蓦然回首，曾经潮湿的心，早已干燥地缺了水分，这岁月把十几年的过往，已经风干成记忆，于柴米油盐酱醋之中。

我是那样的明媚，倚靠在你的身边，你还年轻。有山作证，我就是你的爱人。最美的古诗词一定是关乎风月，你我最美的时光也是关乎风月。是的，最美的还有在风月中的离别，我不喜欢写离别，纵然离别最是惊心动魄。我有时真的是固执，希望月圆不会缺，希望你能活成我的模样。然，固执的我却与风月无关，我的泪水在灯光中璀璨成五颜六色。就这样你走进我的城关，花语千言，一吻天荒。一转身，你已长了白发，时光已去，斑驳的皱纹从天而降。

一度，我准备给你一个微笑，从此走出你的天涯，开始我的江湖人生随时落，寂静庭院灯下书的恬淡生活，但是，我始终走不出那个夏季里夕阳西下的锦瑟。我怕，思念将我的身影拉长后瞬间断裂，我恢复不到我原有的模样；我还怕寂寥太久，苏醒后的我，找不到疗伤的地方……绕过一城的光阴，细数页码上的灰尘，真实的念想如初识你的模样，一靠便是一生。即使走到天涯，也全是你的味道。

夜色朦胧如画，雨滴细碎成河。昨天是装订在流年里的温暖，你在我的岁月里温婉成流苏，此刻，我拾起，轻抚！

　　远处的爆竹声此起彼伏，我猜想是一对新人喜结连理了。但转念又想可能是因为这天是"八一"，不远处的那个武警部队在庆祝自己的节日呢。又想，也许在这个良辰吉日，商家选择了开业。各种想都聚拢在脑袋里，早晨跑步时就感到这是一个热闹的日子，高温三十几摄氏度，一路跑步，一路甩汗。

　　回家路上，我遇到了春儿，她是我好多年的朋友，貌美如花，只是善良得有点懦弱。几年前，春儿就因为婚外情搅得家庭一团糟，无奈之下她选择了离婚。后来，又顾忌别人对她投来的种种指点与别样的目光，又寻思着单亲在孩子思想里掩埋下的孤寂与寒冷，不知在什么时候，她又复婚了。这很像小时候摆家家，说拆就拆了，想垒又垒起了。她说："这婚姻已经没有了任何意义，日子过得自己都觉得好无奈，看似一湖平静的水，其实暗流涌动，不知道什么时候就又船翻人哭喊了，再度让你心惊肉跳。"我没有说什么，陷入了沉思。

我想，其实男人女人的万般风情，最终只有一种心动，爱是灵与肉的完美结合。一旦灵魂已经走远，肉体的情欲即便结合在一起，何尝不是一种折磨？

我面对着她，将我想的说了出去，她睁大眼睛看着我，那种表情很是讽刺。似乎我洞察到她内心窝着的一个死角，那种不愿意让人知道的东西，突然间被人发现了，又抖落了。泪水顷刻间顺着她漂亮的脸蛋滑了下来，她的头发垂下来，遮住了她那好看的眉眼。她的肩膀也开始抖动起来，我不知道如何去安慰她，那种内心的伤痛谁都无法医治。她抽泣着说："中儿（这是她对我的特称），这么多年来，我自己都不知道是怎么过来的，没有爱情的婚姻简直是不道德的，但是这种不道德的行为却每时每刻支配着我，压抑着我，也每时每刻在挑衅着我。原本想，时光是个好东西，不管好事坏事一并都要冲淡。其实，并不是我想象的那样，一场婚姻破裂了，之后的日子里都是没有情感的麻木投资。这样的生活，多数时间是沉默不语，即使是笑了也只限于表皮的敷衍，内心的伤痕始终坚硬的如磐石，感动就更扯不上。"

她在泄洪，我依旧沉默不语，还没想好再和她说些什么来为她排解忧伤。

谁都希望自己有个圆满的结局，谁都希望自己以最好的姿态行走在烟火人间。可是，又有几个人的结局是完美的？又有谁能以高姿态静观尘世浮华？春儿叹了口气，看着我说："有爱情而没有婚姻，有婚姻却失去了爱情，我就处于这样的两难境地了，就在这夹缝里苟延残喘。"我知道她虽然复婚了，但夫妻彼此都有另一份爱黏连着。她继续说着自己的悲凉处境。那天，她和那个和她有爱的人在一起，外面风雨交加，雷电轰鸣，她有些害怕地偎依在男的胸前，似乎找到了港湾。男的电话响起，是他妻子打来的，他站起来接了电话后匆匆地走进了雨中。她看着口口声声说爱她的男人的背影，逐渐消失在茫茫雨雾中，心情凄楚迷茫。他不是许她一生一世的幸福吗？怎么一个电话就把诺言敲打得支离破碎？

我慢慢道来，爱其实不用太多的表白，他眼里有你，心里住着你，这些与语言没有太大的关联。那个在你需要他的时候又被别人抢走了的男人，不是你的爱，干脆放手，不然你会伤得更深。谁都给不了你一个未来，苦涩与甜美都在自己手中攥着，干吗非要去呼唤一段不了的情怀？你毕竟属于凡人，不要奢望脱尘的梦想。春儿点点头，漂亮的女人在忧伤时也很美，她甩了一下头发，好像坚强了许多。不知道，过些日子是否还需要别人许她个未来，来补救她的失落。

都说时光如流水，我却感觉时光确实像把刀，削去了春儿的芬芳雅致，削去了我的鲁莽锋利的棱角，削去了她仅存的一点梦想，留下的只是些杂乱无章的记忆。"沉舟侧畔千帆过，病树前头万木春。"记忆如何华美，也是过往，生活无论陷于何种苦痛，总有一点亮光在前方等待我们，这就是希望。

谁都许不了你一生一世的春暖花开，未来就在你自己手里把握。想那，祝福的爆竹声，也就是一时的渲染，来日的幸福都在油盐酱醋里流动，但愿他们的日子过成泉水叮咚，欢快而明媚。

　　岁月以不紧不慢的脚步，不骄不傲的姿态，抚平了青年时期的棱角，刷新了而立之年的辉煌，洗尽浮尘，悠然不惑。

　　人到中年，难免要不断地审视自己走过的路，思想的成熟促使我对以后要走的路倍加珍惜。一味地想着要活得有型，要活出自己的风格。但是既有型又有风格的人生，对于我来说，似乎是捕风又捉影的传说。于是，我想着，只要活出个型来就算知足。人这一生从出生就注定了喜怒哀乐常伴，得失成败相随。因此活着就是痛并快乐着的事。

曾经一度相信自己是个不平凡的人，然而不惑已然走过一半，清晰可见自己再没有什么锋芒可露。暗夜里平静思索人生，人这辈子，命运与想法总是大相径庭。年少轻狂的岁月里，渴望能轰轰烈烈地去实现梦想，日子却过成了行云流水，不惊不喜；无数个日日夜夜都高喊着我的未来不是梦，我认真度过每一分钟，现实引领着我度过了每一分钟，未来却成了梦。这样的时刻，我希望有一个可以和我扯东聊西的，嬉哈怒放的，对酒当歌的，说天怨地的促膝对目，心灵触电般地旁通着、交融着、流淌着。然，这就如同童话故事里的白马王子掉进了巫婆的陷阱，灰姑娘丢失了水晶鞋般的困窘，遐想远离了现实。搞笑的人生，胸怀的梦想，在不惑之年只能静静地翻阅过往，与文字结个伴儿，边走边想边写。曾经的梦想、曾经的情感、曾经的豪言壮语，终是在文字里孤独地老去，带着温度与情感，构成了我生命的色系。

随着岁月的积淀与人生阅历的增长，我们慢慢地发现，中年在于现实生活中，不穷追猛攻地白浪费时间，懂得了什么是我真正需要的，什么是海市蜃楼只能观望。直白一点就是：认得了自己，识得了秤。一年前我写过一篇《人到中年》的文章，翻阅来，那时已经明了这中年的不惑。是的，惑谓之"困惑"，不惑固"不困惑"。中年了，走过了迷茫与困顿的年华，遇见的是成熟与冷静，真的是洗净浮尘真实所现。

不惑之年最真实。不再追求那些飘渺，脚踏实地地做好每一件事，过好每一天。抛去心灵的重负，坦然面对生活的冷暖，自知不自负。人生如梦，百般留恋时光也要匆匆如梭。没必要为逝去的年华感叹，岁月带走了我的青春，却为我留下了从容自若。不再为昨日的伤痛悲哀，经历了苦痛才成就了心智。巫山云雨压顶黑，高原骄阳沃野肥。不惑之年是一种心灵的成熟，磕绊总有，走过便无。

运动人生

可能是受父亲的影响，我从小爱运动。因为运动一直伴着我的人生，在我独自享受运动带来的快乐时，总会闪过这样一个念头：庆幸自己四肢健全。嘿嘿，幸福就在我的身边！

迎着朝霞跑起！作为普通人，运动似乎是分年龄段的。早些年在我三十几岁运动的时候，公园里运动的人基本上都是老年人，年轻人一般早上不出来，下午或晚上才溜进公园寻找爱情。那时的我，早早起来去公园跑步，就有人好奇地问过我："得什么病了？这么年轻就开始运动了。"我对于这样的问话一点都不埋怨，因为，那时运动的人实实在在都是因为有病了才走出来的。但是，不论是健康的人还是不健康的人，运动一旦习惯了，也会上瘾，我就是这样的一类人。也可能我对于任何事情都很执着的原因，每干一件事情总要干出个所以然来，包括运动。

　　早些年运动我喜欢找个伴儿，这样边聊边运动，甚至我喜欢一些群体性的运动。比如打羽毛球、结伴游泳、踢毽子，觉得运动就是要释放压力，嘻嘻哈哈地出汗才更舒服。这些年兴许是年龄大了的缘故，我似乎更喜欢一些个人行为的运动。每天清晨，自己跑步，不受任何人或事情的干扰，听着自己的脚步，感受着那种有节奏的心跳，想着自己的心事，随便着边或不着边的事，甚至在心里默默地写着一篇文章。每一天早晨我都要在心里写一篇文章，即便是劣粗的、不文明的骂人，也能浩浩荡荡地在心里挥洒成文。那一刻我的思想可以超越到文字里，或者在一个未曾谋面的地方，或者是太空里，飘渺行走，此时的路程只是脚下机械运动的轨迹。

　　可能是"绳锯木断，水滴石穿"的原理吧，这些年运动下来，的确是积攒了健康。很多过不了情绪这一关的东西，也在运动中被削弱了。我的运动只是希望一人独处的念头，始终不变地存于心中。所以一天运动一个小时，来确保只属于自己的沉默的时间。在跑步时不需要和任何人交谈，不必听任何人说话，只需眺望周围的风光，凝视自己便可，这于我而言的确是很宝贵的时刻。

　　坚持运动和长命百岁没有多大的关系，这其实就是一种生活习惯。在严寒的冬季里，我也有过懒惰，但是转念又想，一个人如果连这点小事都难以坚持下去，那还谈何人生想法呢？我坚信，无论何种不起眼的小事，只要坚持了，一定能从中得到某种意义上的大启发。就像坚持写作，真正的每天都在动笔书写一种情怀或感触了，眼前所看到的事物即使是丑陋的，所发生的事情即使是负面的，也能触动了我的灵魂。文字的成就感不一定非要得到他人的评价，有时写到了心里的某个角落，即使是尘封多年，也是一种很惬意的感觉。这就如同运动，不需要什么理由，只是自己内心的需求与满足，期望的不是一百岁的感动，而是自我享受。毕竟，一个人的运动，不需要和任何人去竞争，在没有对手的生活中，心情自然轻松自在，也简单了许多。

运动起来吧！当清晨的阳光投向大地的同时也投向了我，人生因运动而变得迥然不同，可谓一路走来一路歌。

每一天，我都用脚步丈量着脚下的这片土地。春天，我走在这万物复苏的大地上，春风拂面而来，一缕缕清香沁人心脾，真是春风得意马蹄疾。我行走在摇曳的杨柳岸，心情豁然开朗，突然间觉得幸福从脚下走。夏天，我穿行于万花丛中，与早起的鸟儿为伴，与翻飞的蝴蝶为舞，听它们叫，看它们飞。生命就像这怒放的花朵，在璀璨中穿行，挣脱束缚，用一生的不凡于天地人间绽放。秋天，天高云淡，瑟瑟秋风染出一片金黄，走在旷野、河边、林间，无不是收获的喜悦。我相信，一切的付出都有一个最完美的答案。冬天，繁华落尽萧条寒，这正是一个锻炼人意志的季节。此时的我，头脑在冷风飕飕中，异常清醒，伴一段音乐，剪下了一段流光，跑步成了这一季最暖的陪伴。在冰天雪地里，挥洒出我对生活的态度，不管怎样，风雪过后，必将是一个欣欣向荣的景象。

时光无价，珍惜每一天。人生处处是跑道，选择适合自己的路跑起来吧，总有一个闪烁的星光会璀璨了你我的人生！

在纷烟乱舞的红尘中，每个人都有各自不同的幸与不幸，或安然寂寥地度过一生，或热闹非凡地走到岁月的彼岸。其实，每一个人都想活得像夏花一样的绚烂，走得如秋叶一样的静美，可是，人总是争不过命。

我每天早晨呼吸着清新的空气，跑在路上，沐浴着阳光，享受着恬淡的人生，便会滋生出奋发图强的梦想。这想法，如同鸿鹄展翅搏击云天，梦有多大心就敢想多大，凌云壮志，一念之间我成就了梦想，飞翔起来。夜里，我发现我还是原来的那个我，没有神龙摆尾济苍生，而是燕雀翻翎钻草丛的原模样。日复一日地过去，年复一年地又来了。每个人都想朝着自己想要的方向走去，想出类拔萃地立于天地人间，可是奋斗到末了，未必都能到达理想的港湾。也许是一刻的停留，错过了烟花烂漫；也许是一个转弯，已是找不到前行的方向，眼前变得一片茫然。

幻想时常绕在我的脑际，然而现实也明摆在我的面前。是的，我幻想着，我是否可以活得有一定的高度，活得美丽而芬芳，让别人像仰望星空一样看着我，像欣赏繁花一样赞着我。可是我转念又想，高处不胜寒，繁花早凋零！造物主造就了你靠脸吃饭，一定是在灯红酒绿中穿行；造就了你靠智慧吃饭，注定了一路的艰辛。而我娘就造就了我这般模样，平凡而平庸，自己独处时感觉是一首诗，两人在一起就是个话唠子。生活于我而言就是一盆清水，我就是墨汁，不是艳丽的角儿，也将生活涂抹成了一幅画。没有高贵柔情，没有华丽转身，没有浓墨重彩，有的是，白日里清水研磨习字，夜晚灯光伴月读书，寂寞也可晕染开来。

是啊，就是这样的平淡的毫无色彩。中年在摇摇晃晃中走来，从来没有感觉到四十已至，然而枝干却已延伸到中途。不必告诉别人年龄，从我的脸上就能读出岁月的痕迹，我说与不说，你都能猜出我已是中年的女人。有人说，中年是人生的巅峰，我也觉得应该是。于是我的眼前总是会出现这样的一段曲线——抛物线，就是抛物线。我站在顶端，向后看到了来时的路，一路艰险困苦，无论是汗水还是泪水，都是一个个幸福的标记。再向前看，未来将是下坡路段，走是好走了，但是岁月将要引我走向尽头。依照我的性格我是不爱走下坡路的，上坡路纵然艰辛，但在内心里有一种看不到的美驱使着、诱惑着，我因此从未感到过累。可不是，谁都想守住春天，然，秋冬还是要来临。

这个年龄段了，蓦然回首感情上的事情，执着与迷离都已是云烟散雾。邂逅一个人只是片刻，爱上一个人却是一生。可见，有些缘分只是稍瞬即逝的雨打浮萍，有些缘分注定了一生，从此纠缠不清。猛然醒悟，爱情只是一件华丽的外衣，充实的物质才是里面的被絮。华丽的东西即使诱惑着我，究竟还是经不起推敲，醒来了，发现，爱情早已走远，现实就在眼前。爱情早已变成了一段难舍难分的亲情。

这个年龄了，走在阡陌红尘，我把自己的姿态放到最低。也只有将自己的姿态放低了，才能认识到自己的不足，才能不断地看到别人的优点。有一天，我悟明了，赞扬他人并不是在贬低自己，而是对他人的尊重与信任，更显示出自己做人的姿态。有时候，思想上的成熟，只有在岁月的洗礼中，被一桩桩一件件的事情考验了，才能摧眉折腰，才能笑对人生，才能随遇而安。但是，生活中又有几人能摧眉折腰、笑对人生、随遇而安呢？小草好像能，因为它毕竟没有思维在作怪，也只能随遇而安了。因此，随遇而安可能是人生最高级别的禅意。

生命之短暂，在阡陌红尘中，停留即刹那，转身便是天涯，何不随遇而安呢？

身边有一位美女，曾经是理科学霸，清华读完去了哈佛，在哈佛硕博连读之后原地任教了。之后她又从哈佛辞职要回中国，美国人执意要留住人才，她却倔强要回国，无奈之下，校方提出让她回北京留在了美国驻京大使馆，变相地要她继续为美国服务。一段时间内，我总是为她的选择疑惑不解，放着哈佛教授那么高端的职业不干，干吗非要回北京来吸雾霾呢？

之后，我明白了她的人生取向。父母已

老，爱人在国内，孤身一人在国外，满心满肺都牵挂着亲人们。父母养育了她，让她实现了梦想，如今她已经知道了自己的价值，接下来的时光，便是报答父母，陪同爱人，生儿育女。"高大上"的人也有最朴实的人性情结，激动得我满眼泪水扑簌簌往下掉。每个人想要的不一样，价值观当然不同了。

一次在朋友的饭局上，他说起了北大某博导在 83 岁时，忽然昏迷，老伴情急之下给三个孩子都打了电话，让其速归。三个孩子从不同的国都飞回来，他们在父亲的病危通知书上签字之后，都因不同的理由而飞回了各自的岗位。两天后，父亲离世，母亲再次电话通知他们，他们都说岗位无法脱身，遗憾不能回国守孝。这几位孩子他们想要的当然不是一种无法割舍的养育之情，也许都是各自事业上的飞黄腾达吧。可见，每个人想要的不同，对事情的处理方法也不尽相同，他们当然也有自己的原因，我想并不是不爱父母。

我与以上两者相比，文化相差甚远，其他境遇迥然不同。当然人活着，不应该和谁非要比出个什么来，但是生活在这个自然界中，一切的生物都在遵循着一种优胜劣汰的趋势，我如果独守的是一种不卑不亢、不争不进的状态，那最终的结果一定是出局。

孩子开学后，我的生活基本上是高频率、快节奏的。早上 5 点20 分起床，不用闹铃去叫床，生物钟自动调频到这个兆赫，准得很。一个小时给孩子准备早餐，收拾之后，一整天的时间，除去锻炼身体的一个半小时是自由的，其余时间都在忙碌。我都不知道自己哪儿来的这么多事儿，几乎是这件事情没完成的时候，另一出新的忙碌又滋生出来。朋友陪了半天，说我是打了鸡血的女神，其实我也确实想过一段清闲、悠哉的生活，就着一味心灵鸡汤，慢慢品尝，足够放松，安静地去享受，而不是打了鸡血般的强悍。但是我目前并不能那样啊！因为我没到那个年龄段，我不怕快节奏，因为我还年轻；我不怕受苦受累，因为我很健康。年轻又健康怎可以去享受鸡汤般的日子与慵懒？

记得那次我和小雨闲聊。她说她最近真是倒霉透顶，丢钱包、被老板数落、被朋友诋毁、被老公黑脸……我看着她，说："瞧你的状态，脸上写满了焦虑。一个坏人从来不敢向一个阳光正义的人下手，那种正气逼得他无法靠近，那坏人不盯着你盯谁去呢？一个老板又如何去欣赏一位满脸愁容、郁闷不惑的员工呢？朋友可以解忧，但不可能时时刻刻从你身上去获得一种负能量来满足自己吧？夫妻也要互相吸取对方的安慰，男人并不是伟大到无限的神，他关爱你也需要一个温暖的回报，你若冷若冰霜，他即使是火焰三丈，也会被从头浇凉。"她看着我，摇头又点头的，我不知道她是领悟了，还是又陷入了一种困境。

后来，再见到小雨，我发现她变了。脸上充满了阳光，灿烂若盛开的桃花，她说她调整了心态，现在状态很好，还带着些小俏皮，说自己越过了所有的坎儿，笑迎一切，再没遇到什么倒霉事儿。我在她耳边低语："这个世界最珍贵的东西是自己，你把自己看成千金、贵妇，那你必然是升值！"她抿着嘴又笑了，笑成了一朵花，即刻春风拂面而来。看来，一个小女人实现想要的那点小愿望，只要把自己心态调整好，想要的便会跟着你美好的感觉一起走来。

直到现在，我才真的相信一种附着在灵魂上的最神秘的东西，那便是气场。这种无形的东西存在于每一位身上，由思想决定着。你若强大，它便熠熠生辉；你若猥琐，它便暗淡失色。曾经听过一位很潇洒的男人在众人面前豪迈言情，当时我暂时性的极度崇拜，可是没过半小时，我发现他的言辞与现实中的他反差太大，他的牛吹得太大后，他开始在我心中的光芒消失殆尽，最终我看他的脸不再高昂粗旷，而是那样的浅薄清寡。那种泡沫般的豪言壮语，无论如何都掩盖不了他在现实中的真相。

不知从什么时候开始，我好像会和人聊天了，每次聊到热火朝天、开心极致、那种脱离了现实的兴奋时，我总要在话题中加入一味调料，我会问他："你现在有什么想要的吗？"对方便开始大聊他的梦想，如同聊一出肥皂剧。这时的想要，俨然成了遍地可以收获的梦想。梦想膨胀成了无穷大，顷刻间眼前就是富翁或者思想者，不谈则已，一谈这个时代就变成了梦想剧场，但梦想的泡沫远远超越梦想本身。于是梦想变成了一个闪着光的注脚，将这些注脚聚集在一起，膨胀起来比宇宙大，浓缩一下可能就是一滴雨。

我寻思着自己想要的是什么？其实就是寻常。寻常如一粒饭、一缕香，饱足、温暖而芬芳。

机遇是人生的梯子

　　这些日子，我在琢磨着有关机遇的事情。"机不可失，时不再来"，对于任何机遇，把握不当，此种美好的遇见就会化成了唾沫星子，马后炮般地言说着如果当初……

　　我想，对做任何事情，只要你认为有意义，对未来的发展有帮助，就不要轻言放弃。有多少次可能的失败，就预示着有多少次可能的成功。成功不可能是一比一地兑现，但是不努力终究离成功越来越远。机遇总是垂青于努力的人，但是机遇难求。我又要八卦了，"生死有命，富贵在天""命里有五升，不用起五更，命里两升半，受死也撅求蛋。""命里有时终须有，命里无时莫强求。"……民间的谚语好多用来形容命锁定一生的优劣局势。但是如若坐享其成，即使是命里有也终须无了。

成吉思汗不是因为拥有满腔热血与怒火，不是用他毕生的精力追求完美的人生，不会成为一代天骄，不会在马背上横跨欧亚，不会成为世界历史上杰出的政治家、军事家。李嘉诚连续 15 年蝉联华人首富宝座，但是他的人生是从当泡茶扫地的小学徒开始。他父亲去世前把他叫到跟前，告诫道：求人不如求己，吃得苦中苦，方为人上人。失意时莫灰心，得意时莫忘形。即使是命里注定他是富贵终身，但不凭借过人的智慧、踏实的精神、坚韧不拔的毅力，定然居不得无数人之上的位置。

就拿我们寻常百姓来说，自谋职业的甲，风里来雨里去，披星戴月，从年头忙到岁尾。吃皇粮的乙，悠闲自得，朝九晚五，风不吹日不晒。年末盘点，甲乙在经济上一定有很大的差距。不同的付出得到的结果一定不同。孟子曰："天将降大任于斯人也，必先苦其心志，劳其筋骨，饿其体肤，空乏其身，行拂乱其所为，所以动心忍性，增益其所不能。"在现实生活中，不论身处哪个年龄段，只要你是一个有想法的人，只要你是一个真正地愿意付出的人，那么面对困境，要逆流而上，不气馁、不放弃；在顺境中踏踏实实，不好高骛远，把别人认为简单的事情做好，把别人认为平凡的事情做好，保持良好的心态，当机遇来临时从容接受。当然机遇总是不多有，一旦诱惑来敲门，我们总得具有防御功能。

机遇是人生的梯子。时间有着难以匹敌的力量，于静处听雷鸣，于动处听尘落。一辈子机遇不多，于动于静都要认清自己，把握好每一次降临在我们面前的机遇。

这是隐藏在 2015 年的爱情故事，上演在一个小店儿里，看在眼里的明媚，感动人心。

我走进这家小店，准备要买什么东西来着，但当我看到眼前的幸福，我忘记了自己的需求，看着一场爱的棉花糖，甜软甜软的。小店不大却热闹，琳琅满目的商品占据了主要的位置，主人年轻好客，笑盈盈地招待着涌进来的每一位顾客。

他和她都是二十七八的年龄。他是典型的英俊帅气男人，我目测他也够一米八多，穿着得体大方。她的身高我看大约就是一米五，两人站一起差了一大截。她面容也不是太娇美，肤色发潮，微胖，还长了颗龅牙。进店时，我在他俩的后面，相当于全方位的摄像头，他们的一举一动全都被我看在眼里。他拉着她的手，上台阶时看着她的眼说："小心点，有台阶噢！"她笑了笑，抬起腿进了小店。我站在小店门口，看着里面的人，听着外面的音乐。店小人多，他护着她，用手臂圈了个圆，她站在里面，好似孙悟空为师傅画的防妖圈，里面绝对安全。女孩儿还打趣地说："这小店，让我就占满了。"男孩儿拍拍她的肩膀笑了笑，逮了一下她的鼻子："小丫儿，你穿这么厚，棉衣占地儿。"旁边几位年轻人出来了，窃窃私语着："瞧瞧，那两位，好帅气的男人怎么就看上了那样的女孩儿啊，我晕！""是啊，我怎么就遇不上如此美好的爱情？他们看上去很甜蜜的。"……他们继续发表着私人意见，我还在店门口守着。里面的人陆续出来，他们移到了柜台前，嘿，买出来的是两个冰激凌，女的是草莓的，男的是巧克力的。那个安全保护圈变成了揽着腰的疼爱，走出来小店，边吃边聊着，走远了，走出了我的视线。但是那段温馨的画面却留了下来。

爱其实是个很难破解的谜团。也许在外人眼里他们是不般配的，但是在他们自己的世界里是幸福温馨的，是极其融洽和谐的。在爱情的世界里，冷暖自知，就如同脚上穿的鞋子，合适与否，只有自己有发言权。一下子联想到身边好几对夫妻，其一，丈夫推着脑残的妻子，一会儿停下来擦擦嘴边的脏物，一会儿又笑着喂点儿水，像推着婴儿的爷爷，耐心等候着夕阳的沉落……爱情是个圈子，温暖与难舍也只有彼此明了，旁人不知。

明星的爱情为什么晃动的厉害？不论穷人还是富翁，相爱的初衷都是因为爱情丰盈了、饱满了，才走到一起去。穷人的婚姻相对稳定些，但也难免有离散，在人类连温饱都解决不了的时候，一切的婚姻都是稳定的，不是吗？富人的婚姻则是"念去去，千里烟波，暮霭沉沉楚天阔。"最终是"执手相看泪眼，竟无语凝噎。"爱恨情仇，无法言喻，新旧情爱，难割难舍。这些都是物质生活太过富裕，精神生活出现了分裂，曾经沧海的那个婚姻圈子已经丧失，感情外溢，留到了他处，新的枝丫繁茂茁壮，旧的根基塌方。无所谓，这是社会进步的标志。离婚是因为彼此不能融合了，不融合的原因有很多，我们是看不到的。

再说，能融合的爱情不说般配不般配，局外人看到的就是点儿表面的现象，那些内在的吸引力和感动我们一定无法直视。因此婚姻绝对不是旁人可以言论的，我认为网络中唯独此种评论是最为盲目，说三道四瞎费脑子。生物的生生息息离不开爱情，缠绵又悱恻。就像老炮儿与霞姨，临了，一卷报纸包着的"值钱货"，从窗户飞到了她的地上，这是他一生的财富，留给他一生追求的爱人……又像那对情侣，不般配吗？人家的那种甜蜜爱情，圈子里有着怎样的情缘，这般景深无以断论，你我谁都看不清。

小故事温暖了2015年的情怀，如同听到《2002年第一场雪》的感动。2016年我想依然有感动到心上的爱情，我们依旧看不清那种爱情的景深。

人格魅力

　　我把车开到 4S 店，接待我的服务员告诉我，那点小伤处理一下需要 15000 元，我没有惊讶，事先我就预计得差不多。我和服务员商量着，摆个石头设计个被撞的模样吧，让保险公司的人来拍一下。他睁大眼睛问我："为什么当时被蹭了不让他赔？"我告诉他，蹭车的人只是个骑摩托车的，刷房的工人，态度很好，要赔来着，我没让赔。他瞪大了双眼，也许是觉得我有些傻，但我觉得自己不傻。

　　是啊，我的车就停在那里，车灯耀眼地开着，灯光下的雪肆意地下着，雪花舞动得分外妖娆，也分外的清晰。我欣赏着漫天飘洒的雪花，迎面一辆摩托车挤进了灯光里，混杂在雪花中，并且左右地扭动着，眼看着把持不住了，"咚"的一声撞在了我的车前。我的心也跟着撞击声"咚锵"一声跳动着，但是我没有下车，我知道是他自己撞上来的，他若没事，会爬起来的。的确如此，他爬起来了，周围聚集了三两个人，这时我才下了车，问他："撞坏了没有？"他怯生生地说："没事，没事。您的车怎么办呀？我赔哇。"周围的人说着："你看看撞坏了啥车，你能赔得起？"……一堆风凉话刺痛着撞我车的人。

他，惆怅的双眼，迷茫地看着我，这是一个典型的农民工的形象，我司空见惯了这样的人。因为那几年我是天天和类似他这样的人混在一起，最清楚他们的处境，也最清楚他们挣钱的不易。那些年，我的确是看到了社会最底层百姓的生活，也看到了他们远离家乡，远离妻儿的艰辛。如果说我和他们混在一起就同属一个阶层的人，那我就有些虚伪了，但是我一定是从他们那个阶层过来的。周围有骑自行车的，也有骑摩托车的，还有步行的，歧视着这个撞我车的人。我其实并没有歧视他，而周围和他一样贫穷的人正在放射着一种歧视的目光。这么多年来，我最看不起的就是穷人歧视穷人，这种冷漠，我曾经也经历过，如同钝刀割肉，隐忍着、痛楚着、流着血、撒着盐。真的，与富人歧视穷人相比，我更鄙视穷人歧视穷人。

我知道我的车撞烂了也是不需要我去出钱修理的，冷静一下，告诉他："你走吧。"淡定得很。他推起摩托车，惊慌失措地结巴着说："那，那，那我就走了。""哦，走去吧。"围观的人拍着他的肩膀说着："你真是碰上好人了，这大姐好。"我上了车，车窗外漫天飞舞的雪花依旧潇洒地飘落着，可这时我已经没有了看景的心情。外面的行人乱七八糟地走散了，我没觉得我的举动"高尚"了多少，"文明"了几分，只是被穷人歧视穷人的言语刺痛着。

我从车库里开出了落满尘埃的"小公主"，我其实最是个恋旧的主儿，好长时间没有开它了，但坐在这车里，我感觉这才是我，它与我的身份其实是极为匹配的，不奢不华。我行驶在一条单行道上，后面紧跟着一溜车，路的两旁都停满了车辆，我开着"小公主"慢慢前行。前面迎面上来一辆无牌照的奔驰车,"这单行道怎么可以逆着行驶啊?"我正在郁闷着,那车的主儿在车里向我做着让后退的手势,我坐在车里,高高地俯视着她,没个退法啊?横什么来着?后面的车辆紧跟着按开了喇叭,喇叭声连成了一片,此起彼伏的,但是奔驰依旧坚持着错误。更让人鄙视得是开奔驰的美女横着脸、锁了车走了,很坦然。

"林子大了,什么鸟都有啊!"我叹息着,我是走不了的,后面的车继续按着喇叭。我想:那女的一定是个被包养的、没文化的、没教养的女人。我还想:包她的男人一定是个暴发户,有钱没素质,要不怎么能看上她这样横行霸道的货。我的思维任意驰骋,把她想得越来越坏。有司机把她从美容院里揪了出来,我们得救了,通行起来。我从倒车镜看到了她的奔驰上被吐了痰,有些恶心,快速离开了。突然我觉得开名车的"优越感"绝对要和自身的价值相匹配,不然,野蛮的行为直接影响了别人看她的感观,名车也会成了靠出卖肉体或灵魂的战利品。人格顿时全无,美女不美了,名车黯然失色。

人格其实就是德行,即道德与行为,这仅仅是我的理解。一个人不论贫富贵贱,首先要有德,一旦德没了,那德制约下的行自然就变质了,更没有魅力之说。我曾经亲临魏书生讲座,其间他讲过这样一句话,他说:女人露大腿远远没有显露才华高贵。后来我琢磨来着,那没有才华又想着出众,如何出众?可能就得出示大腿的魅力吧。但在亮出这张牌时,人格也就随之分裂了。前几天我看了一篇论经济与社会的文章,其间有这样一句话,记忆犹新,文中这样比较了一下科学家和妓女。"科学家和妓女都是为挣钱而付出青春。"看了这句话我无论如何都没法把科学家和妓女放到一个平台上去评价,我觉得这是两种完全不同的道德人生,一种是彰显着光芒四射的人格魅力，一种是上不了大雅的灰色职业。但是他们的的确确有着共同的生命，那就是从古自今，发明创造的人一直都艰辛地存在着，出卖肉体的人也从未离开过社会。其实这都是社会需要，不是吗？妓女成全了男人，犯罪率也相对减少了，不过，这样的人格还是不议的好，无法彰显魅力。

记得第一次从电视画面中看到于丹，她正在讲《论语》，短发，稍胖，深蓝色古典式上衣，语速不快，娓娓而谈，她将《论语》分析得那样透彻明了。我其实感觉她就是个粗线条的女人，没想到她对中华五千年的历史理解的竟然如此细腻。顿时崇拜得一塌糊涂，深深被她那"高大上"的深厚文化底蕴感染了，感觉她的人格魅力呈电波状晕染开来，我被击得灵魂顿悟。从内到外的人格魅力，才能真正打动了人心，文化真的比大腿更美！

人格是一个人最大的财富。把握自身拥有的财富，做一个有人格魅力的女人吧！

春花秋月

又是一年菊花开

秋在我心中瘦得只剩下菊花在绽放。于寂寞深处，我将蘸满深情的笔墨，浸染着枝头叶落。菊的到来，将时光在生命的扉页里留下了完美的诉说。

天未明时，我就立于窗前，昏暗的灯光下，可见楼与楼之间恍如置于仙境。"雾大不见人，赶紧洗衣裳。"这是浓雾兆晴的样子。我其实好想扛着相机出行。可是，由于半宿在电脑前码字，这时的脑袋还在隐隐作痛。于是，又蜷缩进被窝里，在脑袋"嘣嘣"跳动的频率中，进入了梦乡。这一觉醒来，浓雾已走远，太阳出来了。

公园里跑步，唯独菊花在不合时宜地开放着。"我花开后百花杀"的豪气尽显出来了。那种"冲天香阵透长安，满城尽带黄金甲"的清淡幽香与视觉美感，映衬在升起的阳光与散开的雾里。一种悠然自得的恬淡心境，如同在东篱下，赏菊看山的惬意。

菊花这不屑与百花争春的花中君子，曾以其不妖不媚的风姿和清雅素洁的花韵，成为中国文人墨客、画士笔下常常获取的素材，也曾在他们的笔下留了传世佳作。那一株株、一丛丛的菊花，经过文人的吟咏、妙手的侍弄，流芳千古，栩栩如生，清香四溢。

白居易的《咏菊》一诗，写出了寒露后："一夜新霜著瓦轻，芭蕉新折败荷倾。耐寒唯有东篱菊，金粟初开晓更清。"

李清照以菊花自比，写下了"东篱把酒黄昏后，有暗香盈袖。莫道不消魂，帘卷西风，人比黄花瘦"。

杜甫就有："寒花开已尽，菊蕊独盈枝。"而南宋的朱淑贞借赞美菊花表达自己的情怀："土花能白又能红，晚节犹能爱此工。宁可抱香枝头老，不随黄叶舞秋风。"

吟菊的古人中，熟悉不过陶渊明。"采菊东篱下，悠然见南山。"每读到陶翁的这个句子，不由得想到他一定是采了新鲜的菊花，浸泡了一壶甘甜可口的花茶。那煮开的山泉，翻滚着鲜嫩的花瓣儿，上下舞动，随着水汽的蒸腾，香气弥漫开来，馨香持久。这沉浮的何止只是菊花呢？还有陶翁一生的坎坷！

秋，果然在我的笔下瘦到只余下菊花的绽放。这是一季欲之将离的风骨，是妖娆的绚丽，也是静美的安然。即使不言，我亦可触摸到她丰腴的灵魂。不由自主地想起陈毅在他的《菊花赋》的赞叹："秋菊能傲霜，风霜重重恶。本性能耐寒，风霜其奈何？"自小读起这首诗就充满了铿锵的战斗感。如今，再次放声朗读，还是在与恶劣的环境、冰冷的风霜对抗！

时光无言，菊花悄然绽放，花随阡陌，入心的暗香。你懂，便懂得了菊花的高贵雅洁，孤清傲骨，迎霜怒放的韧性！这真是永不言败的奇葩——想要怒放的生命，就像飞翔在辽阔天空，就像穿行在无边的旷野，挣脱了一切的力量……

是啊，人生或许要经历一番颠沛流离，但，究竟会静下来。想来菊花赋予了我们更多的感悟，烟花落尽，日子清瘦之时，唯有它给这静默的秋，安放一种尘埃落定的归宿。

将一颗拥有着菊一样的情怀，饱蘸了笔墨，深情地在菊花盛开的季节，拒绝着枯萎与凋零，触摸着花开到天涯！

风乍起，到晚秋

北方刚立秋的天气很不像秋天，温度还是延续着夏季的炎热，各种花依旧是开得浓艳招展。直到中秋节过后，天气真的开始凉了，泛黄的树叶纷纷落下，花枝不再挺拔，花瓣残落凋零。秋天到，雁南归，凉风阵阵。

一场秋风荡杀，西风摇来，蒹葭苍苍，脆弱的生命又如何能扛得住强悍的杀戮，那美丽的景色早已葬在死去的季节里。冷冽的秋风肆意地疯刮，温度骤然地下降到零度以下，似乎就是初冬了，有着冬日的冰冷，并非是清秋一样的薄凉。我抵不住飕飕的寒冷，不得不穿上外套。天空淤积了厚厚的云层，阴霾而灰暗，像挂上了黑色的帘，遮挡着明亮的秋阳。一晚的狂风骤雨，残落的满地黄叶堆积，我在冷风中裹紧衣服，禁不住忧伤秋风秋雨的无情。

　　秋风扫，落红舞，时光逐流。叹时光清浅，又叹落红无情，一年又在重叠中抒写着来来去去的故事，我在故事里也逐渐被刻上皱纹。正如朱自清说的：“洗手的时候，日子从水盆里过去；吃饭的时候，日子从饭碗里过去。我察觉它去的匆匆了，伸手遮挽时，它又从我遮挽的手边过去……”年轻的时候无论如何都感受不到时光的匆匆，真是“少年不识愁滋味”。如今，饱尝了人世的浮沉与艰辛，烦琐与无奈，蓦然惊醒，才晓得时光的珍贵，往日那个我是何等的肤浅无知。

　　秋叶静美，瑟瑟红。细想，落红其实并不是无情，是时光霸道，尽管用心良苦地去珍惜来着，但它还是从我的生活中的各个环节悄然流失。落红像极了曾经年轻的我，那个俗女子，不懂禅意，不够淡泊，一些执念，痴心不改。总害怕秋风乍起，总恋上那些细水长流的温暖；总害怕四季更迭，总要面对落红悲凉而流泪。

　　担心秋要走远了，于是走向山峦，淌入小河。想与这个晚秋做一次悄然的告别，想让晚秋能定格在我记忆的画廊，让我记得这个晚秋我来过。我看过了那些凌乱的落红，嗅到了它们香如故的味道，也感受到了它们风韵犹存的风度。这一切写尽了一世的凄美与沧桑。

　　此般凄美，总会想起元稹的《晚秋》：“竹露滴寒声，离人晓思惊。酒醒秋簟冷，风急夏衣轻。寝倦解幽梦，虑闲添远情。谁怜独敧枕，斜月透窗明。”这样的季节不免唤起思念，古人今人在情里都会孤枕难眠。于是乎惆怅的心怪怨起时间来，时间若能慢慢地流淌多好，慢慢地相处，慢慢地思念，慢慢地缠绵，慢慢地在这个世界上，用全部的温情去爱上一个人。如若这样，我便会像刘若英唱的那首歌"我敢在你怀里孤独，倾听你心跳，跟自己倾诉！"多么温暖的孤独，像秋叶的静美，忽略了时间的前行，一束暖阳透过婆娑的树枝，落在我身上，温暖从心底长出——落红不是无情物！

　　风乍起，到晚秋。轻轻置身于其间，携一份思念，等一个遇见！

中秋随想

　　又到中秋，天色好，月儿圆。今年的中秋来得早了些，树依旧绿着，花还在红着，姑娘的腰肢胳膊还裸露在外，衣袂飘飘，这一切尽情地张扬着暖秋的美好。最醉人的还是那高远湛蓝的天，夜里一枚圆月挂天际，无尽的思念在里面。想起小时候。记忆里小时候全心全意地盼着两个节日，中秋和春节。又到中秋，难免情怀里载满曾经的芬芳。"今夜月明人尽望，不知秋思落谁家？"是啊，中秋最是思旧的日子。

"月儿圆，到天明。"那歌谣总是勾起遥远的思绪，一抹温馨的回味。曾记得，期待的心总觉得月亮姗姗来迟，淡淡的月光翻过庭院树梢洒落一地，一片流光银辉，颇为壮观景致。那婆娑的树枝在秋风中时而摇曳，苍穹中繁星点点像千万盏孔明灯，又像一眨一眨暗送秋波的明眸，熠熠生辉。在记忆深处的中秋始终是神秘的，"嫦娥应悔偷灵药，碧海青天夜夜心"。坐在寂寥无声的院落，盯着月亮，要找到嫦娥。不敢眨眼，不舍得离去，怕她悄然下凡。窗外一缕月光掠过，禁不住嫦娥奔月的诱惑，总是在梦中追寻遐想。清淡浓厚又余味悠长的遐想，一直充盈着童年的那颗稚嫩的心。夜色中升腾起的炊烟，那是最幸福的一种希望。月饼、苹果、饺子的香味，弥漫开来，我那小眼睛眯成了一道缝儿，两胳膊趴在桌子上，趁着母亲不注意，一个饺子进嘴了，圆圆的月饼变成了月牙儿。母亲看到此般情景总是摇着头笑了，那笑容里，满载着节日的欢喜与孩子们茁壮成长的快乐。

　　如今，抚摸着自己那一半残存的记忆和另一半还在搏击的梦想，伫立窗前，心踏着月色，努力寻找一份皎洁的寄托。中秋的月注定是不寻常的，清澈照人。千百年来，她流淌过江南水乡，涉足过大漠孤烟，经历了秦时明月汉时关的寂寥，对酒当歌人生几何的无奈……多少个朝代更迭，多少个文人墨客借月表心，抚琴邀月，泼墨寄情。或浓或淡的水墨将月亮渲染得千姿百态。纵然千秋泼墨挥毫，总是无法安稳我的内心。抬头望月，桂树下的玉兔依旧守护着它的主人，花香似从天际飘散而来，带着仙人的祝福，传承着一种守望。也许有人和我一样在月下品尝着文字的快感与寂寞。望长空，月圆天凉，唯情字千古绕愁，难以放于心外。凭窗远眺，层层叠叠楼房灯火，阑珊之处可有回眸一笑的身影在惆怅彷徨？朋友圈不断晒出皎洁的明月，美丽的脸庞，可见良宵美景便是祝福。不论远方的游子是否停下了忙碌的脚步，还是身边的亲友围坐在一起共度良宵，伴着浓浓的月色，但愿人长久，千里共婵娟。

夜色朦胧，倚窗远眺，月圆天凉，赋诗一首，随心随性。

月夜寄情

皎洁的明月是谁在寂寥

广寒宫清冷唯有嫦娥一人

我守在窗前听一首老曲

唱出了桂树的芬芳

我想她在期待着后羿

这样的季节不可缺少爱的足迹

千年的等待

是否可以换来一朝的温暖

问世间情为何物

直教人生死相许

月挂天际凭栏独自赏尽

诗人从盛唐走来

浊酒举杯邀月

月隐云中哪知天宫二号上太空

后来我看到嫦娥笑了

小区里有好几个凉亭，每一个亭子外围都有喷泉环着，再外围是榆叶梅，很宽的树墙，高低错落、黄绿交织着，再往外是一条环着绿化带的小路。凉亭的里面摆着圆形的石桌和四个石墩，最是纳凉、下棋、休闲、唠嗑的好地方。不过，每到放学，这里总有三两个孩子，认真地铺开作业，写着。我每次见到这般情景，总要上前询问他们为什么不回家？每次的回答基本上都是："妈妈没下班。"我和桃子办完事，正好晚上 6 点半。平时的这个时间我要去跑步了，可是今天的天气不好，也就在楼下走走。路过凉亭，一个在亭下学习的男孩儿将我的视线留下了。他穿着校服，旁若无人地学习着，我上了凉亭看着他好一会儿，他没有抬一下头，自顾自地在算着一道立体几何题。我看他可能是高二的学生，清瘦的脸庞，很有棱角。亭下的光线一点儿都不好，他只管低着头在草稿纸上画着图，计算着。我很想问他为什么不回家，看着他忘我的情怀，也就不去打扰他了。只是，这样昏暗的光线，对他的视力太有影响了。不过，古人有"囊萤映雪、凿壁偷光"的勤奋，于今天看来，成才离不开努力。我就绕着凉亭最外围的小路走着，每绕过一圈，就看看那个学习的男孩儿，他始终保持着一个姿势。我大约绕了十多圈，这次抬头看他时，凉亭里已经没有了他的身影。我想，他可能约莫着家里有人，回去了吧。

节气已过白露，气温不及前些日子温和，果真是一场秋雨一场寒，白露勿露身。我将衣服往紧裹了裹，依然绕着小路走着，很像时钟上的指针，匀速地不紧不慢。天色渐渐暗了下来，我还绕着小路，在回想着自己这些年来走过的岁月。真是斑驳中有亮点闪耀，也有灰色打底，哭过笑过，迷茫过、清晰过，再度迷茫又再度清晰。此刻，正是饭点儿，小区里散步的人没出来呢，独自一人走在这夜色里，思维清晰得很，只是眼前昏暗的灯光看不透远方的诗意。我有些胶着，就这样像时针一样地走着。曾记得一位哲人说过，"埋头苦干不如坐下来好好思考。"我想早些年的我，是不是被这位哲人说着了，一味地在不加思索地蛮干着，很多路走着走着回过神来后发现错了，重新来过无数次。这样折腾的我都够呛，精疲力尽时，才静下来懂得了思考。其实，很多时候，我最欠缺的就是这个东西，直到如今，拥有思考的能力还是我骨子里最缺乏的要素，真的需要补一补了。但是，我转念又想，活得那么精准又有什么意义？不如就这样活成个粗线条，错了再重新来过，生命中的过往不外乎就是无数次的重复演习。那还遗憾什么呢！

记得上学时，一届一百七十多个学生中，要数园园漂亮、多才又聪慧，她就是那种八面玲珑、温婉雅致的女孩。可是后来我听说她过得并不精彩，无奈之下她成了佛家的俗家弟子，偶尔青衣长袍，手捧经卷，皈依佛前。那个清秀玲珑有致的女子，我万万没有把她和佛门圣地联系在一起。但是，她就是喜欢上了佛。这是前世的缘分，还是今生的无奈？谁可以说清呢！自古红颜不能和平庸的相貌放在一个平台上去讨论。如若林黛玉真正嫁了贾宝玉，和平常女子一样，生子、老去，闹了个平凡收场，哪能叫千载以后的人唏嘘赞叹？假如梁山伯和祝英台没有悲剧发生，人世间就完美结合，哪来的千载绝唱？人生本来要有悲剧才能算人生，你偏想把它一笔勾销，不说你勾销不去，就是勾销去了，人生反更索然寡味。这个世界之所以美满，就在有缺陷，就在有希望的机会，有想象的田地。换句话说，世界有缺陷，可能性才大。索性，我不去追求什么完美，这个世界本来就没有完美一说，经历了无数次的错，才可以真正成长起来。行走在人生路上，尝尽了半生烟火，这才明了，人生没有一帆风顺，这词只是祝福。今天艳阳高照，明日可能就是凄风冷雨。只能是边走着，边感悟，逐渐地学会了坚强、忍让，学会了坦然面对眼前的一切。园园明眸皓齿，温婉动人，我想她这半生，一定挫折重重，不然的话她不会看尽红尘，于佛的脚下寻求安宁。美丽的女子成为俗家弟子，显得她更加清秀可人，更有了一份难读懂的内涵。只能这样感慨：生活不简单，我们只能简单地活着。

在这个秋季里，我和以往的季节一样地慢慢走过。抬头看晨光，低头进暮色。那些与谁同行的路，相守的章节，暖心的话语，都是秋水长天里的一叶扁舟，或游走，或停息，都在风华过往中渐渐褪色。真的，好想端坐在这个季节里，任回忆漫过心底，微笑着看落花成殇，不去悲凉，不去忧伤。酌红酒一杯，摇曳着，映着皎洁的月色，慢饮，浅想。又到中秋，月挂树头，一缕思念上眉梢……

红尘缱绻，烟花缤纷，又是一年的春节，光阴里载满了故事，嫣然如画。

小时候最期盼的就是过年，有新衣服穿，好的管饱吃，多多少少还会有点儿压岁钱。那小手里打着的灯笼，照亮了前行的路，映红了笑逐颜开的脸。最美最想的也就是过大年。小时候过年长大一岁那是高兴事儿啊！记得在我十五六岁的时候，每逢过年，还自我感觉大了，就应该耍酷，应该装沉默，听催泪的情歌，生怕自己看起来没情绪。现在想来，当时真是多虑了，人生的疾苦都会在未来的路上埋伏好等你出现，一样也不会少你的，一样你都躲不掉。岁月的沧桑最终能沉淀了一切的不以为然，每一次烟花绽放，绚丽了短暂的缤纷，平淡依旧。

现在的过年，淡去了兴奋。年夜饭之后便是看春晚，这已经成了一种固定格式，春晚好与不好都要坚持看完。当新年的钟声响起，夜空开始了烟花的绚丽璀璨，有一种幸福的忧伤在我心里蔓延，新年伊始，万象更新。可岁月为我增加了一岁，种种这一年未实现的愿望袭上心头，总是想这一生一定要活出个样儿来，可现实的残酷总是让我靠近平庸。来不及想，来不及等待，三百多个日夜已成过往，新的篇章已拉开。

因为有遗憾，初一早上的第一件事就是去华严寺祈福。为自己点亮一盏心灯，跪于佛前许久，将这一年的忧伤，在佛祖面前求得宽解；将这一年的欢喜，在佛前求得延续；将全家老小的健康，事业的蓬勃，家庭的安康，祈福于佛祖，虔诚地祈祷着。直到将自己内心中的一切寄托与希望，甚至还有这一年的过错，都告诉慈悲的佛祖，求得保佑与赎过。这一天我都会吃斋饭，无欲无求，静静守候新年伊始的宁静。

初二回娘家，搽脂抹粉，盛装出席。在不远的一段路上，娘总得打好几个电话来催促。一进娘家，看到父母亲，总是感觉隔了一年似的，很想抱抱他们，在他们的耳边说一声"我爱你"！可就是这三个字，困惑了我45五年，总是话在心里默念着，默念着……我不知道这三个字还要默念多久，什么时候脱口。一度我安慰自己，爱就爱吧，还需要那么多套路。可是孩子在我耳畔说一句"妈妈我爱你"的话时，我即使当时有忧伤与疼痛，即刻便能被化解。可知这句话的含义深刻与力量所在。父母爱玩，初二这天成了他们陪我们，不论是玩扑克牌，还是其他，父亲总会让我们赢了他，这样他才高兴。父亲说，大过年的让孩子们赢点钱，那是他的福分。有这样年轻慈爱的父母，这是我们今生最大的幸福。

烟花缤纷又一年，时光顺流而下，生活逆水行舟。逐渐淡隐的火树银花将承载着我们太多的梦想，新的一年，重研墨，展一纸，握素笔，扶卷而笑，书写新的篇章！

秋凉薄雨，不撑伞走出家门，翠微清凉入目，入心。

一

我故意不去撑伞，这样才能真正感受到秋雨霏霏的凉意。我离开家时是下午 5 点多，天色灰暗镀铅，家里昏暗得需要开灯，但是我没有开灯，只想着要去哪儿走走。这样的天气最适合一个人走，一抹秋凉落于心间，淡淡的忧伤伴着雨水的味道，冲刷的不仅仅是落尘，还有心灵的喧嚣。

这可能就是一种惆怅。我漫无目地走着。此刻，我最想去的是一间灯光微弱的酒吧，要寂静，没有推杯换盏的碰杯声，我就坐在一个角落里，听一个小男孩或小女孩的低吟浅唱，絮絮地如在诉说。我只管一声不响地慢慢饮酒，直到微醉。

静，才能听到自己的心声。这些年奔波着都忘记了静是一种怎样的好？倘若于红尘中淡泊了明志，那又何必去奔波呢？还是无法丢弃那种笼罩在心志上的好胜，不可坦然接受一种事事无纷争的和谐，能真正地静下来实属不易。也只有在这样的季节，遇上这样的天气，才真的静了。这样的时光想到的定然有生死，是的，这是生命必然的命题。

海子短暂的一生在追求着面朝大海春暖花开，追求着喂马、劈柴、周游世界……三毛勾勒着完美人生，花前月下，卿卿我我……终了，他们都是为艺术献身了。我想是这样。他们用年轻的生命不断刷新着艺术的巅峰，留下来的是后人对他们的无限遐想与哀思。我从来不敢妄加揣测他们，秋雨中，唯有惋惜。想必，于柴米油盐中无法安放他们，只能于岁月薄凉中另找安置灵魂的归宿。

二

我边走边看花，好多花瓣儿被秋雨打落在地上，诉说着离殇。诗中不是说了"落红不是无情物，化作春泥更护花"。于是不再惋惜一个生命的凋零，而是庆幸另一个生命的诞生。"延续"，这个词实在是伟大得了不得，让万物在生命面前不再沮丧，而是有了希望。

前些日子，看到了一位新婚不久便得了癌症的女子，在病痛面前毫不屈服，因为她孕育着一个新的生命。就是这个延续生命的希望，燃起了她要活下去的勇气。这是一场生死接力赛，不是一个人的赛场，是一个家庭在奔跑，承载着太多的希望与梦想。无数的祝福跟随着，但愿生命之火燃烧之际、成长之际，伴随着的还有一串串的笑声。

微信中，秀儿让万能的朋友圈解答脂肪瘤，并且加注"吓死宝宝了"的评论。我只是看看，没有发言权，想必她也是有点儿小毛病就与生命联系起来了，要不也不会显得焦灼不安。因为上午我还见她来着，她在医院里陪着老母亲。秀儿现在早已不是上学那时的秀儿了，褪去了一切的青涩，变得特别有思想和主见。这点我最是比不了她，也最是佩服她。

秀儿的老母亲我叫"二婶儿"，她每天在医院里陪侍着老母亲，前几天看着母亲日渐消瘦的身影，听着母亲不太清晰的话语，她从心底里感觉到母亲老了。她在微信里写过一段母亲，我看了默默地为二婶儿祈祷着，被优秀的秀儿感动着。

从医院出来我依旧是踟蹰前行着，不紧不慢地在雨中。因为寂寥，才选择这样的雨天独行，我在心里自己对话。秋雨也是不紧不慢滴落，却道天凉好个秋，青苔落红煞人愁。

三

薄雨微凉听心声。每个人的生命其实很短暂，每一个遇见都是一场宿命，一生都要以恋爱的思想和姿态去迎接事与物。书上如是说，我也想这样做，可是做不到，没有恋爱的激情与热度，找不到，也找不见。

我想啊，恋爱是多么幸福的事情，看到什么都是一片明艳，走到哪儿都是欢快。那种一切的付出都是心甘情愿，一切的得到都是报以桃李，感谢万分。用恋爱的态度去对待事业，那一定是事半功倍。但是这样的态度无论如何都与生命保持不了一样的长度，总是在半道上便各行其道了。不过，对于成功者来说，恋爱的态度一定是伴随了整个生命，不然也无法到达成功的巅峰。看来恋爱的心态一定要有。

就这样想着一场关于恋爱事情的重要性，美滋滋地把一颗恋爱的心强加植入肉体，不知道是否在内心深处起到风花雪月的作用。其实恋爱也有忧伤，只不过具有夏花绚烂中的点点忧，秋叶静美时的滴滴伤。想必更像西施生病，黛玉葬花，美的怜惜，点滴都是诗情画意爱入卷。拥有恋爱一样的心情和秋雨遇见，好一个秋凉、秋雨绵绵缠。

突然发现，浅秋薄雨独自行也可以拥有恋爱般的浪漫，禁不住为自己的心情点赞。

吃个汤圆来过节

元宵节作为春节的最后高潮，儿时的记忆里赏月、赏花灯、猜灯谜、看舞龙舞狮、放烟花爆竹，展现的是一幅"火树银花合，星桥铁锁开"的热闹景象。眼下的元宵节那种种热闹非凡的场面已是淡出生活，偶尔听到锣鼓声，看到几个扭秧歌的大妈，甚是欣喜不已。

元宵节其实在古代还是个相亲约会的日子。"月上柳梢头，人约黄昏后。"这是诗人对于古代元宵节的描述，试问如今的元宵节还有"月上柳梢头"吗？还会有"人约黄昏后"

吗？当然不会。如今娱乐的形式越来越多了，"啤咔"梦幻般的神奇，那里 365 天，天天都在开 party，时时刻刻都可"情上梢头浓，人约卡间里"。再说如今人心都随着时代改变，人们可以成为隔着银屏的知己，却不愿近距离去握手。圣诞节火爆后，情人节隆重登场，浪漫的气息浓到了爆网刷屏！谁还在意元宵节？我百无聊赖地窝在沙发上，听着外面稀稀疏疏的炮仗声，看着董卿周涛的魅力容颜，偶尔拿起手机翻翻微信，不发言也不去祝福，只是看看而已，默默地参与在网络的无聊中。

晚饭简单地在清水里煮了几颗汤圆，咸菜一碟儿，权当在履行一场义务。本来晚上是不吃饭的，遇上元宵佳节，吃几颗汤圆算是怀念，或者是纪念节日。

实在无聊啊，看到有关评论曾经的一档娱乐节目，那个叫做郭英森的 55 岁低学历男人，为了一个梦想走上舞台，只是可惜了他的那份执着，被主持人和嘉宾们戏笑成猪了。我当然只是个网络背后的看客，但是总觉得方舟子之流们的那种赤裸裸的歧视与嘲笑，是那样的冷漠无情。为什么当时就没有一位正义的勇士去为这位爱科学的大叔说句话呢？事情隔了五年了，当人家外国人再一次提出了同样的命题时，娱乐界又想起了这位曾经被戳伤的瘪瘪的大叔来，这似乎是架了个双筒机关枪，双双被击。郭大叔是否可以激活，那些纯粹娱乐的"CEO"们是否可以击得清醒认识自我？我只是在这个曾经的欢乐夜，随心所欲地遐想着，也无聊至极地瞎侃着。但愿如今各种饱含同情的评论，不会是另一种带伪装的讥讽与戏笑。如果还是将类似的有梦想的人一次次扼杀了，那将来还要有多少这样的人，这样的梦想，成为无知者的笑料呢？那么走科学这条路记住了，千万不能拿到娱乐节目去充饥，不然你的才华也许就成了你的硬伤。

汤圆清淡，月儿高悬，万家灯火阑珊。这璀璨的灯光成就了节日的气氛，也成为过节的主流。我咀嚼着汤圆那糯米的劲道，黑芝麻馅儿浓郁的香甜，甚是想念小时候的元宵节。

　　小时候的元宵节是年的最后疼爱。过完元宵节，节日的气氛一下子就隐退，开学了。我最不想的一件事却摆在了眼前，耷拉着脸开始整理假期作业，没做完的开始拼命地补。新衣服换下去洗了，穿上旧衣服一切都恢复正常，心情都灰了几分。但是回想起那十几天的狂热，还是会偷偷地笑起来。

　　就说元宵节这天吧，早晨我是被锣鼓声敲醒的，穿好衣服就集合上伙伴们看"红火"，那场面，依旧清晰。前面一定是敲锣打鼓的男人们，后面紧跟着扭车灯的、划龙船的、踩高跷的、扭秧歌的、大头人儿，抬轿的、耍丑的、舞狮舞龙的……我们看得眼花缭乱，兴奋之余手舞足蹈。猜谜也是我很喜欢的一项元宵节目，往往我是不空手回家的，大到牙膏香皂，小到铅笔橡皮，都是猜谜的战利品。晚上那更是红火的时候，看完灯，转完旺火，一般我们都要跟着大人去转"黄花灯"，应该就叫这个名字。那是一种传统的灯文化，如同迷宫一样的无数盏灯亮起来了，布置成迷宫一样的路，走对了，大约半个小时就出来了，错了便要走好长时间。走对了那就是预兆着一年诸事顺利，错了就瞎八卦了。这不可全信，但记忆里，母亲领着我们，总是毫无差错地走出迷宫。小时候，最是佩服母亲的英明领导，以至现在四十好几了，还是有了忧虑与困惑，总是要求得母亲一解，方才恍然大悟。如同当年尾随母亲后面走迷宫，脑袋瓜子里什么都不清楚，就是茫然地跟着，但是出来还是长长地要出口气，似乎轻松了许多，似乎是完成一种幸福的梦想。

　　良宵苦短，物是人非事事休。每个节气里都有一个念想串起我的共鸣，只因为每个节气里都蕴含着相似的温暖，不同的人内心深处里流淌着不同的眷恋。念，是因为流年里温暖着我的心。想，是因为光阴荏苒一曲离愁心未老，面已衰。不得不感慨岁月无声无息的变迁，世事沧桑的不同。

是啊，甜黏的元宵嫣然了我的思量。不论元宵节过得如何淡泊，可在我的心里，元宵节真是一个让人无法释怀的日子。一缕缕甜蜜和思念、一种种离愁与失落、一丝丝遥想和回忆，占据了这个久违的圆圆日子。

月上眉梢，吃个汤圆来过节。虽然清淡，但我心中元宵节的那扇雕香古门，每到佳节定时开启，随淡淡的汤圆幽香缕缕……

清明不言伤感

天气不晴朗，是清明的节奏。淡淡的风吹着，太阳光很无力地散下来，不温不暖不明媚，这是刻意为人心的哀伤做忧郁的底色。虽没有雨纷纷，但这天气也足够让人不由自主地忧伤起来。

最美不过四月天。在这个杨柳醉春烟，鹅黄新绿刷新视野，桃花羞红脸，多彩多姿喧闹世界的季节，看哪儿哪儿都是新气象。爱在我们的心中甜蜜幸福着，爱也在我们的生活中别离忧伤着。不是吗？生命总有谢幕的时候，无论活得怎样的精彩光鲜。一旦我们的亲人离开了我们的生活，我们总是要选择一个适合怀旧的日子来祭奠他们。每到这个时候，那种蛰伏在心里的思念，那种被岁月沉淀下来的记忆，不由地拢上心头。总是以为时间能把一切记忆逐渐遥远，每到清明时节，岁月中响起牧童骑牛的声响，由远而近地看到了酒家巾旗在晃动。恍然间觉得，曾经的爱，原来是被珍藏起来。每年的这个时候都要重现盘点那些藏于记忆深处的东西，与远去的灵魂对话。"清明时节雨纷纷，路上行人欲断魂。"怀念总是伤感的，这样的天色正是衬托。思念悠长悠长的如同飞在遥远遥远的风筝，每当这样的日子，擎在手里的线轴逐渐从遥远的地方拉近视野，再拉到心上。

想起小时候与太和大哥给爷爷上坟。这可能是我小时候最恐慌的一段记忆。

太和大哥是大伯的儿子，比我父亲还要大一岁。那一年我大概只有八九岁的光景，大哥骑着自行车，前面驮着我，后面的架子上夹着上坟用的东西，具体是什么，我说不上来。到了坟地时，大哥发现忘记带烧纸了，这可是最重要的东西。大哥把我放在坟地一边，让我不要乱走动，他独自回家去取了。我其实对于当时那坟冢里的先人都没有印象，以至与每个远去的生命的关系根本不明白。我独自一人在那儿等着大哥，开始还好，时间过了十多分钟后，我有点害怕了，再过十几分钟后，我真的怕了。我怕突然从哪一个突兀着的坟茔里钻出个人来把我抱走，我不敢动也不敢走，开始小声地哭起来。我又害怕被坟茔里面的人听着了，断断续续地哭哭停停。时间漫长得好像过了几个世纪，还是等不到大哥过来，我一个劲儿地朝着来的方向望去，风吹树影动，我怕得头皮麻酥酥的，希望立马蹦出个大哥来。焦渴的期待中终于大哥出现了，我飞似的跑到他身边，放声大哭起来。现在我想起来还有几分颤栗，那个清明节的等待，在我童年的记忆里是唯一一次上坟的记忆。那时不知道"欲断魂"却真的断魂了，思念却无，害怕占满心扉。在此之后的其他岁月里跟随一堆一伙人的祭祀活动，我从未害怕过，反倒是挺高兴，感觉就是一场游园踏青。

过往总是满满当当地充盈着成年的记忆，忧伤毕竟记住的很少，高兴的事情还是居多。

清明节的前一天，我记得母亲一般给我们吃的都是素饭。我不知道母亲是否知道寒食节的来历，我是在成年之后才逐渐知道介子推"割股奉君"的感人故事，清明便也在心里清楚明了。许是父母健在，清明节在我心里就是对春天的召唤，是一场踏青赏花的出行。走在阡陌红尘，思念固然也有，忧伤总是被感染，随天气、随网络、随没有了至亲至爱的人们。此刻，年少时，母亲在清明节里做的精美的清明穗穗，五颜六色的随风扬起，清脆的声音甜美着季节的所有悲凉。

不言伤感最是幸福，笑拥沧桑，墨染流年。我希望经年之后，每到清明节，我依旧是踏青赏花，只谈风月，不诉离殇！

窗外，两只小鸟在叽叽喳喳地叫着，一会儿在空中翻飞，一会儿在飞檐上嬉戏。窗里，我独自坐着，面对着欢快的小鸟，听着它们清脆的叫声，也听到了自己不间断的混乱的心跳声，像敲打着鼓点子，伴着窗外的雨声与鸟叫。一道透明的玻璃隔开了两种心情，一道薄薄的墙隔开的也许就是两个世界。这个端午节是在哭泣声中拉开了序幕。往年的这个节日总是在端午节的上午才想起买上几道符和艾草，插在门上。今年不忙，早早就买上，爱人提前几天就把它们贴在门上。这可能真是冥冥之中的不经意。之后的第二天，老公公便是毫无征兆地离开了人世。连日来子女们在失去父亲的悲伤中终日以泪洗面，哭泣声此起彼伏。爱人作为长子，更是义无反顾地扎进了忙碌与悲痛之中。端午的各种欢愉，各种香味，都变成了孤独的挽歌。

爱人的老家在乡下。乡下的小院古朴又干净，虽然婆婆和公公每年只是到了六七月才回来小住一段时间，但总是把小院打扫得干干净净。乡下人厚道实在，每年两位老人离开老家的时候，钥匙就留给了邻居，屋里小院都是由邻居给打理。他们隔几天就要把小院清扫一次，因此，什么时候回来，屋里屋外都是整洁有序的。乡下的空气清新，炊烟与晨光一起袅娜升起，在炊烟里欢腾着的还有睡醒了的牛羊鸡鸭。小院的前面就是一条大河，平视大河时挡住目光的是南面的大山，真有一种"采菊东篱下，悠然见南山。山气日夕佳，飞鸟相与还"的感觉。此次回来，小院失去了往日的欢乐与宁静，我也无心去看风景。一场白事横扫了昔日的风采，余下的是在铺天盖地的纸灰中、在不断悲哀的泪痕中、在无限的遗憾中，麻木地接待着前来吊唁的亲友们。乡下在白事上讲究颇多，我没经见过这样的场面，有些唐突。听着指挥去行事，呆傻呆傻的。在哭喊声中，老人家入殓了，姐姐们撕心裂肺的哭声真的能刺到心上。我不会去边述说着边哭泣，也许这样的痛还是没有触及到我灵魂深处的东西，只能在这样的氛围下，边流泪边想着老人与我相处这二十多年的情景，想着老人家临走时与我说起的话。

小院外面有一帮乐器演奏队，唢呐声时高时低，鼓声锣声交替响起。这是老人家生前最爱听的曲子，当其他声都静下来时，悠扬的二胡声响起了。此刻，天色幽蓝中填着血色，像我昨晚梦里看到的撕裂天空的颜色。我感觉老人家脚踩莲花，坐骑仙鹤，带着慈祥的笑容，转世云游而去。

　　"天籁之音随鹤影，祥云路上荡长风。"那，我们还悲伤什么？窗外，铅黑色笼罩着，雨淅淅沥沥地下着。今天是端午节。

腊月初八

　　明日便是腊八，记忆中的腊八节总是比不上春节和中秋。但是在还没有成家时，娘把腊八节过的还是有声有色。

　　前一天晚上，娘就把各种豆子浸泡在水中，三更时点火熬粥。一大早，娘就把香甜美味的红豆粥端在睡眼惺忪的我们面前。成家后，腊八节记住了就当节来过一过，忘记了也就不了了之。但是关于腊八的一些记忆，在脑子里还是留下来不少。

　　历来腊八是入冬以来气温最低的一天。记

忆里最冷的腊八节是 20 年前我订婚的那日，这个腊八节寒冷无比，还刮着大风。我有些傲气地到了未来的婆家，朴实的婆婆和众亲戚都热情地招呼着我们。席间，就是因为 1000 元钱，我恼羞成怒，要毁了这份婚约。幸亏有父母、姑姑以及二妈的压阵劝说，要不然我的那个腊八节将更加寒冷。想想那个年月，就因为那点儿小钱，竟然不顾爱人的笑容颜面，自顾自地撒娇耍赖。此刻，我在回忆里摇头自嘲。如此腊八节，难免记忆犹新。

小时候在腊八节这天，对于我们一群小孩儿最是难忘，下河打冰、随意吃冰，真是惬意无比。乡村的南面有条河，起名为淤泥河。夏季河面宽阔，河水清澈，水深浸没大腿，每一次渡河，都是大人们背着。对于淤泥河的记忆很是美好，尤其是在腊八节，一群孩子们带着冰锥，随着河面滑着，滑到冰层最厚的地方，集体停下来，操起各自的武器，开始打冰了。那冰，清澈透亮，不含一星半点瑕疵，偶有一小点水泡凝在里面，还感到好是稀罕。我其实一直想着如果在冰凌里冻着一条金鱼，那该是怎样美好的一件宝贝。可是在童年的打冰记忆里，这样的事没有出现过，仅是在纯真的想象空间里保存了好久。

打冰是一件美差事，吃冰更是愉悦。话说有：腊八的冰，吃上不肚痛。我们将打回来的冰，放在院子里，母亲再把它们打成好多小份，在院子里、房顶上、鸡窝、厕所等地方都要扔上几块，预示着来年平安幸福。母亲扔完后，我们把剩下来的冰，放在干净的盆儿里，弄一小块放进嘴里，那叫个爽，粘了舌头又扯唇的，来回在嘴里捣腾几下，冰才滑溜溜的了。我总是在这时吐出来看看那没有边角的冰块，清如玉石透如钻，放在手里滚几下，又进了嘴里。偶尔一下子就顺着嗓子进了肚里，那过嗓子、溜经食道、胃肠的冰凉，把手再捂在肚皮上，生怕那冰块融化不得。不过没几分钟，整

因为懂你

咽冰块的事件就随着冰块在肚子里的消融，化得无影无踪了。接着再吃，心想着，反正吃上也不肚痛。那时，我一度以为是这样的。其实吃多了还是肚子痛呢。现在想起来真是好笑，也想着当时那个冰怎么就那么好吃呢？现在即使是糖放在嘴里，怎么就不是个味儿呢？

每一个节都要和吃联系起来，要不这节过的就索然无味了，腊八节当然也和吃紧紧地挂钩着。"腊八不吃肉，冻掉脚趾头"。"腊"的"月"字旁就是"肉"。那腊八定然是要吃肉的，这么冷的天气，吃肉足以御寒，保存体力，增强体质。但是，腊八节在佛教界是非常重视的，其中原因之一是否与腊八粥这种美妙的素食有关？我是没有进行过任何研究与考证，但与里面孕育着素心革面，清欲寡欢，清新淡泊等诸多文化内涵定然有重要的关联。腊八粥那是名副其实的素食，我在龙王庙还吃过佛家赐予的腊八粥呢，那种清新甜美的米香、豆香，加之禅的境界、佛香的缭绕，吃腊八粥也有了另外的感觉。不过在童年的味道中，少了肉的腥荤，那便是一脸的扫兴。因此母亲在早晨吃腊八粥时，给我们做的菜是素的，到了中午，一准要炖点肉，来为我们解解馋。何况我们也嚷嚷的不行，不吃肉生怕冻了脚趾头呢！

腊八节的说法好多，版本不同。但是不论何种讲究，都和吃有关。在腊八节这天，还流传着腌制腊八蒜。早些时，我以为只有在腊八节这天能腌制出碧绿油嫩、口感酸甜的腊八蒜。其实不然，在平时也能腌制腊八蒜，只是腊八节这天腌制的意义全然不同罢了。

腊八节虽然不是个什么重要的节日，但是它却是奏响了春节的第一曲。紧接着便是幸福的忙碌了，最冷的节日过去后，等待着春节的到来。又是一季春暖花开！

小景也抒情

入冬以来接连不断的大雪把整个城市装点的银装素裹，分外妖娆。我举起相机站在这粉妆玉砌的世界，真的是"啊，啊！"地叫着，词穷语尽，说，说不出来，拍，不知道拍哪儿。是的，我在美景面前总是矜持着、胆怯着。朋友圈传来的雪景图片，美得让我汗颜，我想着，什么时候我也能拍出这种效果。一样的景致面前，我有时真的是束手无策。想来拍照无非不就是光圈、速度、感光这三项硬指标，可咱怎么就把控的不好呢。最终我自己给自己个答案：功夫不到位。记得在工地时，每天都和那没头的苍蝇似的，不知道在忙乎着什么，等到闲置下来，和小毛学点建筑小知识。小毛总是说，如果一个人用心去钻研一项事，只要用心，一定能成为"家"。想来也是，可人心总是要分散开来，于是"成家"的人毕竟少之又少。关于摄影，我本来就没想着要挤入"师级"的行列，只是想把生活中的美除了用文字记录下来，更直观的用影像展示一下。没想到的是，摄影这个门槛也很高，迈进来并不是那么简单的事。尤其是拍摄大场面的景象，要求更高，我净在胡乱地拍摄，收获自然颇浅。于是我把目光投向了雪景后的小点滴。哎，还有点小清新的风格，纵然是"鼠目寸光"，但还是看到了点希望。是啊，镜头下的光影世界，不是每个人都能掌控的尽美，下功夫是硬道理，但先天具备一双审美的眼睛更重要。我一直相信，艺术上能登峰造极的最根本的原因之一就是天赋。我好像没有天赋，于是乎我也就不苛求自己做事的完美，傻乎乎地端起相机，随心所欲地拍着生活，欣赏着别人，鼓励着自己。

雪野大片，入我心扉，玲珑岁月，暗香浮动，小景也美，执手抒怀，明媚时光，经久不衰。

秋末冬初，雪景的拍摄于我而言，算作一次技术性的提升，但毕竟我的摄影悟性不高，提升的空间我想也是有限的。

景总是和人有着一定的缘，初雪给人们带来了很大的情趣。网上展示的雪景图泛滥成灾了，不论是哪里的雪景，拍摄人都是满怀深情，怀揣着对家乡对未来的美好向往。有人说快门按多了，自然晋升为摄影高人了。我不那样认为，一味地盲目跟风，大家都抢着拍的东西，同一角度，结果出来的东西就成了多胞胎了，这是我无论如何都不喜欢的。每个人都有自己的独特性，独树一帜各显其情。图片是有灵魂的，如果拍出来的东西失去了灵性，只是一张空洞的图，再怎么艳丽，都将会丧失生命力。

我要展示的是十幅图，我不是摄影师，只是因为偶尔的鲁莽喜欢，便置办了一些摄影器材，长枪短炮的，由于携带这些"武器"总是太累，因此多数时间这些东西都处于睡眠状态。我虽然才疏学浅，孤陋寡闻，但内心有着一种排山倒海的气势推动着，感觉摄影是被凝固的一瞬，下一刻就完全不一样了。

踏雪追梦：我拍摄时考虑到雪是白的，如果要将雪拍白，就要加曝光补偿。我是偶遇了画面上的人物。这是两拨路人，一拨是匆匆从我眼前走过的踏雪美女，她们穿着艳丽，色彩搭配醒目，在厚积着的雪地上，彰显美丽，难免让我眼前一亮。其他三位是摄影师，他们的摄影激情澎湃，正在让我的同伴做模特，走在一条两边的树木被雪深深覆盖的小路上，不断地选取角度，追寻着一种摄影人的梦想。

廊桥遗梦：走在油成红漆的木板桥面上，手扶着凭栏，眼前小岛上郁郁葱葱的树木被大雾弥漫了，隐约可见，寂静无声。空气中还夹杂着星星点点的雨丝，远处静静地停泊着一艘游船，岸边一对情侣在嬉戏，为这寂静的画面增添了生机。眼前柳枝低垂，进入画面填补了右上角的空白。也许是游船丢失了一季的梦，孤寂停泊，但相爱的情侣，妩媚的垂柳，一定能焚烧了它的寂寞。

秋水伊人：这是一组太给力的画面。五位年轻人，刚才还在路上打雪嬉闹，顷刻间他们下到了湖边，排成了一字，步伐统一地走向前方。在这秋季的最后一天，魅力青年与秋水伊人，共享朦胧醉美文赢湖，但愿他们踏实了地面，夯实了人生，精彩了生命。感谢遇见的惊喜，我说，美景有时就是契机。

红妆素裹：友人在前面走着，此刻的画面干净得很，如果没有她的摄入，这幅作品显得太过苍白，她如同点睛之笔，泛活了画面。

飞越梦想：这幅图我把飞鸟当作了自己，是一幅寄希望于梦想的图。是一对安插在我心里的隐形翅膀，借助鸟儿欢快的旋律，动感的姿态，跨越时空。脚下的路不论桥梁山坡，不论泥泞坎坷，我都要以最美的姿态飞翔。这个片，我来不及对成快门优先，遗憾的是飞鸟不是很清晰，可能这就是给我以后留的摄影空间。

独守寒江：这幅图如果有一位身穿蓑衣、头戴斗笠的老者，挑一渔竿，孤独寂寞地守着那份美好，那我将是看到了一个抑郁悲愤、傲岸不屈的柳宗元啊。那我就把题目改为寒江独钓。只可惜现实离想象还有十万八千里。前面的雾柳在秋末深黄浅红映衬下被落雪装点着尤其娇美，寂寞的美，穿透着灵魂，这是一场期待已久的等。

水性杨花：我用的是大光圈，主题突出了岸边的芦苇荡，本来天气就被浓雾笼罩了，这样一来远处的风景就更是云遮雾障的。很是感激这些芦苇丛，文嬴湖在夏季里湖边芦苇丛生，但是到了秋季怕引起火灾，大部分苇荡都被割去了，也就剩下这么一点点，可能就是给我留的吧，我暗自窃喜。这点小水半静清澈，为枯寂的芦苇赋予了生命。

湖畔掩映：画面中出现了两只游移的野鸭，雾蒙蒙地前行着，瞬息我感觉我不再留恋那江南的千年古窗，雕镂画舫。我欣赏文嬴湖里灵犀般的温暖，和谐贴身的温馨。树影稀疏零落，呈暗色光影，点缀着的黑色野鸭游离于雾霭的主流中，一种记忆深处的东西，敲打着窗棂，泛黄了又清晰着……

相依相偎：好长一段时间看到可爱的鸟儿我总是要驻足观赏，

因为懂你

听它们叽叽喳喳的聊天声，看它们从地上"溜地"一下飞向树梢的优美姿势，欣赏它们的缤纷羽毛。这幅图因为我是拍不到那些美丽的鸟儿，只能拍下这两只麻雀了，开始它们是在一根枝丫上落着，我觉得太近，这么简单的画面似乎簇拥着有点不协调。可好，一只上了另一枝丫，画面顿时感觉搭调多了。用了70#200的镜头，最大光圈，拍下了它们，爱有了距离才产生了美。

扬帆启航：我是喜欢这组相得益彰的优美倒影。这是我用手机拍摄的，很干净的画面，有一种此时无声胜有声的悬念。似乎听到了帆扬桨响的启航声，光影交错，美景面前手机也给力。

十张图片嘚瑟地我自己都笑了。流年总是无法带走一切的，当飘落的雪花咬破了落叶的重围，当冬日暖阳的温柔散布在脸上，我们又一次走进了冬天，走进了这个居家温暖回忆的季节。最爱丰子恺笔下写到的：人在40岁以前上演的都是配戏，40岁以后才到了演主角的年龄。总是用这句话激发自己的堕落。在这个清冷的季节里追忆似水流年，感悟人生，欣赏自然赋予我的精彩，书写着明媚而刻骨的欢喜。在细碎的流年里低眉凝眸、孤芳自赏，梦里花落，暗换流年……

雨后

绵绵的细雨下了整整一上午，中午雨停了，太阳还在隐没中，天还是沉默的灰，我以为这雨还没下够呢，缓缓劲儿还要继续哩。

我在家里呆呆地看着铅色的天，云层低的似乎是压在了高楼顶上，也几乎压在了我的心上，憋气得很。心脏又开始乱跳着，我怀疑自己心脏出问题了。我总是有一丁点儿不舒服就会联系到生命。要去看医生的，万一这拳头大的东西真的不由我指挥了，戛然罢工，那我与这个世界还没做好道别的心理准备呢！这显然是不行的。于是，联系医生，行驶在雨后的沉闷中。心，偶尔感觉在没有规律地律动着，但不影响言行举止，心情却并不好，就像这天气，不下雨了还阴沉着。

到医院了，朋友热情地接待着，不像是看病，像聚餐的节奏。"欢迎欢迎。"这话怎么听都不舒服，我没病还真的想不起他，这欢迎词弄的我忘记来医院干嘛了，不聊看病的事，就说最近在干什么。话都说完了才想起来看病。做了心电图没发现任何异常，并且心脏跳动得很有力，朋友骂我无病呻吟。但是，我确实感觉不舒服，这机器查了没事，我也没什么话了。朋友说我不是心脏出问题了，是心理出事儿了。我点头说，看来这事比心脏出问题还糟糕呢！他白讥我一眼，说我矫情。我想，是不是呢？莫非真是他所言？这四十多岁的人了，还真该矫情。

从医院出来，回家的路上似乎感觉不出难受了。音响里唱着《一路花香》"谁在天边眺望，触碰你火辣目光。谁在梦里呼唤，你快来到我身旁。谁在纵情歌唱，牧歌悠扬传四方。谁在悄然落泪，泪珠打湿我心房……走过一路花香，洒下一路忧伤……"我不知道是谁唱的，但我知道这词是王可作的。歌声悠扬而雄劲，听着歌声就能闻到花香，也能看到相爱着人的火辣目光。

这时，天空开始亮起来。没过几分钟，镀灰的云彩逐渐变白变亮。刹那间，天空好像被大力士给撕裂了，白云一絮一絮，撕开的口子露出了湛蓝湛蓝的天，崭新得如同刚刚出生的婴儿的眼睛，透亮着、透亮着。我试图把车子停在路边，探出脑袋看着这雨后的天，感觉就是一种新生的力量，离我真的好近。此刻，我不知道我的心脏是否在乱跳，反正我屏息凝视着天空，享受着大自然赋予我的这种最纯洁的美。雨后初霁的天空是别样的精彩纷呈，暖和的阳光携着一丝光芒将温暖毫无保留地洒在人群中，落在身上，沁在心上，暖暖的。云彩在极速的变幻，阳光斜射到地面上，光影交错。所有的植物都在阳光下熠熠生辉，黄的金光闪闪，绿的明艳错综，红的娇嫩欲滴……雨后的阳光对万物都是一种抚慰。这雨后的情景，不仅仅是冲击了我的视觉，还让我享受着一种天然氧吧的味道。

前行中，看到了书店，再停下来。想着《读者》的第十二期应该到了吧，进到店里没找到，看到了白岩松的《白说》，喜欢他的那种说实话的风度，买下慢慢去品味。

雨后，真好。不应该开车出来。走到一个水坑边，想起了小学里的一篇课文，应该是冰心写的。"小女孩撅着小辫，咬着嘴唇，提着裙儿，小心地跑着，心里却希望自己也那样地在水里摔一跤。"我倒是不希望摔一跤，只是想漫步在这雨后，即便是独自寂寥地走着，也别有味道。

　　年前就立春了，立春当天气温回暖，晴空朗朗明媚温情。隔了一天大变脸，气温曲线图出现了下滑，与股市并行，显出滑坡遇泥石流的灾情，温度直接降到零下三十多摄氏度，上扬得好是艰难。春节后，老天看在十几亿人们披红挂彩的节奏，特别优待了北方人们，气温上扬，温暖如春。

　　春天了，好暖的阳光，我闻到了春雪化泥的清新。晨练时，摘下丁香树枝干上的花骨朵，剥开深红色的外衣，看到了孕育在里面的嫩绿生命。好是感动，感动一场生命的邂逅，感动一种春天的温情，感动家乡那一望无垠的生态林托起的蓝天白云。接连几天的好天气着实让人们乐开了怀，厚重的外套变薄了，在春节这么美好的节日里，人逢喜事与好天气精神都爽！当天夜晚，老天又怒了，狂风肆意，坐在家里听着"呼呼"的风声，看着电视里播放的热舞，好似平衡一点儿。当我打开手机的《天气预报》，温度曲线图让我乍舌，又是一组下跌趋势图，冷得我居家裹紧衣服，怕呼啸的狂风侵入体内。好难揣摩的春季脾气，温情脉脉的，怎么脾气说来就来呢？好家伙，瞬息之间大雪纷飞，到黄昏时分已是白茫茫一片。站在楼上，看，节日的绚彩灯光装点着纷纷扬扬的落雪场景，真是一场瑞雪兆丰年的美景。我坐在阳台上，品淡茶一杯，赏美景一场，心里美滋滋的。

第二天晨练的人明显少了，积雪与我在对话，寂静的小路只有我在听着脚下"咯吱咯吱"的响声，这样的一种乐曲也只有我自己可以听懂。风"呼呼"作响，吹的我脸"铮铮"痛，当风的味道与冷冽进入我鼻腔，贴于我面颊，这何尝不是一种深入骨髓的温馨？我用身体感悟着春天回暖的种种性格。温情也好，冷冽也罢，倒春寒再冷，都抵不过冬季的荒凉。草青花红说近就近了。

说是这样的，但气温又要下降了。这次下降幅度又不小，央视天气预报的美女还特意强调大家要御寒，气温忽冷忽热，感冒难免，这单衣薄衫就不要去抗寒了。我还是拿出来棉衣，准备上阵吧。

春天了，回暖的道路真是好曲折啊，像极了人生。人这一生中何尝不是遇到风霜雪雨、阴云密布、雷电交加、晴天白日呢？无数的挫折都走过了，跌摸滚爬后，便是成就了一生的幸福。记得有一句电影台词说："困难一件件都克服后，便是到家了。"是啊，花红柳绿的春天，鲜花怒放的盛夏，硕果累累的金秋，何不是经历了寒风凛冽的锻造，倒春寒的一次次轮回，剪刀般春风的刮割，才拥有了时光缱绻，光鲜照人。

回暖的道路纵然曲折，这曲折便是最美的经历。迎合冷暖，回头看都是美景！

五月，放慢了脚步吧

春花凋零处，五月走来了，这时候的夏花绽放的没成烟柳巷的花衣服，只有槐树枝头挂满了一嘟噜一嘟噜的艳色。我在赏够了四月里芳菲的美丽，在五月也放慢了脚步，慢慢地等待着夏花的细细开来。

等待有时候是一种很熬人的事情，眼巴巴地盼着美好的到来，但到来的不一定是你等待中的期盼。然而如果当你把期望放下，不去火燎燎地急于一种值的出现，目光缩短了，时光便会慢下来。慢下来的不是一种节奏，其实是思维制约了前进的脚步。而大自然的美，不需要任何思维模式的开启，时光就是个摇铃儿，摇醒了春花，摇红了果实，摇醉了万物的灵魂。我在慢节奏中享受着时光流逝的痕迹，春去秋来的殷实。

五月室外气温升高，阳光暖暖地照着大地，地表温度渐渐升高，树上的小果实被一层细细的绒毛裹着，像极了刚出生婴儿的脸蛋儿。想去抚摸，又怕影响了日后它的成长。总是，等待着它成熟染黄枝头时，再轻轻去触摸它，过往枝条蔓蔓，悠悠岁月，没有在它青涩的季节里留下沧桑。等，虽然是最长情的告白，枯寂无味，但雨中摇曳的裙摆却有着不一样的清欢。盼来的种种美好，悠然在岁月里沉香。

风住尘香花已尽，物是人非频回头。昔日如烈风般的心境一定不在了，而今没有成熟也得装作稳重大气。五月总是个过渡期，心情当然好不到哪去了。郁闷不言语，这好像也能装作稳重的样儿，我就这样做了。

五月的脚步慢了，事儿还真不少，网络里尽显悲凉。魏则西死了才知道有莆田派、高考临近了糊涂了 N 年的人们才想起请愿、杨绛老先生走了蓦然发现世界是自己的，与他人毫无关系……负面的影响与正能量的出现，权衡利弊谁都知道莆田遍地开花了，这不是医院出事了，是制度有了问题。尽管在网络上喧闹沸腾，但终究这喧闹声慢慢还是要平静，最终就像曾经蘑菇云升腾在天津上空的爆炸事件一样，平息得不见踪影。谁说什么都是白说，如同夫妻吵架，外人眼里嘴里如何看待，如何评价，那都是你的说与看，与夫妻俩没有任何关系。

五月我也是慢节奏的，没什么可干的事，身子闲得快出毛病了，脑子里却整天都在高速运转。只有看书可以让脑袋里不再乱想，偶尔静下来听自己的心跳。以前我可没听过自己的心跳声，第一没时间关注自己的健康，第二总是认为耳朵贴到心口才可以听到心跳。此刻，除了键盘的敲击声，我就能静的听到自己的心跳，"嗵嗵嗵"的，时不时的还要快跳几下，这真是心烦得很。突然觉得许巍的《生活不止眼前的苟且》错了！生活多数时候都是眼前的苟且，极少时候才有诗和远方的田野。正如白岩松《白说》里写的"中年哪能是一杯下午茶的清香？没有那么浪漫，是青春一去不复返，是死亡的影子依稀就在前方了"。乍一看这话真是不舒服，但终究事实就是如此的清晰，你还能跟岁月去拼？那不是在瞎扯吗！

　　五月像极了人的中年，春天的喧闹已过，夏季的缤纷未至，时冷时热毫无定数。慢下来也好，看来需要考虑好了，保持冷静，才可继续前行。

　　年根了，心里总有一些情结搁浅着。是表面看上去冷静心里却存有恐慌，是忙碌的脚步错乱地踏入了年末的列车，还是思想上没来得及做通自己的工作，身体已是沐浴了又一年的阳光。

　　时间过得就是快，快得我手足无措，接近年根更是过得眩晕。前些日子，陪着老爸在医院里输液，虽说在医院里每天只待一上午的事儿，可看到那场景就油然而生一种对生命的敬意与珍爱。其实不然，年根了，对身体的健康状况也是存在着一种新的期待与希望。医院里吊点滴的人不少，老一点的希望继续长寿着，年轻一点的希望身上的小毛病消失了，来年更精神。医生再三嘱咐老爸以后的烟是万万不可吸了，老爸是欣然同意，但是他说，自己3岁就开始吸烟了，那时还没断奶。医生护士们听得都呆着了，说是这是见到的史上烟龄最早的烟民。大约在十年前，我曾经陪着父亲在北京的阜外医院做过一次体检，那时他的身体与现在差不多，也是棒棒的，唯独咳嗽得厉害。那时的全国权威医学专家告诫过父亲，让他不要吸烟了，可父亲可能是戒了大概几个月，后来诸事繁忙，闯过了自己思想的防线，又吸开了。这一吸，时间便是过了十年的光阴。这次他说真的要戒烟了，但愿他的身体能为他的思想做主！毕竟健康还是人这一生的领头帅！

这些天在家里待着，毕竟年根已近了，"黎明即起，洒扫庭除，要内外整洁。"这句古训我还是很喜欢。作为一个女人，不但要自己表里收拾停当，家里更应如此。善良和干净是女人的第一要素，整洁有序是家里的最必要条件。当然这不是要让自己标新立异成个什么样的楷模，只是自己对自己的要求罢了。人各有志，不喜欢收拾家的女人也有幸福一生的，这只是我个人对自己的要求，与幸福擦着边儿但无关。

回想小时候的这些天，那年味应该就相当地浓了。炸麻花、蜜酥、蒸花卷、面儿人、炒瓜子、大豆、花生，吃的每年母亲总是放在头等，要让我们这几个"馋猫"早早的香香嘴。二等事就是洒扫庭除，母亲每逢年根总是把家里家外打扫得一尘不染。房子刷完了，那扑鼻的泥土气息，最是我们姐弟喜欢闻的了，妹妹还要抠点放在嘴里。尤其新窗花一贴到玻璃上，那年味就更是浓郁，这年也就真到了根儿了。每逢这时，父母还要给我们姐弟一人弄一个灯笼来，不大，一般都是在吃剩的玻璃罐头缸里面放一支小蜡烛，外面父亲要给包上彩色的纸，再用一根小棍挑起来。这灯，忽闪忽闪的，每到黑夜我们姐弟出门，挑起来的是一种自豪与欣慰。那点光，引领着当年的时尚，也为我们的童年带来了无限的欢乐与遐想。致使现在每次想起那小灯笼，满是温馨，满是幸福，也满是泪水。

年根了，边是忙碌边是回忆。这些年，年的味儿逐渐淡了，吃的什么都不去准备，但还是吃不完。唯一有点年味的就是要将家的里里外外都收拾一下，衣服、鞋子、包包、书籍……收拾那些不需要的，送给需要的人，这也是近年来过年的必须。是啊，相望在年根岁尾，依旧还有希望过年吃顿好饭饱饭的人，贫穷还是存在。

年根我双手合十，期盼在晨曦的阴霾里，聆听一抹明媚的喜悦；在夕阳西下的霞染里，留意那一抹璀璨的磅礴。期盼平安健康相随，闲逸为父母把脉。期盼幸福是无休无止，相伴在每一个日起日落的朝夕。期盼快乐与我厮守终生，春来看花花不厌，秋来赏月月上眉。期盼每一个日子都是行云流水，都是阡陌芬芳，都是感恩回馈……

雪映明月酒相衬，冬至暗夜翘盼春。岁寒一醉解千愁，静候暖风舞枝头。

夜长梦多最是人间惆怅，有些事我没说那是不能说，不是我忘了，这事只适合收藏，如同冬至夜收藏的梦一样，睁着眼在脑里浮现，唇齿却无语凝噎，只是相看两不厌。

人这个生命体，有时候真的很需要一个人来安慰，只因心灵困惑不解。于是想到狗狗是不是在某一个环节上也需要有人来陪伴，听听它"汪汪"的语言，抚摸着它寂寞的灵魂。我想是，因为它是个生命。不是有生命的生物都需要陪伴，而是长久陪伴的一定是有生命的生物。

想想人这一生，十几岁以前的事，不管是幸福的还是苦痛的，基本上是云遮雾罩地想不起多少。幸福的事大多忘记得快速，痛苦的事却在心底里久留不散。生活就是这般的滑稽，思想总是左右不了行动，一旦思想和行动完全能统一起来，那理想注定是现实。但是思想和行动统一到极致，那就成了哲人或神或疯子了。

我纯属最为平凡的人，不善经营自己的人生，混乱的生活和我的理想一样的不靠谱。我有时想自己这四十多年来是怎么飘忽不定地生存来着，想法多的是，行动极其缓慢，以至理想总是在懒惰的现实中被浇成落汤鸡。痛苦时安慰自己的就是傻笑，明明晓得自己落后的原因，有时还在自哄自地寻找一个告慰灵魂的理由。现实就是这样的虚假，但多数人就是喜欢这种风格。诚实的人，总是有人在笑话你傻了吧唧，于是诚实就是"二货"的象征，就不美了。圆滑的处世态度成了王道，不说你好，也不说你不好，诚实的人在圆滑的处世哲学下，原地打转，晕头转向地找不到北，最终认了自己真的是个二货。

中年是人生夏末秋初的季节，真的是刚刚结束了缤纷糖果般的热烈，迎来的是似熟非熟的考验。事业有成的人可以仰起头、挺起胸，目光炯毅地向前看，前面可能是满地金黄的累累硕果；我呢，是一瓶不满，半瓶晃荡，只是知道我上有爹娘，下有孩童，无事业可谈，没理想可写，前面的路是否是鲜花、面包，还是牛粪，我不去想，只活当下。

冬至夜，映着月光嚼着饺子，喝着小酒。寂静里敲打文字，陪孩子灯下夜读，用一种平和释然着灵魂的尺度。恍然间看到了父母慈爱的目光，爱人亲切的促膝，孩子纯真甜美的笑脸。我在尘埃中微笑……

　　岁月无痕，真的能把一切荡平。在冬月的暖阳下，静默地享受着一米阳光的温暖，想着流年里的执着，无奈过，欣喜过，也悲伤过。

　　岁月的温良安抚着春花秋月的各种姿态。曾经用笔墨晕染过情深，用双眸点燃过爱的宣言；曾经用一颗年轻的心，等待过一场善暖的况味之约，经年之后也弥漫成了简单。而今迈步中年，轻盈间便已点燃了内心的灯火，多少个回眸处，泪水迷离视线。

　　真的是光阴不堪细数，昨日的繁华皆成荒

芜，只能从一段文字或一首老歌中感受些许的柔情。

最喜欢张爱玲的两段话，至今还是喜欢，"失望，有时候也是一种幸福，因为有所期待所以才会失望。因为有爱，才会有期待，所以纵使失望，也是一种幸福，虽然这种幸福有点痛。""一般说来，活过半辈子的人，大都有一点真切的生活经验，一点独到的见解。他们从来没想到把它写下来，事过境迁，就此淹没了。"她用她柔美的笔锋描述着内心深处的无奈，这种无奈瞬息又幻化成幸福，幸福中渗透着隐隐之痛。我亦幸福着、痛楚着，看着文字伤感在现实中。

阴雨绵绵的日子最是惆怅，在南方的石板路上，在满是苔藓的雨巷，遇一位撑着油纸伞的丁香一样的姑娘。这是戴望舒年轻时的追求，也是男人对爱的向往。我对南方的绿色也曾留恋不舍过，但最感动的还是北方雪舞的日子。我爱北方雪，那一年，被一首飘雪的歌，唱到了内心的柔软，"忘不了把你搂在怀里的感觉，比藏在心中那份火热更暖一些。忘记了窗外北风的凛冽，再一次把温柔和缠绵重叠……是你的红唇黏住我的一切，是你的体贴让我再次热烈。是你的万种柔情融化冰雪，是你的甜言蜜语改变季节。"时间尽管任性地勇往直前，可爱恋的温情却在寒冷的季节弥漫，直至生命的终结。

也许，人生就是一场泅渡，能在云山墨海里相遇一程，同舟一段，已属不易。你我这是哪辈子修来的缘？焚烧的香火在指尖流淌，心绕着虔诚诉说着一世的承诺，邂逅了一场措不及手的恍然遇见，喧闹在市井人间，静谧在春花秋月。无论走过多少个年月，回眸处，你依旧清晰明媚，我在心里勾勒着你的身影，放下一切，等你！

今夜又逢落雪，美好的时光与宝贝的生日重叠，雪舞的日子最是念你。冬月寂寥寡欢，这样的时光提一支笔，念一份浓情执着，诉一段温热情怀。如同雪压枝头的欢喜，是一场静默的等待。我用一纸一笔描摹着光阴深处的思念，丢弃了孤单。回眸处，雪花漫天飘洒，你在我的世界已成了永久的水墨画，我原地不动地等你。

拉开窗帘，扑面而来的是一场雪景，茫茫雪原寂静无声，这满眼的困感，满怀的寂寞，顿时被第一场盛大的雪景击落。我似乎听到了美景碰撞灵魂时落入雪地的赞歌。

这真是一场困惑于秋季荒芜中的盛宴。这些日子，秋天黄绿错综的美景已经不深了，我的世界也跟着季节的萧瑟而索然无味着，视线一直在寻找中迷失。老天就是这样的知情懂性，昨天还是郁闷在凄雨绵绵的苦闷中，今早一场盛宴便袭击视野，顿时开阔的胸襟，无神的双眸灵动飘逸起来了。

翻开去年的日志，1月14日才迎来了第一场大雪，纷飞的大雪激起人们的精神，全民出动拍摄雪景花絮，老人小孩在雪地里嬉闹，无处不是一派喜相逢的景象，微信圈刷屏刷屏刷屏。那是因为期待得太久了，北方人的冬季盼的就是一场大雪，一壶老酒。此刻我还在秋季的深度中徘徊，没想到一场大雪便覆盖了寂寞与荒芜。真是有些美好来不及预期，便撞了个满怀，这怎能不让心情高飞呢？

墨迹天气中几只飞鸟南去，数树凋零，气温下降，说得还是一场秋雨一场寒啊。央视的天气预报说到山东半岛、新疆、内蒙一带大雪纷飞，这倒是不见怪，新疆内蒙古高原在8月飞雪也是正常得很啊。山西北部也有飞雪舞动，但昨天我满视野的就是淅淅沥沥的秋雨，寒气袭来，裹紧衣服罢了。最爱的柳树，那浓密的绿秀发，在飞雪中唱的该是一种什么样的曲调呢？是畏雪飘舞的高昂幻想，还是悠扬絮絮的低吟浅唱？真是一夜飞雪漫天来，千树万树梨花开。美景横扫秋荒，唯独柳树低柔绽放。曾记得朋友说过，刚烈的东西寿命总是短暂的，不懂得弯曲、易折。人何不如此。

天已是亮了，我要出去踏雪，真是雪舞的季节笑看落花。柳枝上落满了积雪，压弯了枝丫，低垂着，信手陌陌，温存百媚。这浓黄浅绿淡白的交融，柔媚婉约与随意刚烈的搭配，深秋的余暖与初冬的浅寒相遇了，组合的是如此得完美，真是红豆邂逅了南国的唯美意境啊！

脚下的雪没有寒冬里的"咯吱"作响，已是雪与水的混合，我的鞋子、袜子都已湿透，但眼前的景是温暖的，心是温暖的。

暖枝头，瑞雪兆丰年。这样的措手不及的爱一生能有几回，好好珍惜。

记忆拾碎

鸡蛋

我的幼年是在清贫中度过，母亲没有奶水，仅靠父亲教书挣点钱，经济拮据，生活窘境。母亲说，我命大，全凭嗓子宽，没喝过一口牛羊奶，就是凭着小米面糊糊成长起来。我听着，有时也会可怜自己，同时也庆幸自己的顽强。

兴许是从小很少吃鸡蛋的缘故，长大以后我不怎么爱吃鸡蛋。但是在童年那段时光里，鸡蛋的各种价值那是无与伦比的，除了它的营养价值高，最主要的是它还可以换取一切商品。不论是馋嘴的小吃，还是锅碗瓢盆，以及打听坐月子、看望生病的、祝福结婚的……一度，鸡蛋如同代金券，虽然经不起摔打，但畅通无阻，备受欢迎！回想起那时候的鸡蛋，真是万能的。

　　长大了点，也就是五六岁的时候，我拿鸡蛋换过冰棍儿。那时，家里养了两只母鸡，母亲把鸡蛋攒起来，等着过节或家里来了亲戚才可以吃。我们嘴馋得不行了，母亲也偶尔给吃一顿。

　　记得那时候冰棍儿也就二分钱，一个鸡蛋可以换好几根冰棍儿的。那时弟弟还没有出生，我们姊妹俩，妹妹全听我使唤。卖冰棍儿的路过我们家门时，那声音仿佛是在我耳边环绕的音响，在炎热的夏季里这声音极富魔力，勾着我的心，馋着我的嘴，天似乎更热了，嘴也显得干渴难耐。正巧母鸡"咯咯旦，咯咯旦……"地叫起来，我知道那鸡窝里有了一个热乎乎的鸡蛋了。于是怂恿妹妹去取上鸡蛋，我接过带着母鸡体温的蛋，一个箭步跑到卖冰棍儿的面前，激动得不去想后果，就是说："换、换、换冰棍儿。"我紧张得有些局促不安。好像是换了四根冰棍儿，我们姊妹俩平分的。

　　吃第一根冰棍儿时，我怕第二根化了，囫囵吞枣的，只是感觉肚子实在凉快了许多，吃第二根时才慢慢地品尝起来。妹妹一向做事有条理，吃冰棍儿也不像我那样猪八戒吃人参果似的，没个样儿。我在吃第二根时，妹妹第一根才吃了一半，等我都吃完了，妹妹才开始吃第二根。一般情况，我还要再吃点妹妹的，妹妹虽然心里不痛快，但还是让我吃了。现在想起来真是愧对比我小 3 岁的妹妹，那时她那么小，我竟在以大欺小。

　　冰棍儿已然进肚了，馋也解了，也确实凉快了不少，但是那鸡蛋该怎么向妈妈交代呢？不过，那次拿鸡蛋换冰棍儿的事，妈妈没有骂我们，那个物质匮乏的年代，在妈妈心里最想让我们享受到美味了，可是又有什么办法呢？

后来，我们用鸡蛋换过布料、凉鞋、米面、饭盆……这些在记忆里不再是清晰了，只有换冰棍儿的事如今还能触动心弦。那个炎热的夏天，因为两根冰棍儿凉爽了一季；因为总是念起那带着温度的鸡蛋，也温暖到如今。

前一段时间母亲说鸡蛋有假的，看起来像鸡蛋，全是化学物质勾兑的。父母对假鸡蛋的出现表现得惊慌失措，我倒是司空见惯了假货泛滥横行的现象，没有他们那样害怕。两人急着去乡村的亲戚家买回来好多鸡蛋，村里人还是朴实，也是有资源优势，可以喂养鸡鸭猪等，吃到一些放心的食品。这乡村里的鸡蛋，的确不同于市面上的，蛋黄明显的颜色深，吃起来也分外的香。乡下的亲戚知道我们稀罕这土鸡蛋，还特意又给了不少。那些带着乡里人淳朴善良的鸡蛋，每一次我触摸着，感觉到的都是温馨与热情。那浓浓的、不加掩饰的纯情与善良扑面而来，吃在嘴里的不仅仅是鸡蛋，更多的是咀嚼出了乡下人的憨厚，心里一阵阵感动。

前些日子我在乡下待了几天，邻居家的母鸡到处下蛋。憨厚可爱的邻居竟然告诉我她家里的鸡都在哪几个地方下蛋，让我去取吧。我感动她对我的信任，当然不能每天都去收人家的鸡蛋。偶尔一天，我去她告诉我的几个地方看了，果然在草丛里，三五个鸡蛋妥妥地待着。我过去取了，鸡蛋还有余温，如同四十多年前摸到的鸡蛋一样，内心一阵喜悦，这温度把我的心温暖到了那年、那月、那场景，泪水顺着脸颊流下。滴落的是怀念，感动，最多的是对岁月蹉跎年华的无奈。

鸡蛋除去薄薄的一层皮，余下的都是高营养价值成分了。做人如果有鸡蛋的那种高营养、低姿态，不显锋芒，不去张扬，圆滑精致，那离成功的人生还有多远呢？我没去丈量，应该不远了吧！不过，万物皆有不完美性，生鸡蛋易碎，煮熟了更好！

鸡蛋在我的童年时代，那绝对是奢侈品。

巴特

　　我到鱼塘看到了巴特，它被锁在铁笼子里，脑袋耷拉，眼神忧伤。我叫它，它慢悠悠地站起来，透过铁笼子陌生地看着我，它似乎从来没有见过我似的。巴特没有向我亲热，更没有激情地扑向我。我考虑它是寂寞而苦闷的。

　　前不多日子巴特还在弟弟家里享受着特等的待遇。它可以在沙发上肆意地打滚，在家里大摇大摆着、逍遥自在着。这会儿的巴特独自卧在铁笼子里，被炙热的太阳烘烤着，舌头伸出来"呼哧呼哧"地出着粗气。

我想起前些日子我一进弟弟家，巴特见着我之后，冲出笼子，一个箭步地爬到了我的身上，在我的脸上、鼻子上、手上，到处瞎舔，扒头上脸后就是什么都不管不顾地去吃东西了。巴特除了塑料不吃，其他什么都要进嘴，地上的果壳、桌上的水果、厨房的白菜……它逮着什么就吃什么。巴特吃东西还神速，当你看到了它在瞎吃时，急着阻拦，片刻间，或食物、或垃圾早已进了它的肚子，拿它真无奈。

弟媳骂它，它装作无所谓。弟媳拿起一根小棍做出打它的样子，呵斥它进笼子去，它看着弟媳，眼睛还白了她几下，不情愿地进了笼子。此刻不乏"汪汪汪汪"地叫几声，表示反抗。但即使是用声音反抗了，巴特还是看着主人，愉快地摇起了尾巴。这还真是滑稽的一幕，我都佩服巴特可爱、睿智又萌呆呆的做法了。

巴特才四个月大，是一只拉布拉多犬，个性忠诚、大气、阳光、活泼、睿智。它浑身的毛发油亮，眼睛里透出来憨厚而睿智的神气，四只爪子上点缀着少许的暗黄色，这倒是很接地气的啊。那四个爪子厚实有力，踏着地时发出来"叭嗒叭嗒"的声响。可能是巴特还小的缘故吧，它总是显得格外的鲁莽，我没敢让周末（我家的狗狗）和它玩，怕它的大爪子踩伤了周末。这可好，巴特被发配到鱼塘了，它的性情都被这个铁笼子桎梏地极端得温顺，像一个年迈的老人，对生活失去了热情。唯独可以看到它原有的习性是在这铁笼子里无奈中的善良与忠诚。

我一直认为苦难可以让万物都苏醒过来，不断地冲破苦海，迎接幸福、让温煦的阳光照射着、被缠绵的雨露滋润着，那是生物追求幸福的本能。从苦难中成长起来的任何物种，回忆曾经走过的路都是一种幸福与炫耀。可见走向天堂的路，都是经过了在地狱中的无数次苦难锻造的结果。但是，从华丽的天堂掉到阴暗痛苦的地狱，这样在华丽中转身的刹那，落差大到可以发电的苦不堪言，有谁可以笑吟苦难？有谁的性情能保持着继续高贵冷艳？巴特一个小动物都在环境的改变中改变了性情，那我们还怎么去论人呢？何况，人最脆弱。

巴特肯定从来不会去想，自己那无忧无虑的快乐时光，怎么就在一夜之间变成了孤寂的旷野里的牢笼之物？它没有准备地接受了一场命运的变革，它不知道自己为什么被送到了这荒凉的旷野，更不知道今后的去向。

我在笼子外面同情着它，它那茫然的眼神告诉我，它并不喜欢我，它渴望的并不是我的同情。我想，它一定是在思念着它的主人吧！

"昨日风光烈焰似火，今朝旷野铁笼寂寞。"这是我看到巴特即兴的一句狗屁诗。我没有遇到过在狱中探望他人的感受，但就在看到巴特的瞬间，我感到了被桎梏后的压抑与苦闷。我感觉在探望一位被拘禁了的亲人，心里好一阵为它难过。

其实在巴特的旁边就有两只被关押了好几年的藏獒，我每一次见到它们时它们都要发出沉闷而歇斯底里的怒吼，雄壮的威猛的身子似乎要掀翻那牢不可摧的铁笼。我的心从来没有对这两只常年关押的藏獒动过恻隐之情，认为它们就得被紧紧地锁住，与人隔离开来才是常理。

离开鱼塘时，我又过去看了巴特，它在笼子里异常地安静，大概是睡着啦，一动不动的。下午5点多的太阳还是那样的炙热，郊外的天湛蓝，云白得晃眼……

因为懂你

周末在去年的 4 月 26 日来到我家，整整一年多的时间，它就陪伴在我的身边。它来我家是因为姑娘死缠乱磨，并且时不时因为不买狗狗而和我不高兴。为了顺应她的心愿，买下了周末。我其实很不高兴养宠物，在此之前我从来没有喜欢过小动物。

周末是在星期天买的，顺便给它取名为"周末"。它是条深棕色的泰迪狗狗，两腮毛茸茸的，大概是连鬃胡吧。眼睛圆溜溜的黑，透着善良和忠诚。在家时，它一般都在呼呼大睡，每到出去遛它时，总是高兴地在我身边蹦来蹦去，当一走出家门，周末很少慢慢悠悠地走，多数时间都是屁颠儿屁颠儿地跑着。周末很是讨人喜爱，但是在它刚到我家时，我还是没有上心地去对待它。

刚把周末领回来它还小，只有几个月大，时不时在地上撒泡尿，有时大清早醒来发现地上还出现了它的便便。那一段时间让我真烦恼，真想把它丢了。于是从它进了我家起，我遛它时就从来没有拴过绳子，想着，如果它丢了，也算是了却了我的烦心事。也许动物与人之间也是一种缘分，周末也知道我不是怎么喜欢它，在每一次遛它时，它总是跟得紧紧的，过马路也是走在我的脚旁边，我不去管它，希望它自生自灭在自然中。我总感觉它身上有味儿，嫌弃它在家里走来走去。每天还要用大量的消毒液擦拭地板，每抱完它还得把衣服洗干净。但是，后来大概是一个多月的时间，我逐渐对周末有了感情。

一次我回家，一整天周末都是自己待着，它听见了我的脚步声，当我开门时，就使劲地挖着门，并且发出了那种如同幼儿的哭泣声。顿时，这种"吱吱吱"的低吟声冲垮了我内心的坚守，好可爱的小家伙。我没顾得洗手就抱起来它，拍着它的背部，和它耳语着，告诉它以后一定要好好照顾它，珍惜它。周末似乎能听懂我的话，眼睛里的泪在打转。那次，我深深地被周末软化了。爱，其实就是一种缘分与坚守。一旦有爱横亘在彼此之间，那它的气味、淘气、过错都不是讨人烦的事了，甚至还喜欢它那淘气不羁的放纵模样呢。不是吗？

说周末可爱，的确它是不招人烦的。母亲是最不喜欢狗狗的人，当初我和母亲说起养狗狗的事，母亲当下就说我在纵容姑娘，养个孩子还差不多，养个宠物不稀罕，母亲还郑重其事地警告我不要把狗狗带到她家。可是，当我和周末有感情之后，每次到娘家时，我看着它渴望的眼神，无奈的表情，最终有一次我还是把它带到了娘家。一进家门，我心想着母亲要发大脾气了，可是，这个小东西滴溜一下子就跑到了母亲的怀里，母亲没有责怪它，还温顺地抚摸着它。就这一招，母亲也被这个小东西软化了，母亲也喜欢上了它。如今，每到母亲家，母亲总是让我带上周末，说是想它了。

一次爱人去遛它，当他遇到熟人说话时，周末没有看见他，以为他回去了，自己奔跑回家了。爱人以为把周末丢了，焦急地在周围叫啊找啊，公园里没找到只能回家，没想到这小东西在楼宇门前等着。瞬间，彼此感情增进了许多。周末真是聪明可爱，它已经融入到我们的家庭。

记得那次周末生病，不吃饭，没精打采地躺着。姑娘着急了，问我："妈妈，周末不会死了吧。"说话时，她满眼都是泪。我也是着急啊，看着它不吃不喝的可怜样儿，抱起它就去了诊所。大夫说没事的，体温正常，就是有点小炎症。这下我们才放心，感觉周末就是个不会说话的孩子。周末虽然没有语言和我们交流，但它的忠诚与善良足以打动我们的心，我们与周末的感情在与日俱增着。

狗的年龄大约就是十五六年的光景。我偶尔想起十几年之后当周末离开了我，我还真的不知道该怎么去接受，心禁不住酸酸的，泪水模糊了双眼。迷蒙中，我看到周末酣睡在我身边，小爪子搭在我腿上，我不舍得去惊扰它的美梦，它睡觉时那憨态可掬的样子，也是一幅美好的画面。

一直以来我以为自己是个女汉子，有着坚韧的性格，宽广的胸怀，仗义直言，没心没肺地活着。然而，现在我越来越不了解自己了，在别人眼里的那种强悍气势，其实都是假象。我发现我开始多愁善感了，内心有时脆弱得很，有些小事在心里来回折腾得我都够呛。一年半前我养的这只泰迪狗狗，起名周末。周末深棕色的毛发，憨厚柔弱的眼神，举止笨拙可爱，乖顺得一点都不让人讨厌。我走哪儿它都跟在后面，屁颠儿屁颠儿的，时不时还跑到我的面前寻求抱抱。即使是我不高兴，但那眼神足可以软化我的心灵，于是，我就抱起它一小会儿的时间，并且告诉它"好了啊！"它便是满足地蹦下去了。周末是聪明的，它知道我每天都要领着它去玩耍，下午也要去公园或小区里走走。于是，它在我面前总爱撒娇。每一次走进家门，它总是能听出我的脚步声来，即使是它躺在卧室它的沙发上，也会哧溜一下跑到门口来迎接我，看到我时，那高兴的模样，左右地摇摆着身子，扒着我的腿，嘴里发出"嗯嗯吱吱"的缠绵声。当我抱起它时，它便是在我的脸上、手上不住地舔着。眼睛看着我，像是在述说着一种寂寞，或是一种思念。

我常想周末是寂寞的。每天我锻炼身体时领着它，它为我排解了孤独，有它在我的脚边绕着，比音乐助兴。然而，它却从来不和任何狗狗贪玩，即使是喜欢对方想多玩一会儿，只要我一叫它，它就乖乖地跑到我的身边来了。它也从来不敢在街头瞎吃什么东西，这一点是我打过它的，曾经它看到街头的丢弃食品也是吃过的，被我看到后真正地打过它几次，后来再看到什么美食诱惑都是能抵得住了。现在的周末乖顺得很，它是知道我喜欢它，和我在一起看起来总是好高兴。

早晨我还没有起床，我的脚板伸出来感觉凉凉的，这总是周末在舔，痒痒地我又缩进被子里。它看着我还闭着眼，知道我是不想起床，于是又踱着步子慢慢地走到自己的沙发上等着我起床。有时我坐在沙发上，它就急忙跑到我的旁边卧着，把头耷拉在我的腿上。如果我动手挠它，它便四脚朝天仰着，眼睛闭着，脑袋在沙发上滚来滚去，还张着嘴轻轻地咬着我的手。它生怕把我弄痛了，边咬边注意着我的表情。有时，我故意假装叫一声，它连忙停了下来。我写作时，它就悄悄地在旁边待着，看到我停下来时，它的爪子就开始又挠又抓我的手，当我抚摸着它的脑袋时，它就不再闹了。

我最喜欢看给周末洗澡前它的无辜无助又无奈的表情。每次我一说"周末来洗澡啰！"它就开始犯愁了，不情愿又不敢反抗，我连续叫好几声它的名字，它才慢慢悠悠地走到淋浴下，尾巴耷拉着，眼睛渴望着我说出"不给你洗了，擦擦算了"的语言，只要说不洗了，它一下子就变得活泛起来。我看着它那可爱的样子心里升起一种甜蜜感。

就是这样的一个小可爱，昨天傍晚在我遛它的时候，一只比它大不了多少的野狗狗却莫名其妙地咬了它。当时，我走在右边，周末走在左边，它习惯了边走边撒尿。我看着一只小野狗跑了过来，心想一只小狗用不着提防什么。可是，就是这只不起眼的小东西却在瞬间咬伤了我的周末，我看到来者不善时，一脚踢走了它。可是，周末却开始"吱吱吱吱"地叫了，并且鼻子上留下了血。这时的野狗已经跑得老远，我抱起周末忙着就去宠物医院。周末的身子颤抖着，尾巴耳朵都耷拉着，喘着粗气，可怜巴巴地紧紧靠着我。在医院包扎伤口时，我的腿酥酥的，我又想起了十几年前孩子被割到脖子时，医生为她处理伤口时，我无法控制住自己的情感，"嗵"地一下跪在诊室门口。这种替代不了的痛，如同隐忍在心口的钝刺，不能看，不敢看，不忍看。那是我第一次感到痛不在自己身上却比痛在自己身上还痛的感觉。至今，这种痛还没有隐退。周末在两位医生手里发出低低的呻吟，我在外面流着泪。

我怕周末死了，好怕它就这样匆匆走出我的生活。我总是把芝麻大的事情幻化成了西瓜，医生出来说没事的，我还是不放心，又让他好好给周末再看看。他又耐心地观察了周末的伤口和身子其他地方，保证了没问题，我才抱着它离开了诊所。如果周末就这么离开了我，那它的整个生命真是更寂寞灰色了。狗的寿命太短，这真的是它们唯一的缺点。这次创伤让周末显得更加温顺寂寞了。它不叫不吃的，只是喝一点点酸奶，躺着一动不动。孩子晚上回来了，看着它的模样，瘪着嘴哭泣着，我安慰她说狗狗的免疫功能强，过几天就会好起来的。她安顿我不要出门去，好好陪着周末，按时给它换药，我连忙点头答应。

早晨起来时，周末失去了往日的精神气儿，没有急急蹦蹦地往我身上跳，只是更加小心谨慎地走在我的脚旁。我在心里着实疼它，少遛了一会儿就抱着它回家了。我寻思着一个纯洁无辜的小动物，被突然到来的灾难伤害了，那它的小心灵里也一定是有了畏惧。我不知道怎样去为它疏通这种恐惧感，它默默地躺着，不闹不叫的，只是等待着它的伤口尽快愈合，期待万能的时间去给这个小家伙慢慢抚平创伤。突然间我悟得：离得很远就开始叫起来的狗并不厉害，夹着尾巴默默走近你的狗才最可怕！

　　落落红尘中，周末用它的忠实憨厚取悦着我，温暖着我，然而我却给予不了它什么，在更多的岁月里它依旧独守寂寞。

水镇，与你温柔相拥

在温柔的雨巷，雨打窗棂；在温柔的雨巷，落雨成翠；在温柔的雨巷，雨成墨香。我独自悠长……水镇，我与你温柔相拥。

一

水镇是北方的江南，属于仿徽建筑，在青山涧满是绿水画舫、亭台楼阁、小桥流水。高低错落的院落，白墙黛瓦，布局合理，秀美典雅。我是在下午3点多进入水镇，这时候的游人可谓是如织，青石板路上看不到空闲的地方，河道内乌篷船穿梭来往，阡陌小巷也失去了寂静。只有长满爬山虎的石头院墙还有几许平静，但似乎也被游人此起彼伏的欢笑声吵醒，沮丧而无力地敷衍在墙上。我只是觉得这样的美景，静了才有味道，静静的，心才可以拥抱。

进入小吃街，人头攒动，这样的喧闹也最适合吃点有味道的东西。安顿父母坐下，我去买吃的。经典的小吃很是开胃，不饿也难啊！各样小吃分别点了少许，不是在品味美食，后边还有候座的游客，站着等待着我们离去。多热闹的场面，最是不能慢慢品尝，大口吞咽着各类小吃，满头大汗地让位后离去。

夜幕降临时，随着熙攘的人群登上了司马台长城。本以为可以一睹中国之最的司马台长城的风采，没想到由于天色已晚，只能登临一段长城。尽管如此，司马台长城的雄壮还是可以看得见，夜色里，它屹立于刀削斧劈般的山巅，更显冷峻敦实，气度不凡。

在夜色阑珊中离开了司马台长城，放眼山下，水镇于灯火辉煌中成了另一幅画面。此时的水镇依旧是在喧闹中，音乐喷泉在优美的旋律中此起彼伏地跳跃着，沉默了一个白天的喷泉，如同被束缚后释放的孩子，绽放着各种美艳的容姿，陶醉着、惊艳着围观的人们。我和父母顺着水镇的小巷，沿着一条清浅的小河走着，我们能听到音乐喷泉的欢快节奏。小巷的人不多，夜色中，客栈门口的灯笼在微风中摇曳着，里面依稀传出了酒杯的碰撞声，还有隐隐的歌声。在一座小桥流水的石阶上，我看到了一对恋人，他们并肩坐着，头仰着看着天空，不时发出了笑声，甜美的声音里充满了爱的暖流。在这爽朗的夜色里，享受着爱的誓言，真是一种温柔到老的美好，但愿他们的故事，就像这水镇一样，细水长流到永久，芬芳到白头。

走的很困乏的时候，我们看到了温泉泡脚的地方，这真是雪中送炭，父母欢喜地坐下，将双脚放入温水中浸泡，我也坐下来小憩。泡着绵柔的温泉水，踏着脚底的鹅卵石，顿时劳累全无，很是感动这样的人文关怀。看着父母，想着他们逐渐要老去，双手搂住了他们，有他们陪伴着，我似乎永远都是个孩子。最幸福的时光就是，我已经大了，还有父母陪在身边，边走边赏尽风光。

从水镇出来已是晚上9点多，来到了水镇酒店，父母早早休息了，我回忆这一天的匆忙，看着手机里的各种"晒"，想着明天要赶早享受一下水镇的寂静。

二

早上5点多，水镇还在沉睡中，我独自一人走进了水镇，一切皆是寂静无声。

初秋花开花落，诗意旖旎。一种别样的情致，弥漫心海。细数光阴，匆忙的日子里无数次地向往江南水乡的秀美与温柔，此刻走进古北水镇，她那既具有江南水乡的温婉静谧，又具有北方的苍劲悲壮，让我有一种完成了生命里的又一次邀约之感。

清晨的水镇，青石板的古街，鳞次栉比的房屋，青砖灰瓦的古老建筑，山水结合的古老村落。小桥流水，杨柳依依，内水纵横，汤河萦绕，仿佛一处鲜为人知的世外桃源。静，让水镇显得格外温柔，或站于桥头，或坐在河边，那种轻柔的体贴直接置于心底，听清脆的鸟鸣，沉闷的蛙叫，一种感动泻于这个情柔雨润的清晨。

踏着斑驳的青石板路，我走进一个悠长而又狭窄的胡同。小巷、青石子路、清幽安静的时光……一下子想起那个带着愁怨的丁香一样的姑娘，想起了一个身影，一次倾心而又真挚的邂逅，一段美丽而惆怅的故事。这样的画面在我心间慢慢地铺陈开来……想起昨晚上的那一对情侣，也许他们也慢慢走在了青石板的路上，踏着这厚重的岁月，静静守候一段时光。

走出小巷，站在了一座半弯的石桥上。手扶着一个憨态可掬的小石狮子，遥望着远方的青山碧水，垂柳在眼前低眉。水镇的每一扇窗棂，每一段小路，每一孔小桥，每一座院落，每一条清流，每一个亭台，每一片瓦鳞……都是一个故事，一段传说，铭刻着风雨过往。水镇的清晨，寂静的是一幅水墨山水画，我在画中游。这是多么惬意的时光，太阳要出来了，朝霞映在了青石板路上，和古朴典雅的楼阁窗棂上。

在晨光沐浴中，高山瀑布一泻而下，尽情释放；蜿蜒的司马台长城犹如金蛇狂舞在雄山之巅；温婉雅致的水镇显得更加精致明媚。瞬间，水镇别样的风情种在了我的记忆里。

水镇，需要时间去打磨，雨水去洗礼，等到石阶上长满了苔藓，窗棂载满历史，风柔雨润时，多少思念在水中河边。感谢时光，在最美的季节，让我与你温柔相拥，我已将你完整的装入心里。回想我走过的地方，也不少，但是让我还要再来一次的地方也不多，古北水镇我还要来一次！我要用我的心，静静守候一段时光，在一个清晨或灯火阑珊的晚上。

我以我的母校为荣，一直深爱着它，从过去到现在以及将来。

这是怎样的急促不堪呢，又是怎样的拖拉散漫的一次重回母校。好长一段时间了，对母校的那种思念悠然在心里拉长又升温。每在心里想着一件事时，总会有一种忐忑不安击打着心灵深处，黏糊在脑际。如果久未动身，便有一种内疚与自责冲击着，直到将事情办妥才将心掉到肚里。之后心里便是怅然与快感，像还清了一份债务，像极了。

下了高速已是下午 5 点半多，看看今天的日落时间应该是 7 点零 8 分。于是急着踩油门，争取在日落之前赶到母校，我想拍夕阳下的她。

我的母校是大同师范。我每天就在这个城市里穿梭着，但在毕业后二十五六年的时光里，我只与它亲近过一次。那是一个夏季，丁香花开得正在势头，满校园弥漫着浓郁的香气。那时的同学们三十多岁，家庭孩子占据着主导地位，似乎无心去回忆那些曾经的光辉岁月。

这次我来母校，虽然只是做了一个短暂的停留，但是我明白我内心里那时那刻装的全是母校曾经在我心里的倩影。

我的母校始建于 1913 年，占地面积 500 余亩，建筑古朴典雅，环境优美宜人，是我国保存最完整的民国时期的建筑群，近年来已经成为全国重点文物保护单位之一。母校的建筑既保留了我国传统风格，又吸取了西洋古典特色，融合中外古今形制，颇有意境。12 间独立的教室，古朴典雅，独树一帜，当年我们其实叫她为"个墩儿"房。说实在的，在那个年代，我们每天进出教室，并没有感到这样的建筑风格有什么特别，更没有什么优越感。但是今天当我再一次站在教室门口，踮着脚尖，用力地伸着脖子，两眼瞅着教室里的一切，那种久违的感动，顿时塞满肺腑。不用追忆，时间已经将一切悄然缝合。我看到了我的青春年华……

刚进校那年我 18 岁。我那时很不成熟，未涉世，那种农村的气息尽量藏着掖着，还是不自觉地流露出来，看到什么都是新鲜的。一时忘记了我是被谁领着去了宿舍的，看到上下铺的床，今生第一次睡这样的床铺，在床边站立着，双手摸着床的支架，心里阵阵狂喜。从那年起，我开始了独立生活，也开始慢慢长思想了。看着城里同学们的言谈举止，怦然心动，我开始学习她们去说话，课堂之外我也开始说着普通话，真的很好听。我拿着吉他和宿舍的妙莲学习拨弦，胡乱中也能让别人听出个所以来。走进我眼里的老师们，在我心里对他们的那种仰慕，他们的年轻气魄，他们的满腹经纶，让我佩服得五体投地。我发现我真正走进了一所知识的殿堂。

操场上有我奔跑的足迹，图书馆有我浸没在书海里的身影，花下的笑声，琴房的歌声，新年钟声敲响时的祝福，宿舍聚餐时饭盒碰撞的激情……每一幅画面都在泛黄，都是温馨。岁月蹉跎着年华，终究有些记忆还是沉淀如美酒，芬芳四溢，幸福绵长着。

如今，母校扩建后的校园更大，教学楼宿舍楼办公楼更壮观了。我眼前的教室与礼堂，早几年前就成了文物。那百年的松柏苍翠欲滴，那古老的柳树默然低垂着，新枝吐绿，掩映着中西合璧的礼堂。新的校舍与旧的建筑群相得益彰，彰显着母校的神圣、恢弘、严肃与博爱。

我在红色的跑道上走了一圈，在深浅绿色相间的草坪上坐着，看夕阳西下，远山逐渐朦胧成灰黑。校园里、教室里灯光温馨起来。我渐渐地走出了母校，春暖花开的芳香吹进我的心窝。

突然想到《金刚经》里有一句话：过去心不可得，现在心不可得，未来心不可得。以前读起来没痛没痒，现在重温，又是别样的感慨，过去那个天真的孩子不知道长大后的悲哀，现在的我也不会知道多少年后的我该如何缅怀这个赋予我知识的殿堂……我站在暮色中回望着我的母校，亲切拢上心头，祝福悠长，悠长。

夜入东京

比起十五年前第一次出国的激动心情，这
次明显地没有了当年的兴奋。于黄昏时分登上
飞机，行进在苍茫夜色中，稀里糊涂地降落于
东京羽田机场。只看到阑珊灯火，整个小日本
不就是浮于海面上的一个小长条吗？东京能有
多大？我心里的日本就是如此。大巴摆渡出机
场，又上了另一辆大巴,50分钟后才到达宾馆。
旅途的劳顿，满眼的疲惫，全然顾不上去看窗
外的风景，东京也在夜色中寂静了。唯一感到
的是的确干净，名不虚传。

在飞机上一直都没有睡着，前面坐着两位巴基斯坦的老外，身上的味道袭击着我的味觉。窗外漆黑一片，我闭着眼睛，屏着呼吸，脑袋里没有憧憬日本的美好，冲进脑海的就是一些打鬼子的战争片，感觉日本与我们就是一种对立。其实，这关我毛的事啊？我仅仅是一个平头老百姓而已，想得够大的啊，自己关照好自己那点事儿就够成功了。我自己又在嘲笑自己杞人忧天的德行，可能这与根深蒂固的思想教育有关。也许是天气不好，气流影响着飞机的正常运行，过一会儿就颠簸得厉害，我有点小惊慌。但是空姐甜蜜的声音还是能抚慰我的害怕。其实，每一次坐飞机，我都会有这样的心理恐惧，直到平安落地才踏实。

大约不到三小时，飞机平稳着地了，我的心随之掉到了肚子里。夜色阑珊，机场亮如白昼。每见到一个服务人员，都在点头哈腰，我不知道回敬个什么，用微笑去迎接他们的礼貌。这样的礼貌待客，把电视剧里日本人的那种刺刀与横行从我的脑际抢夺而去，自己也失去了傲慢，屡屡微笑点头。其实，在这几天的行程中，日本人的生活习惯，整个国家的民族气节等一切，颠覆着每一个来日本旅游的人。治安的稳定，国民的高素质，科技的高速发展，整个国家的干净文明程度，无一不是让我叹为观止。真可谓是整个国家从城市到乡村都是"青山郭外斜，绿树村边合"。一尘不染，鸟语花香！

对日本人的偏见一直都贯穿在我的思想里。但是当我以"外国人"的身份来到这个国家之后，还是被这个礼仪之邦的文明、安逸、科技等我们所触及不到的东西感动。不是在煽情，的确如此。

我头一天入住东京，尽管宾馆的房间很小，是那种"一步迈进门，两步迈上床"的格局，麻雀虽小，但"五脏俱全"。由于旅途的疲惫，早早入睡了。

一早醒来，呵，窗外晴空万里，阳光明媚。昨晚夜色中无暇顾及这个小镇的景色，此刻入眼的小景体现着城市一角的容貌。我想，这可是城市的边缘，但也是一尘不染的干净。我错觉着回到了自己的家，小花小草掩映着窗户，心情顿时开朗起来。当然我的家是干净的，但窗外的风景就不及东京这么清爽了。我是以"外国人"的感觉来评价日本，当然我的家乡没有这么干净，我只是想让它更舒适、安静、有序起来。我对日本是有着偏见的，我内心里还是很小心眼儿，不希望它这么好，但是人家真的就是眼前这么的安静、舒适、文明着。我有些小的嫉妒心理，虽然享受着这种好的境界，但是总是希望这是自己的家乡。很是懊恼。

在一处建筑工地的施工现场，我深深地怀疑他们是否在施工？因为我没听到机器的轰鸣声，也没有看到尘土飞扬跋扈着，整个工地安静着。我抬头看到工地外围被灰色的篷布围着，上面写着"静音"二字，我寻思着，这种围着的装置一定是能起到隔音效果的材料。这与国内施工现场真的是相差甚远，我也是在工地待过的，被这样的施工现场震撼到心里了。我甚至觉得日本是不是被热闹的工业文明给遗忘了，不见浓烟滚滚，机器隆隆，但是转念一想发达不是烟囱最多，不是机动尘嚣，不是慌乱相告，是安静、有序的生存环境。

想必，这一切的表层现象都是建立在底层的能量驱动之上的。人类的优良传统，都是建立在合理有序的政治制度和社会体系上的吧。我是这样想的，因为我看到了这个社会，学校门口没有接孩子的家长，小学生放学后自己背着书包，拎着两个大包，三五个相伴着，自由地行走在马路上，谈笑风生。她们一定没有人贩子这样该死的家伙，家长一定是放心孩子们的安全。我也佩服这些小家伙不给别人找麻烦的个性。其实，那个时候，我最想到的是我小时候不也是这样的没有安全隐患的自由吗？家长也是没有接送孩子这档子事的啊。只是现在怎么就变成这般田地，还是社会真的有了不安定的因素，人们才把自己严严实实地包裹起来了的吧！

可能是贫富差距过大，仇富的心态肆虐着一群生活在社会底层的人，想反抗却又无能，于是一种变态的恶被滋生蔓延开来。制造社会恐慌，危害百姓的事情时有发生。老百姓不得不为之加大防范意识，尤其孩子，这种无价的宝贝，离开学校就得抓在手里。可见，社会的不稳定因素，还是跟贫富落差有关。有朋友问我日本的诚信度怎样？我一时不知怎么来回答。

在日本，我很少看到警察，不是没有，是很少的。即使是我到了天皇的居住地，也没有见到警察在巡逻。

再说"诚信"似乎是个很难回答的问题，亲人之间的诚信可以说有，具体到陌生人之间的诚信度，这个真的是个难说的事。在东京，我感受到了诚信不是个什么特殊的东西，就是种空气，弥漫于每一个角落。比如，超市没有摄像头却不用存包；街头随便有一堆行李放着，没人看管，也许过一两个小时后，主人才拿走；大街上行走的人，女生的包包拉链都是敞开的，不用担心；宾馆从来不查房，住完之后把钥匙交到前台即可……眼面前的事摆着很多，让我们真的需要思考一个诚信经营的国家，那种空气里都有诚信的味道。我还是反思"诚信"这个词在我身处的环境里有几度？在一个法治国家，合理的信用制度是无论高低贵贱都是适用的，它就如同润滑油，虽然看不见，有了它汽车才能在高速中运转。不是吗？诚信看不见，但是有了诚信，设立的关口少了，一切都在高速运转。看来，日本的诚信制度，不是依靠警察叔叔和城管队员，而是靠国人自己。

在平安神社我见到了好多穿着盛装的日本女人，木屐、和服、小碎步，头发包起来，侧面插一朵花，异国情调凸显出来啦。我举起相机不住地拍着。最终还是让我好失望啊，原因就是当我走到她们身边时，我听到的是彼此说着流利的中文，还带着或东北或其他方言。我诧异，似乎看到了她们在异国他乡失去骨气的情节，虽然只是件衣服的事，但我从心底里觉得这不仅仅是件衣服的事，是骨子里透着的民族气节。在日本，我鄙视着这群悠闲的人群。作为一个有良知有血性的中国人，我们应该坚守住自己的一份气节，坚守住最后那一点做人原则，日本纵然各方面条件都不错，但是我们总得有自己的民族精神与尊严。

战争已经过去，只有时间能治疗伤痕。到某天我们完全不会因为一名国人穿和服在街头炫耀自己融入日本国，而产生异样情绪的时候，我们才算是真的走出了阴影吧。当然历史不该被遗忘，不过从逻辑上来说，穿和服跟牢记历史并没有多大关系，只是心中可能还有一种情结支配着我的心理罢了。但是，作为一个有良知有血性的中国人，我们还是应该坚守住自己的民族气节，穿旗袍走在日本大街上，是不是更美？

街边，我看到了如同"摩西奶奶"一样的老人，奶奶有八十几岁的样子，正在认真地完成一幅山水画。颜料就在手边，手上的青筋鼓起着，戴着遮阳帽，脸上铺满了皱纹，微笑着，嘴上涂着口红，看起来精神饱满。老人家的作品线条已经勾勒出，正在为树木点缀不同的色彩。我拍她，怕她看见，但是还是看到了，她没说什么，只是点头微笑着，继续认真地画着。我不懂画，但是我能看出她对于自然的热爱与对生命的善待，她的眼神中透露出来的是对自身的自信，没有丝毫的老态龙钟。

日本是个长寿之国，街头开出租车的司机，饭店当服务员的老人，看起来都在七八十岁的样子，但是他们依然是迈着轻盈的小步子，快乐地干着自己的事情。真的是老有所乐。

坐在回国的飞机上，我俯视着蓝天下的工业区，感慨、感叹。区区一个小日本，为啥这么强大呢？为什么一点都看不出这是二战时的战败国？这个国家每到之处，给我的完美、精致感，使我不解，羡慕，更为之感叹……我深知国家的富强，城市的文明，这些我都扯不上边儿，但是我可以把我自己做好，只有把属于自己的一切经营好了，也是一份贡献。

在云端放眼上海

上海于我而言是古老又厚重的。

触手云端。飞机已是进入了平流层，空姐
们在忙乎着配发午餐，而我的耳边却一遍遍地
回响着电视剧《上海滩》的主题曲：浪奔浪流，
万里涛涛江水永不休……在我的脑海里，上海
始终是以"大上海"存在的。一说起上海，脑
海里浮现的画面是码头上的拥挤、灯红酒绿的
夜上海旗袍女人、黄浦江边带黑色礼帽的杜月
笙、厚重典雅的商会银行……这些都是存在于
书中与我的脑海，是我对于上海一种即空泛又

被定格的印象。20 世纪 30 年代的上海，内忧外患，商会遍及，而如今呢？带着满脑子的期待，希望在繁华的盛景中遇到曾经的历史记忆。

将近三小时的飞行，未等思绪平静，浦东机场已经到了。机场坐落于上海的郊外，透过玻璃放眼望去，一块块绿色被一条条河流环绕着，可谓"一水护田将绿绕"，满眼的苍翠，未看到高楼林立，一股小清新拂面而来。为了能真正触摸到上海的灵魂，我首先想到的就是黄浦江。

"文化是旅行的灵魂和核心，没有文化的旅行是苍白无力的。"想必这句话一定出自哪位资深旅行家之口。是的，开启一次全新的旅行，想必应该遇见的不仅仅是她今天的容颜，更应该探求她曾经的沧海如何变为桑田。

下了飞机在宾馆小憩片刻，驱车直达黄浦江边。

走近黄浦江边，涛涛黄浦江兀自奔流，那种浪奔浪涌，万里江水滔滔的怒吼未见，而是种祥和的平静。江面上游轮、货船往来着，两岸的万国建筑群，雄壮巍峨，大气辉煌。黄浦江，在我未知的岁月里，曾上演了多少国仇家恨和悲欢离合，又造福了多少黎民百姓于航运或渔业。今天，她的容貌给世人又多一种妆容，那就是她的景色把这座城市已装点成世界一流，看着那些成堆簇拥着的外国游客，就可以想象到她在世界上首屈一指的位置。

游兴未尽，黄昏已至。登临东方明珠塔顶端，整个大上海尽收眼底，触手可以摸着了云端啊！天边与楼宇接壤，远处，梦幻般的色彩艳丽着；近处，大上海的风流就在脚下。我曾经说过，美景总是和人有着缘分。赶着时间上明珠塔，不想，夜晚的外滩竟如琉璃般璀璨，大小游船竞相上演灯火的盛宴，巨大的游轮在灯光的映射下如蝉翼般透明又虚幻。坐在船上，两岸各式建筑依岸而起，寸土寸金的楼群更在夜晚绽放出流光溢彩，美轮美奂如置仙境。这时，一切都似乎远离了，唯有这灯影，这江水。真是，红尘皆世外，伤情不相拥。如此之高观望上海，如此之近感受上海，我似乎触及了她的灵魂，如此厚重的历史底蕴，如此渊源的文化内涵，我感动地掉泪，之后是无语。

从东方明珠塔下来，我被无数的高楼簇拥着，灯火璀璨，人约黄昏。夜晚的大上海，美得让我窒息！上海写尽繁荣与奢华，不禁反问，迪拜又怎样？世界上海！

真的，好想放慢脚步去赏尽上海的繁华，读出她的厚重。可是，此次路经上海，我只能驻足观望，等着，我要在下一次，带着我的好奇，慢慢走近她的灵魂，去读一段厚重的文化，赏一种近代中国的风流！

美丽的东沙窝

蓝天白云桑干河。

石头窑洞毛驴车。

这是我对东沙窝的印象。

东沙窝村就在桑干河畔，全村的窑洞、院墙、街道均是用玄武岩石垒砌而成，以至地面上都布满了黑色的玄武岩。1989 年，大阳地震后，村里一部分石头窑洞被震塌了，在政府的援助下，村东西两头盖起了一排排的砖瓦房。旧日的石头窑洞已是断壁残垣，在岁月的风雨里，讲述着这里曾经的兴旺和沧桑。东沙窝的村民也和如今大多村落一样，年轻人大多进城逐梦，留下了为数不多的老人们依然坚守老宅旧院，讲述着过往的故事。日出时分，沿着乡间小道，进入这片石头的天地，绿树掩映，昭示着这里生命的延续和顽强。近年来，因为村子特有的景色，吸引了很多城市人来这里探奇。东沙窝曾经的辉煌在不少人心里依旧重演着，留下的陈旧如今被人们追随着。当然，六棱山雄壮，册田水库秀丽，如此的旖旎风光吸引着越来越多的旅游爱好者。

我走访了上到90多岁的老人，下到五六岁的娃娃。今天的东沙窝在娃娃们眼里，是自由而美丽的；与老人们寒暄后，他们心里依恋的是早年前的村庄。那时清澈叮咚的泉水、那时苍翠繁茂的芦苇荡、那时一席席一业业的水田、那时学校里的读书声与操场上的篮球声……我也在追忆着东沙窝的过去，我眼前浮现着夕阳西下时金光灿灿的桑干河水面、浮现着渔舟唱晚欢乐归来的渔民、浮现着牧童骑黄牛，歌声震林跃的淳朴民风、浮现着林间水，坡上草，鞭响狗跳羊儿跑，小曲满山腰的和谐景象、浮现着群鱼跳跃、蛙声阵阵与爽爽凉风……

20年如一日。想起当年我第一次来到东沙窝这个小山村时，正值夏季的黄昏时分。从大同市区出发，沿着南环路一直向东行驶。到了瓜园乡时，一条小路向南延伸着，踏上这条绿树掩映的小路，感觉到了乡村的宁静。小路没有铺水泥和石子，汽车过后像卷起了土龙，团团尘土飞扬跋扈起来，从后视镜里看腾龙驾雾的，龙头嚣张得很，拐个弯才可以看到了龙尾，黄土龙渐渐地消失在距离里。进了村庄，车子的速度慢下来了，尘土也就不再张扬了。小路从村庄的西北方向蜿蜒到村庄的东南，对角贯穿了整个村庄。刚进村庄映入眼帘的是一排排整齐的砖瓦房，往里走去便呈现出古朴典雅的风貌。黑色的玄武岩石头院墙被风雨侵蚀得更有浓厚的黑色，像是在诉说着昔日过往岁月里无声和有声的故事。新修建的砖瓦房和旧时的石头窑洞错落于玄武岩石头上，高高低低的。一条曾经流动着清澈泉水的水渠，如今已经干枯，两边长满了蒿草，悄无声息地潜伏在小路的东侧，似乎在昭示着曾经的辉煌。干枯的水渠，顺着小路一直与桑干河边的"高灌"衔接着。我想，这水渠曾经怎样地日夜奔流着桑干河的水，流进村民的每一块田地，滋润着禾苗，丰盈饱满着靠天吃饭的庄稼人的肠胃。

悠闲地漫步在晨曦中。我似乎走进了一座世外桃源，一双双好奇而和善的目光投过来。兴许是好久没有感触到乡村的宁静与祥和，我左顾右盼，远处朝阳万丈光芒于高耸入云的大山上，光影交错，六棱山延绵到天边。山前碧水环绕，其间渔船入河，水面波光粼粼，在晨光中呈现一派浪漫金色。小路上，毛驴车上老夫妻俩并肩坐着，沐浴着祥和的晨光，伴着车轴"吱吱扭扭"的歌唱，开始了一天愉快的劳作。我听着蛙叫、牛哞、羊咩咩，看着东沙窝沐浴在晨曦微露中的美好画面，陶醉在这个祥和质朴的乡村美景里。

东沙窝是在古老中原始中成长，成长中孕育着原始的真实和真诚。所以，真切素朴、随意恬然便构成了乡村的韵律。村前连绵不断的山峦是真实的，日出而作日落而息的乡下人是真实的，浩荡的河水是真实的，黑漆漆的玄武岩上长满了一丛丛、一簇簇紫色的地椒花是真实的，那浓郁的花香是真实的。每每遇到久居他乡的游子归来，乡村的质朴、乡民的憨厚，总能涤荡去在外奔波游子心中的烦躁，使一颗颗躁动不安的心顿时宁静、平和而坦荡。我想，这是游子归来对故土最深刻的感受与爱的诠释。

村子曾经最热闹的地方就是学校，校园中央还建了一个戏台，这可是文化与艺术的交流中心。我听说，从这个学校里走出去的人才还不少呢。学校的教室都已经坍塌，在一片石头废墟中，可以看到教室的大体轮廓。我想象着，不大的教室里几张桌椅板凳，十几个稚嫩的脸庞簇拥在一起，冬季里没有炉火取暖，小手冰凉地伸进不太保暖的棉衣里，鼻涕流到嘴边，用袖子一抹，脸蛋儿被鼻涕腐蚀成黑红色。一个冬季就是在跺脚取暖与不住地擦鼻涕中度过。春夏秋冬都充满了各种欢乐：桑干河里摸鱼游泳，庄稼地里嬉戏玩耍，即使是在场面的草垛上捉迷藏也要玩到天黑才罢休。最心宽的还是看戏台上的表演或是在戏台上自己边唱边手舞足蹈。戏台，是乡村文艺交流的平台，不仅仅丰富了小孩子们的生活，也为那些日出而作，日落而息的村民们增添了无尽的欢乐。这学校，这戏台，虽然都成了废墟，但这倒下的石头，那依旧繁茂的大树在共同诉说着曾经的辉煌与它那永恒的魅力。

古老破旧的窑洞在东沙窝的村子里随处可见，这些用玄武岩搭建的窑洞与院墙，在风雨的侵蚀下，外面的一层泥浆已经不见了，只剩下大小相互咬合着的石头墙壁，或倒塌或直立，残垣断壁的。然而，这残缺的美，竟然有些神秘的孤独感。行走于破壁残屋间，似乎在寻找着什么，也许就是所谓的岁月吧。

已是夕阳西下，久居城市，看惯了霓虹闪烁，灯火通明，人头攒动，密不透风的钢筋水泥林。此时站在夕阳余晖下的村子里，感受着村庄的祥和与村民的朴实善良，乡村的美好与精彩，深深地镶嵌于我的脑海。哪怕是捡一缕萤，拾一瓣月，悄悄翻阅、浏览，也能涤荡浮躁，沾满温馨，溢满感动。但是，当夜彻底静下来，无法释怀的还是东沙窝真的是憔悴的、沉默的，那黑漆漆的废墟，寂静的巷宇，早早熄灭的灯火，像夕阳里的一位老者，佝偻着，缓缓前行，没有言语，没有表情。我不敢独自出去，空旷的村庄，树影斑驳陆离得如同鬼怪出没，偶有狗叫吓得我直打哆嗦。此刻的东沙窝村依着山、傍着水沉沉地入睡了。

风，远去；夜，静静绽放。东沙窝在岁月的剥蚀中，愈加清晰，历久弥新。那学校、那戏台、那善良的人们、那场面上碾着麦穗的石轴、那村前清澈的桑干河与雄壮的大山、那曾日夜奔流的叮咚泉水……

严疆锁钥杀虎口。

杀虎口就在海子湾的北面，是右玉的"咽喉之地"，在明清时期是北方要塞。杀虎口又叫"杀胡口"，明朝为了抵御蒙古瓦剌南侵，多次从此口出兵征战，故而起其名。杀虎口不但是军事要塞，在清朝时期还是"第一税关"，同时也是晋商"走西口"的关键站点。说起"走西口"，我还是有点情绪高昂。清初，长期镇压农民起义和抗清的战争，造成北方长城以内生产极大破坏，各地田地荒芜，屋宇残破，人丁流亡。大批山西、陕西、甘肃和部分河北的破产农民、战败的农民起义军，或"携男挈女"或孤身一人，千百成群，背井离乡，冒禁私越长城，"觅食求生"。随着清朝对蒙古封禁政策的松弛和历年遭受严重自然灾害而破产农民队伍的不断流入，"走西口"的人渐由土默特而西至阿拉善、额济纳等旗耕牧就食，至解放前延续不断。解放后才结束了"走西口"的痛苦历史。

站在"杀虎口"上，秋高气爽，天蓝得湛美，云自由自在地浮着。俯视城楼下面，一派祥和繁荣。几只鸽子从我头顶上飞过，一阵阵银铃传入耳迹。我无论如何都设想不来战争的硝烟，听不到刀枪厮杀，战马长咽的声响；想不起走西口的饥饿画面，听不见孩童哭泣，老妪哀鸣的悲惨。抑或，生长在和平年代，对于战争的硝烟我只是从书中读出，从银屏中看见。马蹄声已远，战火硝烟已尽。再没有"关山度月古堡含悲，刀戈沉沙边城带血"的惨烈。也没有了一路乞讨走到西口的吟唱，"苍河水，水长流，流的眼中泪，淌的是心中血"的悲凉。

回望西口，不去想那悲惨战争与饥饿苦痛。曾几何时，杀虎口被称为"晋商的摇篮"。遥想，这个北方最大的贸易集散地，商贾云集，热闹非凡。平集堡叫卖声此起彼伏，歌舞升平，物质的丰富，富裕了几方百姓。晋商的足迹遍布了长城内外，大江南北，以及周边国家。我站在杀虎口上，看着那残垣断壁，虽然历史已经来不及细数，但透过那些个缝隙，我拾捡着昔日繁盛的碎片，从茶马古道到丝绸之路，那喧闹鼎盛时期的历史，更容易震撼灵魂，这就是埋藏在内心深处的一种不会被岁月捍动的力量，一种晋商文化，一种晋商精神。

阡陌红尘，闹市街巷。右玉，一个远离了都市的县城，于山水草木间风光无限，于房舍人家里快乐滋养，于街头巷尾晋商渊源流长。可见，这里亦有他们的喜乐繁华。再见，右玉！再见，西口！

相约苏木山

　　国庆假期来苏木山感受了一场层林尽染的视觉盛宴，赞叹不已——却道天凉好个秋！

　　其实苏木山于我们近在咫尺，去年遗憾没有看到它，今年与山林天地来了一次零距离的拥抱。

　　从大同出发时，天色有些阴沉，我想这样的天气看秋色不是很美。当我们到达苏木山时，老天给力，阳光撕裂云层，霎时间，苏木山一片绚丽夺目的色彩呈现在眼前。在欢呼声中，走起！

苏木山蛇形的山径上，蜿蜒的木栈道给山林增添了又一份美感，拾级而上，两边的参天松柏遮荫蔽日。抬头仰望天空，湛蓝的天与黄绿错综的树交相辉映，忍不住大叫一声，感叹大自然赋予我们的美，也感叹在它的怀抱里的那种万般舒畅！

沿着木栈道，穿过冰凌沟，我们一行人边说边赞叹，随性的步子悠闲自在。高视满目静美，俯视细草娇柔，侧听鸟儿鸣啭，旁览流水低吟。迎面林风悠悠吹，偶有细小的松针随风飘散，落到每一个游人的头上，肩上，为游客增添几分俏皮与灵动。松针带着暗香，遥望桦林染白眉。栈道曲曲，枝叶成拱，一丝丝惬意拢上心头。山转峰回，南来北往的人，狭路相遇，点头微笑，抬手指路。那种人与人之间的距离顿时缩短了，人与自然的和谐瞬间拉长了，这是一种难得的白描世界，人与景高度和谐了！

有结伴同行的青春少男少女，他们无须歇息驻足，外衣还挽在了腰间，抬头举手之间流露出来的都是力量的涌动。有年老一点的，他们慢慢地扶杖轻走，松弛有度。有情侣相携，边拍照边说说笑笑，在这金秋时节，与松林云海间，携手同行，享尽浪漫，但愿苏木山于他们而言是一场不散的相约。

历经一个多小时的跋涉，走出云海松林，站在平台之上，远处云海松涛，近处满目金黄。阳光打在身上，秋风瑟瑟，置身于此种美景，千障里，满眼秋色尽天涯。我只管尽情享受大自然的气息，身外的一切不如意，不去言语，不予想起。

在露台上小憩一会儿，有几位朋友不想继续，我不愿错过美景，继续前行。

几经跋涉，步入平坦的栈道，松针落满小径，地面一片金色。这是大地与落叶的亲吻，这是一场来自心灵的赴约。约莫半小时之后，豁然开朗起来，"惊回首，离天三尺三！"俯瞰万山小，横看山外山！眼前万刃高山延绵不断，不必说那凉爽宜人的天然氧吧，不必说那翻山越岭的攀爬之乐，就那金色起伏的滔滔林海，伸手可触的蓝天白云，明媚熏暖的灿烂阳光，足足可以感动到我的灵魂深处！彼时，一种超凡脱俗的感觉拢上心头，苏木山，一幅浓淡相宜的壁画垂挂天际。"我欲乘风归去，又恐琼楼玉宇，高处不胜寒。起舞弄清影，何似在人间？"这是抚慰灵魂的深度良药，这是除却世俗的绝佳境界。苦恼零乱荡然无存，一种难得的轻松点燃内心的愉悦，我欲成仙！

每一次登山的感触都不尽相同，但每一次涌入大山的怀抱，总是会放飞人性的柔情与梦想，脱俗于山水之间，倍感到自己的渺小与世俗，这便是自然赋予我们的微妙。转山转水，丢弃尘世浮华，找回纯真善良。

再见苏木山，等你，在冬季的第一场落雪，那时我会轻轻地将你抚摸！

　　曾经对于吃水饺的向往，不亚于如今拥有宝马的欢愉。

　　翻越走过的斑驳岁月，水饺何尝不是一道最深刻的记忆。从物质匮乏的 20 世纪 70 年代到美酒佳肴的 21 世纪，水饺样子没变，味道没变，但在我们一家人的生活中，仍旧是一种最美的痴情。就像每天看到母亲都是那么的亲切。

　　母亲做的饭不是多么精细，但最符合我们一家人的味觉。尤其是母亲包的水饺，特色得很，是我们一生都依恋的幸福。

母亲包饺子先把面和好，再弄馅儿。馅儿一般都是猪肉白菜，有时还给父亲弄点纯萝卜馅儿。母亲拌的肉馅我是无论怎么学都不是一个味儿，总是拌不出母亲的那种香浓。尤其是她拌的纯萝卜馅儿，我真的是学不来，那种母亲独有的味道，这一生都吃不厌。

记得母亲一包饺子就唠叨来，"饺子就酒，越吃越有"，这也是中国的传统习俗，有好吃的东西就忘不了酒的存在。物质匮乏的年代如果有盘饺子，一家人围坐一起，炕上桌前，几杯小酒，笑逐颜开，美不胜收。或许真是饺子带来的好运，果真应了那句话，我们的生活越来越有了。从一年渴望一顿饺子，到想吃就能吃到饺子；从囫囵吞枣般地一吃就是几十个饺子，到细嚼慢咽地吃上几个就够了。但最终不变的是吃母亲的水饺还得就酒，幸福在白胖的水饺中，在酒香的浓烈中，溢满心怀。

母亲好客，记忆中家里来了客人，母亲总是忙乎着。如果客人执意要走，母亲还得在忙碌中撸起袖子，和面、剁馅儿，留下客人吃顿饺子再走。俗话有"送行的饺子，留客的面"，客人在母亲的热情款待中，在热腾腾的饺子中，叙叙旧事，感激不尽。离去好久一段时间，打电话来，还是一番感谢。我想最大的原因是母亲那幸福水饺的确香到他心上了，再有就是怀念母亲的真诚。

水饺向来都是代表着幸福，到现在北方还延续着在结婚当天要吃一顿饺子餐，人们常说"挂面套饺子，来年生个胖小子"。这饺子包的就要讲究了，元宝状的、麦穗形的、花朵图案的，中间围绕着个蛇盘兔。我想这些都是对于新人美好爱情的祝福吧，预示着婚姻美满幸福，有花戴，有粮吃，有钱花，子嗣延续，人丁更旺，生活的种种美好都应有尽有。

父亲每一次津津有味地品尝着母亲包的饺子，总是边吃边说：

"你妈的饺子那味道鲜香呀，皮薄馅大呀，谁都没法比。"母亲总是在父亲的赞美声中笑得美滋滋的，对于父亲来说，这一生何尝不是舌尖上的嘉年华。母亲包的饺子，不仅仅是一种味道上的浓浓幸福，还是一种对爱情深深的眷恋，对亲情不变的守望。

想到这里，心中不禁有种想吃饺子的冲动。原来，辛劳一生的母亲并不仅仅在父亲心里微笑，那味道在我心里也扎根了，成了一种永恒的幸福。

生活中有母亲的幸福水饺相随着，风起云舞岁月美；生命里有母亲的幸福水饺养育着，落花流水也是情。

蜜酥

我在家里排行老大，因此嘴巴不馋，也馋，但不能馋，下面还有弟弟妹妹，有好吃的心里总是挂记着他们。在我还小的时候，故乡除了看到的炊烟袅袅，听到的就是简单的农具碰撞声与鸡鸣犬吠。偶尔还能听到一种吆喝，"烂铜烂铁烂棉花，换蜜酥了……铛，铛"声音拉得好长好长，我听到心里好痒好痒，以至最后的那两声敲锣声扩散到满街满巷，我的满心满肺。

第一次吃蜜酥真记不得是用什么换的，反

正肯定不是用钱买的。现在还感谢那个以物换物的年代，要不，我们姐妹俩拉着我那娇惯的小老弟还不是要寻着那声音，舔着嘴边，闻着那飘香，白走好多路。卖蜜酥是一位老大爷，推着独轮车，后面有两根竖着的支架，"咯吱妞，咯吱扭"，每到一户门口总要停下来，先叫再敲锣。老大爷的到来能使我们一群小孩儿着实高兴一阵子，但他走了时，多数是因吃不到蜜酥沮丧着脸，无奈地散开了。

"蜜酥"是一种白面做的油炸食品，外面裹了一层白砂糖。晋蒙边界地区的人们不知从什么时候开始出现了这种食物，原始起名"蜜酥"，外形酷似一个厚重的蝴蝶结。我生活的这个城市里好像已找不到这种食品，近年我在内蒙的丰镇城里一个老字号，还见到了这久违的蜜酥，当时买了几斤，带给了父母。如今他们比我们爱吃这种食品，我想这是源于那个年代与食品的一种挂牵情结吧。

记忆中，我们家的日子一天天好起来了，每到腊月，母亲总要请来村里手脚麻利，又会炸蜜酥的二奶奶。从早晨就开始和面，捏成蜜酥胚子，再在油锅里炸熟，最后一道手续就是在蜜酥上裹上一层白砂糖。这时的蜜酥外皮糖栗子色，里面白黄温热，最外面的那层白砂糖扒在栗子色的表皮上，格外醒目，也最是惹人馋。我们总是要伸出舌头舔舔那一粒粒的糖粒儿，幸福得没法说，真的是没法说啊。那丝丝缕缕的甜啊，顺着舌尖流入了心里，溢满了弟弟妹妹的脸蛋儿。

冬夜清冷的天空挂了一轮满月，星星聚集在夜空里眨呀眨巴着眼睛。蜜酥炸了满满一大盆，我们仨高兴地围着蜜酥盆，在炕上转着圈儿。母亲看着我们高兴地合不拢嘴，怕我们摔倒在盆子上，把小弟抱下来，我和妹妹也就跟着下地了。母亲开始收拾炕上堆着的东西，再把炸好的蜜酥整好放到闲房里，以备正月里吃。

那时，我们整个正月都有香甜的蜜酥伴随着。那个卖蜜酥的大爷，不知从什么时候已经淡出了我的记忆，只是他的那扯着嗓子喊着"烂铜烂铁烂棉花，换蜜酥了……铛，铛，"这声音还能在耳边响起，很是熟悉，曾经诱惑着我们，我们也期待着他的到来。

时过境迁，蜜酥也淡出了我的世界，只是偶尔想起。唯独父母还是特别的钟爱，时常在娘家的茶桌下就会发现这久违的食品，掰一口，放到嘴里嚼嚼，再舔舔粘在手上的白砂糖，那种感觉还是很甜蜜，很幸福。

我寻思着父母钟爱着蜜酥，他们忘不掉的可能是一种记忆吧，那种在艰苦岁月里，在心头，在一念之间。

糖饼

　　我凝神盯着中年妇女手推玻璃车里的各种糖饼，思绪将我定格在小时候第一次吃母亲做的糖饼时的情景。

　　七八十年代我们家还处在刚从饥饿中走出来的状态，饭桌上白面大米光顾的次数甚少，多数时间是莜面和土豆做的粗茶淡饭。偶尔的一次，母亲从邻居家学做了糖饼，那个香甜美味呀，是何等奢侈的一顿大餐！回忆起我的嘴巴还是甜甜的，口水直往外溢。

母亲的糖饼儿是用白面、麻油和红糖和着适当的水，揉成面团儿，再在火锅上用微火慢慢烙熟。糖饼的直径大小约七厘米，圆圆的，一厘米厚，香、甜、酥。咬一口，醇醇的香滑入嘴里，嚼一嚼，那红糖的甘甜、麦子的浓香、麻油的芳郁，一股股、一阵阵沁人心脾。我边咀嚼边回味，幸福融入了心中，化作丝丝向往，寻思着什么时候能天天吃上一个如此香甜可口的糖饼啊！那可是我这此生的最美啊！

糖饼啊，你可曾一度寄托着我的向往，也寄托着弟弟妹妹的期盼，渴望着如此香甜可口的糖饼能日日裹腹，那将是我们一生的幸福！

生活在喜怒哀乐的岁月里，辗转飞逝。餐餐都是米饭馒头，大鱼大肉，见怪不怪的各种大餐，天天都在上演，胃饱胀得都不知道吃什么香。味觉在美食面前已经疲劳不堪，再也无法感受到当年母亲烙的糖饼的那甜、那醇、那香。

此刻，看着眼前玻璃罩里的糖饼，让我不经意地思索起来，当年母亲决心让我们吃一顿糖饼，她得挤兑出多少天的伙食费？当年母亲的辛劳，被孩子们那狼吞虎咽般的吃相，融化成了微笑与感动与奋斗的目标。

糖饼啊，你可是父母追求幸福生活的一条绳索，你的醇香萦绕在我们的梦中，父母为你奋发图强、彻夜难眠。

这一晃就是四十多个年头，我追忆着母亲做的糖饼，看着这个与母亲年龄相仿的卖糖饼的女人，她的头发在寒风中凌乱在脸颊上，颤栗的身子，双手往紧裹了裹大衣。我走上前去，停了一下，又准备往前走，我是没有买的意思，但看着她看我的眼神，那张开嘴巴准备问我要几个的口型，当我继而又不买要走掉时，她的那种眼神，由明亮到灰暗的瞬间失落。我又折回去了，吃与不吃再说，买了五个。

　　真的是无论如何都吃不出当年母亲做的糖饼的味道，只是感觉卖糖饼女人今天的那种艰辛生活与当年的母亲很相似。的确也是，生活在比向往中的糖饼还圆还甜的日子里，怎能品尝出今天这糖饼的味道呢？

雅俗共赏

我遇见你，你遇见我，展颜轻笑，顷刻间，落英缤纷，红了樱桃绿了芭蕉。

整整一天下雨，真是心烦透了。

她比我小一岁，脸蛋长得不错。到底也是四十多岁的人了，再怎么 PS 也还能看到褶子。我从她传来的照片上看到了细碎的皱纹。

她的求学生涯很浅，初中没上完就辍学了，在家里待了半年多就去城里的饭店打工了。青春在一场场的饭局客宴上，一次次的客人纠缠中苟且过去。她被一个男孩子看上了，男孩子不顾一切地追她，她在最需要人呵护的时候找到了温暖，小草遇上了雨露，感觉世界充满了美好。爱，就这样流淌在她心里，身上。公园里的山盟海誓之后，他们租一小屋，准备白头到老。

男的比她大一岁，都是刚 20 岁的孩子，过日子像在小时候玩家家呢，刚开始还彼此相爱着，不到一个月他们就有了矛盾。不是因为别的，只是钱的事。两个什么都不干的孩子，光靠腻在一起温存过日子，似乎太不着谱了，新鲜劲儿一过，维持最原始的吃喝欲望都得和经济挂钩，不是吗？男的懒得去动，她在一段时间的簇拥中，有了孩子。矛盾不出两个月便升温了，她被他打了，这时，她肚里的宝宝已经可以看出来了。半夜里，她跑到街上溜达。那是个飘雪的长夜，她在路灯下走了好长时间，他竟然没有出来找她。她还没有长大的心想起了远在农村的父母，她想回去，回去找一份久违的爱。但是，她又不敢回去，她在城里和这个男孩在一起的事情，父母并不知道，她踌躇着。

雪落了她满身，她有点冷，想回去暖暖身子。

在她一进门的时候，他怒目瞪圆，举起手就冲着她过来，她一躲，撞了桌子的角上。顿时，肚子疼痛难忍，血顺着裤腿流到了地上。男的看到这样的情景，也有点吓着了，领着她到了医院。那次之后，她的孩子没了，他们的爱情也在这个冬天散伙了。他们分手之后，她又回到了那家饭店，恢复了刚进城了的生活。

一场冰火爱情，一场生活的教训，让她成长了许多。她开始为自己有一张漂亮的脸蛋自信，她要开发好自己的资源！这时候她的爱情目标不是那些二十几岁的同龄人，她要找一个比她大的男人，她要彻底地改变命运。

目标一旦设定好，并且不断地在追求，那一定可以成为现实。

又一年的打工生涯结束了，在人们欢度春节的气氛中，她想自己这一年走过的路，虽然每天在看着饭桌酒场，但每天她也在看着一个个不同身份、不同年龄的人。这一年，有男的向她表白过，靠拢过，但她知道自己需要什么。那时正在上演电视剧《蜗居》，她觉得她和海藻一样得好看，她寻思着自己也能成为海藻一样地被爱着的女人。她希望她的世界里出现一个宋思明。

的确，如她所愿了，她被一个有妇之夫看上了，他比她大20多岁。这一次，她学会了矜持。他真的给了她优越的条件，她不在饭店打工了，她成了一只金丝鸟，过起了无忧无虑的日子。但是，她毕竟没有太多的文化去和他交流，她只会把自己打扮得花枝招展，在他的面前迎合着。这样的地下日子，他们过了五年。五年里，她什么都不缺，还有了自己的孩子，她用经济满足着远在家乡的父母，她开着车带着孩子回家乡展示过自己的富有。但是，在孩子上学之后，那个他，突然间蒸发了，而且，她再没有找见过。她在夜里背着孩子哭过无数次，她迷茫地不知道怎么办，她更不知道如何和孩子去交代这突如其来的无措。

时间真是个好东西，它能让一切的过往，变淡了。孩子在长大，在懂事。她心里的内疚感逐渐在告退，这些年她似乎明白，长得好看，只是拿了一副好牌，一张惑人的入场券，至于是否笑到最后，考验的是智慧和运气。她认为她的运气不怎么好！其实我认为，当那个她中意的男人出现在她面前的时候，她当初的想法和选择都是错误。不过，人各有志。

感情，不是讨好和迎合，不是修炼出的盖世武功。而是两个灵魂的相遇，是两个生命本质上的认同，两个人拥有精神世界相似的风景这是最重要的东西。

现实生活中，太多人高估了美貌的价值，其实对于更稀缺的财富来说，美貌本身并不昂贵，尤其是整容业发达的今天，美貌甚至可以被批量复制。但是，拥有自成一体的内涵和外延，这是任何人无法掠夺的东西。

我想她这辈子可能对于感情不想再谈论。两段感情的相爱相杀，最终都败给了黯淡。那还要继续去追求吗？不过我还是希望，对的那个人，就像前世的河，今生一定能蜿蜒到她的面前。

她却突然说："我孩子已经长大成人，我有太多的时间去经营我的生活。""怎么个经营法？"我有些惊愕。"我还是有资本的，我不是还有一张脸吗？这是个刷脸的时代，我想我还有市场！"她的语言里充满了自信。"啊哟我的婶子，杨钰莹如今也不敢靠脸吃饭了，你还敢？"我没敢说出声，只是心里嘀咕。"我想着，我要找个大款度余生！"我无语了。谢贤是大款，他身边的那个小女人比他小 42 岁呢。那她得找个多大的男人呢？我一算，妈呀，得 90 多岁的男人，这个世界上有吗？万人撩你，不如一人懂你！哎，别介那么傻，找个大款度余生，那是瞎想！找个好人嫁了吧！

一网友在平台上发帖说：菊姐，我是你的菊粉，太喜欢你的作品，如果写点和我现实生活在一个频道上的东西，那让我该如何地手舞足蹈呢？

我看完之后，回复："粉，一看你也是70后，关注我的文章一般是同龄人，谢谢了！"

嘣，字幕上跳出来一行字："菊姐，我是60后。"

晕，这姐姐叫得我有些脸红脖子粗。"菊姐，这里不论年龄，论你在文字行里的能力。"

此番美言，比在我脸上涂了胭脂还灿烂呢。感觉真的碰到了能看见我高尚灵魂的人了，一个握手的表情结束。心情像注了蜜，丝丝的甜。

想当初，写字是给自己看，如同隐私。现在，码到网上，不管好事的欣喜，坏事的忧伤，分享成了快乐。有一小股部队，早上起来希望在微信或微博上看到我更新的日志。能给这小股子的读者们清晨一个美好的见面礼，这也成了我两年来的习惯。

喜欢码字也得出门见人办事嘛！不能就靠精神上的粮食维持生活。四十多岁的黄脸婆了，出门一脸菜像，那可不行，不是靠脸吃饭的人，也得尊重别人不是？长得丑那没辙了，不能拿丑来吓唬人，那就是一错再错了。

那几年在工地待着，眼前过往的都是些民工兄弟，从来不去刻意修饰自己，这样倒是觉得接地气，一点儿也不别扭。嘿，一次就穿着那平日里的服装参加一个朋友聚会，那可把我寒碜到家了。看着眼前的朋友们淡妆浓抹相宜相适的自信笑容，自己倒是没有了一点底气，但也得给自己一个台阶下不是。于是告诉自己：咱不走美女路线，咱要得是灵魂高尚。

大马走过来，平时五大三粗的女汉子，今天也打扮得够时髦，通到脚底的长裙像电流一样蹿到我身上，麻酥酥的，又感觉挺美。大马趴到我的耳边说："怎么没捯饬？"我扬起头，故意笑着说："我灵魂高尚，你难道看不见吗？""啊呀，我的老闺密，你再高贵的灵魂，能征服了我，别人可看不见啊！"

那天，我什么都不说，沉默着，只是吃饭，心情不爽。这是教训。至那以后，我只要参加什么活动，除了体育活动穿着运动版，其余一切活动都要捯饬自己。尤其这几年，人老珠黄，脸上最需要的就是一种增添自信的粉底和口红。

曾经也跟着老红买过好几种眼影盘和睫毛膏，但是那些东西我确实不会用。也用过，第一次把眼皮涂上紫色的眼影，睫毛掸了几刷子，心想着也曼妙一下。没想到刚一出门，邻居家的狗狗就大叫，朝着我没完了。我索性掉头回家，朝着镜子一照，啊呀我的奶啊，这化妆术，简直就是画皮二。不怪人家狗咬，这分明是要耍杂的行头。赶快洗脸，一盆黑白红糊糊，边洗边想，幸好没见着人，吓着了人家咋办去。洗干净后，稍加粉底修饰，淡淡的口红点缀，这像回事了。从此，告别眼影与睫毛膏。粉底与口红成了化妆的主力军。

以貌取人的确很肤浅，可第一次见面总不能一眼就望到你的灵魂世界吧。国色天香还要涂点胭脂水粉呢，四十多岁的女人，出门不把自己捯饬好了，那绝对是对自己和他人的双重不尊重。我试过，姐妹们你们就不要去伤自己的自尊了。

一白遮百丑。这话绝对没错！白白的脸上加上点淡淡的口红点缀，一下子精神了许多。

粉底让我变白。年轻的时候脸色红润白皙，这年头可不能拿出年轻来比画。年轻就是防晒霜，年轻就是美白净。

这个年龄，上粉底还得适量，搽多了，一笑，褶子处的大量粉便会扑簌簌像墙皮散落，少了，又遮不住丑。这也是个度，必须得控制好了，不然腻子打多了还不如不打呢。

口红也得注意，打得太艳吓人了，尽量让自己不像枯草哆嗦就是了。

我在化妆上没有研究，不过不会讲课的人，头头是道的评课者我见过，我也就是那个评课的。

略施小粉，浅涂口红。时光催人老，赶快爱上粉底加口红！

说说『黄段子』

色彩里最艳丽、轻快、充满希望和活力的代表就是黄色。在我国古代黄色是御用色，是权力与高贵的象征，平民百姓是不可以用黄色装饰行头或其他的。后来在岁月的洗礼中，黄色不再是权力，只是更加明快，具有阳性的美了，像阳光那样。说起"黄段子"，这也和黄有关啊！我说黄色就是轻松、自在、明快，那有的人这时候一定想歪了不是？"黄段子"的确具备此特点。酒桌宴席上，郊游踏青中，疲惫烦恼时……不论是高兴还是不高兴时，一个黄段子绝对能挑起众人的胃口。我曾经试过，十来友人无精打采地走在一起，该说的都说没了，旅游的劳累困顿着身心，我说："给大家分享一个黄段子，如何？"一下子沉默被击碎，还特有凝聚力，像磁铁吸铁渣渣，都聚拢过来了，急着要听。说完，大家轰然大笑，精神气来了，并且还要求再讲。

我想，这可能就是生活，谁都离不了的，可又是谁都不好意思说的，又是谁都想听听他人是怎样繁衍生息。在暗地里炒作，却想在明处听听。记得，我在结婚前还背着家里人偷偷地从地摊上买了一本《婚前必读》的书，书的印刷很差，错字接二连三地出现。本想从书里能感悟到结婚的神秘色彩，没想到讲的都是些生物进化的本能，于是，没读多少就不知扔到哪里去了。带黄色的东西第一次出现在眼前，那是我刚刚上班，单位有一位年轻老师，结婚不久，带着一种对生活的新鲜感，把他们夫妻看过的一张三级片子带来了。我那时就是个嫩瓜蛋子，也是个愣头青，最主要的还是好奇，跟着另外两个没成家的女孩去看了。那次，我被吓着了，眼睛珠子担心掉到眼眶外。心跳、惊讶到无措，没看完，涨着脸，带着羞涩走出了她们的宿舍。看到学生后，我感觉做了无数的坏事，不断地谴责自己下流。以至后来在电视画面中出现的亲吻，沐浴的画面，我都扭过头去不看，但心里始终想看，装模作样了好几年。其实想起来，那有点啥，不就是个亲吻睡觉的事。前面的序幕如今走在大街上，就可以目睹，后半段情节还得私下里操作。可也有傻瓜不明事理的家伙在公共场所放肆，这样定要遭到众人谴责。黄段子说起来可以过过嘴瘾，写起来含蓄才显得有美感，明目张胆地在人前比画，那就成了畜生。

古人这一点似乎比现代人更直白。从《诗经》到汉乐府诗，在描写爱情时，更接近于黄色的明快。比如《诗经》中的"野有蔓草，零露瀼瀼。有美一人，婉如清扬。邂逅相遇，与子偕臧"。这种相遇就相爱了，相爱就要肌肤之爱，很淳朴很直观地表达着男欢女爱。再看汉乐府诗《上邪》"上邪！我欲与君相知，长命无绝衰。山无陵，江水为竭，冬雷震震，夏雨雪，天地合，乃敢与君绝！"这描写更震撼，从器官上的爱直接写到灵魂深处去了。以至于后来王实甫的《凤求凰》中"有美人兮，见之不忘，一日不见兮，思之如狂"。柳永的《蝶恋花》"衣带渐宽终不悔，为伊消得人憔悴"等都有一种"戏子入画、一生天涯"的执着与露骨的风流，不遮不掩地将内心深处最想做的，化作了文字呈现于笔端。看来，古代的好多美到窒息的诗句词曲，都和黄段子有关，可见，只有能繁衍生息的东西，才具有生命力。近代的书籍里记载黄段子的也有不少，但是，我觉得黄段子走到现在的书籍里，好像只是男女在比画着动作，并没有好起来的感觉。就像瓜子剥去外壳，看着没穿衣服，实质什么都没干。

　　第一次看到贾平凹的《废都》时，情节波折，爱恨难舍的，每到黄婉儿和庄子碟相好时，书中笔迹戛然而止了，写着此处省略一千字，此处省略三千字。无奈之下，我准备给它填空，但最终还是太年轻，就是想看，不知道实质内容是什么。再后来当莫言获了诺贝尔奖后，把莫言的作品全部买回家了。心想，他花了大半辈子写了，我花上几个月看，这是最划算的事情。从《丰乳肥臀》到《生死疲劳》题目就都是具有色彩的，内容涵盖现实生活的动态图。《生死疲劳》中的猪十六真是中了头彩，开始只遇到一个母猪无法释放自己压抑的心情，后来变成了种猪，这下可好，不想威风都不行，只能在每一次威风时，靠着想象一些过去的美好才可以完成任务。

　　这些生活片段用猪来替代，并且毫不遮掩地描述出来，符合人性之美，也符合人性的创造力，生命得到升华，作品也就万古长青。

武打小说也要涉及黄段子。金庸在《神雕侠侣》中写杨过与小龙女时，冰清玉洁的洞中，一张冰床，一对神仙情侣，欢爱戏耍，激情澎湃，画面由读者去想。武功高强也需要爱去保养，神仙眷侣和人间男女一个样儿。一次在外地旅游，晚上实在无聊，和吧台的老板娘借了本书，书已成两倍厚了，每一页角都卷曲着，盗版货错字不少。作者我已是记不清了，书名叫《白玉老虎》纯粹模仿金老笔法，武打神仙篇，唯一不同的是里面的黄段子特别多，而且赤裸裸的文字直播。现在想起来那书为什么能看成那样旧呢？原因可能就在于白花花的大腿和红嘟嘟的小嘴巴，带上色儿了，读者就多了，也就畅销了。

又想到了村上春树，这个无数次被诺奖提名的候选人，无数次将希望熄灭在梦想里。他的作品我读了不少，是我的心灵鸡汤，每一次读他的书，都有一种被云遮雾绕的美好。书中没有那种描写人性的黄段子，只是慰藉灵魂的鸡汤。我想，是不没有硬货做主线，也很难走向世界？想想也是，即使是外国名著，爱情总是万物复苏的信使，离不开相吻，离不开肌肤簇拥，离不开最原始的结合。生物的本能没了，生命怎可延续？黄段子很走俏。风华是一指流沙，苍老是一段年华。岁月悠然划破长空，画出了我脸上的一道道皱纹，生物最本能的冲动，我不说你也会做，只不过是你想听听而已。"黄段子"说与不说，都要贯穿生命的始终。正如我曾经说过的"用我三生烟火，换你一世迷离"。或者你曾经唱出来的"人世间有百媚千红，唯独你是我情之所钟"。这些现实生活的动态，黄点无妨，适可而止。生能尽欢，死亦无憾。

狗与眼神

有一段时间我写了好几篇有关狗狗的文章，有朋友在我的微博或微信上留言说：真是个爱狗人士，狗狗的知心朋友。怎么了？不和人打交道了，就写狗呀？……其实我不是朋友们说得那样好，也没有多喜欢小动物，只是在无奈的情况下养了狗狗，之后觉得狗的确是个忠实的伙伴。

早些年，娘家养过一只白金巴狗，老弟给起了个外文名儿。那是一只很聪明的小狗，后来因为种种原因送人了，也没怎么牵动我的心，隔了些日子，也就把它淡忘了。不过，把它送人之后，我还是写了篇文章。那时网络不发达，也不时兴在网上发表什么，只是笔墨书写，写给自己的，也只供自己看。后来我也就在工作、结婚、生子中忙碌着，无闲暇去想自己身外的事情，至于养宠物这档子事情，更是不会想起。偶尔看到领着宠物的人，也尽量不去靠近。小时候我是让狗咬过的人，大小狗狗我都怕，喜欢那就更谈不上了。

养了周末快两年了，这两年基本上把我怕狗的情怀磨没了，看到大小狗狗我都没有了那种惧怕的症状。我现在看狗狗就看它的眼睛，就像看一个人一样，他是否善良或奸滑，只看他的眼睛就足可以断定，没必要听他怎么说。眼睛是心灵的窗口，即使善辩也无法欺骗自己的眼睛。狗狗也是，眼睛里装满了忠诚和善良，若是你从它的眼里看到了凶性的东西，千万不要靠近。就像一个人的眼睛里写满了恶的神情，请远离他！不然，你一定会让他咬了不可，或栽在了他设的温柔的甜言蜜语里，你会哭着却无法相信是他让你变成这般熊样儿。就像广播里的卖药，一个腿痛的坐轮椅的人，吃了或贴了那药，神奇到可以步行上六楼不缓一下，甚至可以背着几十斤的大米上楼。中间有时还有热线电话打进来，证明药效如何好，神奇得不得了！你信吗？你敢信吗？我从来没有相信过这些东西，就像看不到他的眼睛，从来就不知道他是个什么人。

眼神真是个很神奇的东西。

那还是 1996 年的事了，虽然隔得年限远了点，但是这件事还是在我今天码字的时候想起了。那年我成了一名光荣的预备党员，在转正的时候，需要盖一个上级单位的大红章。我去找了拿章的领导，临走的时候怕盖不了，还长了个心眼儿，买了一条香烟。我找到领导说明来由，拿出了要盖章的纸，放在了领导面前。领导只是"哼"了一声，什么也没说，也没有给盖。我急忙把准备好的烟承上，领导还是没有撩眼皮子。我像被钉子钉在了地上一样，没手没脚地不敢动，领导像把眼睛缝住了，一下都没有看过我。过了一会儿，领导把烟放在了桌子底下，告诉我：去吧，明天过来取。他告诉我的声音拉得很长，我担心他说得太漫长，我听不完。我还是被钉在地上，想："为什么今天不能盖？"但是，我不敢问，嘴里的话僵直在心里，瞪着圆溜溜的小眼睛看着领导一直低垂着的眼帘，我直直地站了一会儿灰溜溜地走了。

第二天我去取了那个盖了大红章的纸，但是，我还是没有看到领导的眼睛，更别说什么眼神了。现在想起来真是滑稽又可笑，那领导为什么连个眼神都吝啬地不愿意送给一个刚走向社会不久的小卒呢？那他用什么和他的部下交流呢？只是靠一个"哼"字吗？

不过，那件事后，我发现我自己就变了很多。我觉得那位领导不是我心目中做人的风度，他够严肃但不严谨，他仅靠着哼，走不进人心，他都不愿意让人看到他的眼睛，那他还不如隔着帘子说话呢。我上课就靠眼神管理孩子们，哪怕最差劲的孩子，我可以给他一个温暖的眼神，让他知道我心里没有放弃他。

后来，我的这种眼神给了好孩子更好的起飞力量，给了差孩子奋起追赶的信心。再后来，我也就喜欢看每一个人的眼神，也就从眼神里找着自己要的答案。

晨练时遇到了一个心急火燎的女人，边走边叫着"丑丑"。她脸上汗涔涔的，有的汗珠子滚了下来。她在找狗狗。我问她狗狗的特征后，也边走边给她找着。就在我跑了二十几分钟时，一个小狗跑过来了，我叫它"丑丑"，它那小眼睛看着我，眼神里充满了期待与陌生。我连续叫着，它不断地抬头看我。我想，这一定就是那个女人要找的狗狗。我站着等她，并且扯开嗓子叫着"丑丑的主人、丑丑的主人……"她可能是听到了，循声过来。丑丑一看到了主人，迅速地跑过去了，那眼神真的满是幸福与温存。它的头在主人的肩膀上蹭来蹭去，还发出来那样的一种声音。我跑走了，只听着后面传来感谢的话语，回头我给了她一个微笑和一个眼神，只是听着她还在说着"谢谢"。

眼神能洞察出生物的健康状况，这个是必然的。

方言里有"皮眯不瞪眼"，这句话是说人不舒服情况下的眼神。人是这样，狗狗也雷同。

前些日子，周末病了，不吃不喝的，我从它的眼神里看到的是渴求与无奈。它需要抱抱，我一抱起它，脑袋耷拉在我的胳膊上，有气无力地看着我。给它输液时，它不去挣扎也不叫唤，只是可怜巴巴地看着我。在它好了点之后，它的眼神里便是欢快与活跃了，但是，它眼神里的那种忠诚始终在，从未消失过。

生活中，人的眼神颇值玩味。走进庙宇，听梵音洗涤心悸，看到了与这种声音一样的眼神，清澈而清心寡欲；饭桌上一美女眼睛里写满了柔情蜜意还有羸弱羞涩，时而还充满了期待与坚定，抑或是一种引鱼上钩的迷惑，那这桌饭一定会成全一个男人的欲望；如若这个女子运气实在不好，遇到了刀火不近的孙猴子的火眼金睛，似乎看清了你白骨精的原形。或者遇到了鲁国的柳下惠，抱美女一夜而无动于衷。那不成了世界上最大的不幸？发觉自己没有遇到流氓或色狼，真的是一件很遗憾的事情，甚至怀疑自己的姿色。其实，眼神里写满了正义与尊严最好，其他乱七八糟的东西尽量不要放在窗口去抒写。乱码或错解怎么办？

不论是回眸一笑的明媚，还是读你千遍也不厌倦的情怀，抑或独上西楼锁清秋的忧伤……是喜是愁都在眼神里流露着。人的眼神传递着情感，我发现狗狗也是这样，只不过是没有人的情感那么复杂罢了。

这样的题目一般都是在应付各种职称评定类的论文最是适用，眼下揪出来，感觉就是要上那种场合了。其实，不是。

好长一段时间了，面对学校以外的，各种补习作文的广告，我看到了家长对于孩子们，在写作能力与技巧上的一个盲目跟风与浪费精力和金钱。我就是想浅显地说说关于孩子们如何去读书，又如何去写作。

记得我在十几年前写过一篇论文，题目叫《从写作教学里管窥日记的重要性》，这篇长篇大论是我读了三十多年书的感想，断断续续的写了整整三个月。后来觉得这题目太过拖沓，又没有一目了然的效果，就改了名字叫《浅议日记的重要性》。这样少了前缀，好像文章内容也跟着不再云遮雾绕的，清丽了许多。这篇论文在 N 多年前被《大同日报》登过，还登在了国内的一本期刊上。倒是在后来，我的各种职称评定中，就是凭着这篇论文给我扫除了诸多障碍，由讲师的转聘到高讲的晋升。每一次的论文答辩，这篇论文便是我的撒手锏，无论哪场答辩，我都不惧考官的提问。边边角角的问题，都能化成几句话解决掉。考官都唏嘘不已，理解不了我为什么对于论文的内容如此通透？其实，这没有什么可以理解不了的，原因是论文是我自己写的，原生态的东西，那自然就熟烂在我肚子里了。

我之所以要举这样一个例子，主要是告诉大家，想要写好文章，前提是先读为主。

读书是写作的基础。首先我们要会读书。其一，选择读好书是关键。好书的层面很广，这要靠自己去选择，自己喜好文学性强的，还是历史军事性的，还是演绎故事类的……当然学校推荐的书籍一定是好书，根据自己的喜好去读。好书是人生的导师，指引着我们前进的步伐，也充实着我们的精神世界。它能将我们的缺点慢慢纠正过来，坚定了我们正确的理想与信念。其次，选择了好书，我们必须学会读书。一本好书就是精神的食粮，如何去将这美好的东西化为动力？这就是读书的技巧。好书不是一次就能化为动力的，它要我们就像牛吃草那样，读进去，再反刍来，进一步回味书中的内容。甚至，一本书要读好几遍，并且，边读边要勾画标注。第一次读到的是皮毛，那么第二次读来可能你会读出书中的精彩，第三次可能就读到了书的灵魂。这就是所谓的"书中自有颜如玉，书中自有黄金屋"。

书读得多了，理解的能力丰盈饱满了，那么你对于万事万物的理解就有了独到见解，这样一来，同样的文章题目，你对于它的理解和别人的理解就大不相同。你理解的层面远远高于别人之上。当然，你的写作也就随着你的理解，附之于笔头，不用焦头烂额地去思考，文字轻而易举地就流淌于指尖笔端。一篇好的有思想的文章在有限的时间里，便会呈现出来。能写出好的文章当然是件美事，然而，让我们把读书当成件美事去做，何止是难呢？如果全民都喜欢读书，就像玩手机或看电脑一样地感兴趣，那就不存在作家了。那街面上的作文班还怎么去生存呢？

喜好读书很难，这是需要静下心来做的一件事。在这个喧闹的多彩多姿的社会里，想静下心来读书，不是件容易的事情。因此，我们要在很小的时候就注入读书的思想，当然这就需要父母亲的介入。古代《孟母三迁》的故事就是个读书的典范。"昔孟母，择邻处。"环境是影响人的最大因素。美国教育家苏霍姆林斯基曾说："家庭教育是教育学的第一篇章，而在家庭中，母亲是最细致的、最有才干的雕塑家。母亲对儿童的训练是什么都代替不了的。任何幼儿园，哪怕是最理想的幼儿园，都不能取代母亲的训练，或者弥补母亲和父亲在精神生活最敏感的领域即个性培养方面，由于疏忽给孩子造成的缺陷。"可见家庭教育在人这一生中起到了至关重要的作用。

因此，我们做家长的，从孩子幼小的时候就要为他营造出一个书香家庭。所谓"近朱者赤，近墨者黑"。孩子在一个书香的氛围中成长起来，与在麻将堆里成长起来，那一定是截然不同的。环境造就人才，书籍引导航向。

读书，是一种提升自我的艺术。"玉不琢不成器，人不学不知义"。读书是一种学习的过程。一本书有一个故事，一个故事叙述一段人生，一段人生折射一个世界。"读万卷书，行万里路"说的就是这个道理。读诗使人高雅，读史使人明智，读每一本好书都有不同的收获。读书是一种感悟人生的艺术。

写作是读书的结果，书读得多了，写自然就可以一泻而下。写作是个人思想的表露。一篇好的文章，并不是华丽的辞藻就能征服了读者的心，只有渗透了自己的想法，使得整篇文字注入了与读者能产生共鸣的东西，独树一帜，有它的灵魂所在，这才能打动人心。其实，古今中外，好的作品，我们读到最终，想到的一定是作者本人就是主角。不论是诗歌、散文还是小说。

书是灯，照亮了前面的路；书是桥，接通了彼此的岸；书是帆，推动了人生的船。读书是一门人生的艺术，在寂寞中读出了精彩，而写作则是夯实人生，在精彩中享受一番寂寞。写是读的最终结果。因为读书，人生精彩；因为读书，笔下升华！

　　我看到过母亲经历了至亲离去时撕心裂肺的哭喊，也看到过和我同龄的表姐在她父亲去世时凄凉无助的茫然。生离死别是个多么自然的规律，可到底脆弱的内心还是无法将一场回归当成一幅温馨的画面，无法像看待落叶那样安然地看待生命的离殇。

　　在我有生之年亲眼看着死去的人就两位，一位是我的爷爷，一位是一个陌生的男青年。还有就是在他们死了之后我见过的也有两位，一位是我的姥爷，一位是我的姑父。

爷爷去世的时候我还小，就是十三四岁。那是一个冬季的早晨，我下了早自习回家吃完饭，正准备要再去学校，只听着父亲放声大哭起来，并且呵斥着我说，把红头巾解下去！我莫名其妙地回过头来，看着父亲噙满泪水、血色的双眼，父亲还在大声地吆喝着爷爷，全家人都跑进屋里，爷爷两眼瞪得大大的、灰色的、浑浊不堪。我天天都和爷爷生活在一起，可是今天他的眼睛我似乎从未见过。我解下了红头巾，跟着父亲也"呜呜呜"地哭起来，其实我并不知道爷爷要去世了。直到现在父亲扶着爷爷，嘴对嘴地呼吸着，歇斯底里地叫着的画面，偶然间还是能想起。就像此刻我回忆着爷爷离开我的那一瞬间。

后来，我才知道父亲趴在爷爷嘴上是做人工呼吸，但是，爷爷还是一口气没喘上来，告别了我们。我看到了父亲把爷爷慢慢地放在炕上，爷爷和平日里睡着了的模样一个样儿，我那时感觉爷爷可能是睡着了，但是父亲却在哭天喊地地叫着爹。看到痛苦的父亲，我才意识到爷爷这就是死了。我在一旁呆呆地站着，不敢说一句话，也不知道说什么，就是泪流满面。

这是我第一次见到活生生的人离开我的场面。当时的我并没有因为爷爷去世了而感到害怕，我还哭着摸过爷爷的脸。开始是温热的，后来就变得冰凉冰凉的，但是爷爷的慈爱模样始终都没变。

记得爷爷去世后，好多人都来送别，也有好多的女亲戚们一来了就开始像聊天一样地哭着爷爷，边哭边说。我那时也哭过，但是我不会和爷爷聊天。爷爷活着的时候也聊过天，但是面对死去的爷爷，我是怎么也不会去聊，只是听着她们在聊而惊讶不已。就是在爷爷去世后的第一个春节，父亲把爷爷的遗像拿出来摆在了柜子上，看着镜框里的爷爷，陌生又熟悉的，这时候我在白天还好，一到晚上只要看到照片就发怵到头顶的怕，真的怕。好像无论怎么我不去看那照片，爷爷总是在看我。之后我想到当年的恐惧，还是越怕越要瞅两眼爷爷的照片，越瞅就越怕，还想了更多的画面在眼前，那颗小小的心，怎么能抗拒的了这样的心理畏惧呢？

再有就是我在上师范的时候，学校组织我们去植树，正逢三月天的美好季节。不学习去劳动，在那个年月，最是我们喜欢干的事情了，同学们无一不是兴奋的。

那是一个午餐之后的时间，阳光透过树林，斑驳陆离散落在每一位同学的脸上。对面的铁路干线忙碌着，一上午的时间过了好几趟火车，一过来汽笛声就仰天长啸，听得我们好烦。"嘎噔嘎噔……"过去之后，同学们的欢笑声才能听见。整整一个上午，一位拿着军用黄书包的年轻小伙，在铁道线上来回走着，我们都看了他，但是不知道他在干什么。有一小部分同学还拿他开玩笑来着，说是他失恋了，在铁路线上寻求刺激。就在我们吃饱喝足将话题都转移到他身上，猜测他不回家要干嘛的时候，一列火车长鸣着汽笛过来了，他还在铁道上走着，似乎丝毫没有感觉到火车的到来。就在火车临近他时，他猛地一下卧在了铁轨上。我们都尖叫着，胆子大的男生跑去看了，火车在不断鸣笛声中，走过好远才停了下来。从车头上下来两个人，把那个年轻小伙从车底下拉了出来，放在了朝着我们这面护铁路的斜坡上，之后开着火车，在一阵阵刺耳的鸣笛声中，消失在我们的视野里。

男生们去看了，说是书包里装满了书信，是给女朋友的。看来真的是同学们猜的那样，失恋了。我那时已是十七八岁的姑娘，对于失恋好像有点敏感。和着同学们的言谈，秃噜出一句，"失恋了还可以再恋爱，干吗要找死？"我想这可能是我对那死去的年轻人说要说的吧。之后，我再没有发表过任何言论，只是可惜着他的生命。并且在以后的日子里，我越是不愿意想起那一幕，越是总要勾扯起。不过，那次劳动后，感觉到生命有时好脆弱，与我而言，对于生命更是敬畏与珍爱。

姥爷去世时我已是三十多岁的人了，孩子也已3岁。姥爷高寿，活了八十大几，一直都是个健康的老人，一下子病倒后，没多长时间便走了。母亲一直都在姥爷的身边候着，我再见到姥爷时，他已经离开人世两天。姥爷大高个儿，直挺挺地躺在炕上，显得格外高，也特别得清瘦，模样没变。他戴着一顶旧式的圆壳帽，形同我脑里住着的藤野先生。母亲在一旁哭着，嘴里诉说着从前的事，以及此后对于姥爷的安顿，以及自己失去父亲的思念。我在一旁看着，流着泪，不会和他老人家聊，也没聊的。只是在姥爷入殓那天，母亲哭得稀里哗啦，一时还昏厥了过去，我跟着也哭。孩子问我："为什么把祖姥爷放在了匣子里？"我告诉她："祖姥爷去世了。""什么叫去世了？""就是死了，不会动了，没有了生命体征。"孩子听到茫然，我也觉得这解释也太书面了，难怪孩子听到茫然，我自己也觉得茫然一片。

之后我自己回想母亲在失去姥爷时的悲伤，我那时哭得号啕，原因并不是在哭姥爷，其实在哭自己。我怕经年之后，我也像母亲一样，失去了至亲至爱的人，那我的世界是何等的荒凉？我不敢想了。

亲眼目睹的还有姑父，那是前年的事。母亲让我去搀扶表姐，表姐和我同龄，姑父是表姐的父亲，那个悲伤场面至今难忘。每一次表姐哭得死不罢休，我边劝边拉着她，顺便也就看到了躺在那里的姑父。表姐也只是"哇哇"大哭，不会和死去的姑父聊，我更是不敢聊。我劝表姐节哀。逝者长已矣，生者如斯夫。再有就是自己活了四十多，感悟到的东西也不少，发现生命是一座温暖而凄美的城。

我看到的世界毕竟还是很小，但是挥霍生命的人，以为自己活得太辛苦，试着寻找解脱的方法，最终被生命抛弃，我还是不喜欢这类人。"身体发肤，受之父母，不敢毁伤，孝之始也"。这是最起码的孝道。生命是有期限的，不知道什么时候，它便画上了休止符，来不及思考，来不及等你接受。有人不停地在逃离死亡的追逐，试图留下更多的东西，偏偏死神终究还是来了。

　　和死去的人聊些什么？我真的不知道。因为我觉得生命既然静止，就让他们享受那种安静吧。

圈子

　　生活就是个圈子，生命也是个圈子。我们生活在一个复杂的圈子里，演绎着生命的意义，从起点对接到终点，完结了生命的诉说。

　　那一日在老弟的朋友圈里认识了志刚。他谈起关于"物以类聚，人以群分"的一个广场形式，极其形象地展示出来好几个圈子。像五环，又不像。他说到的圈子各自独立，典型的群分现象。他是这么说的，他说在一个大广场上，这边是跳华尔兹的，那边是广场舞的，另一边则有吵架骂人的……形形色色的人群诱惑着不同的人员。有人喜欢那种高大上的华尔兹，聚集在一起，享受着那种衣袂飘飘的潇洒；有人就是喜欢广场舞的那种自由欢快，在《最炫民族风》的铿锵节奏下，舞得酣畅淋漓；还有的人则是喜欢听那种彼此骂街的野蛮，觉得那才叫艺术，骂人的话从头至尾不重复。从动植物骂到三姑六婆，从头顶生疮骂到脚底流脓，从活蹦乱跳骂到病入膏肓。围观者目瞪口呆地崇拜着骂人者的语言才华，骂人者唾沫横飞地继续指手画脚。不同的圈子划定了不同的人生轨迹。他还说如今的网络其实也是个群分类聚的圈子。

曾经我听话只是限于听，表示自己还有着个听觉系统。现在的我听话总是要过脑袋，但说话有时还是只停留于长着个嘴巴的份上，忽略脑袋功能的时候很多。听着志刚的言说，我似乎看到了生存环境里的若干个画面，我是哪个圈子里的人？年轻的时候一直向往着挤进文学圈子里，向往毕竟离现实遥远得很，最终一头扎进了学生堆里，放弃了一切的梦想，感到教书也不赖。回想起那个年代，教书圈子里的人是那样的单纯执着，三尺讲台扬鞭而上，什么都不去想，心里装满了学生。后来工作变动，这一头扎得痛痒难耐，喜怒无常。看到了社会最底层百姓的生存状态，见识了亿万富豪的骄横跋扈。司空见惯了不平等，见识了无赖的野蛮，听到了无数痛苦的呻吟。此时我从一个简单的动物冶炼成了复杂的人，我开始学会了人前说人话也说鬼话，学会了趋炎附势，学会了冷静与热情。这时我的圈子变了，钱权占了上风，圈子极其的不牢固，恍若雾霾仙境，是损伤健康与人格的诱惑。

后来我对那个圈子的向往程度已大打折扣，对于那种重压是否还能激起我的激情，也许在文字之外的需求上，贴近现实的残酷永远需要勇气与十足的魄力。

"圈子"最原始的划分应该就是以"物以类聚，人以群分"为标准。每个人根据自己的能力、学识、财富等涉入的圈子也就大不相同，圈子有明显界限，也有繁杂的交叉。有的人可以同在几个圈子里如鱼得水，而有的从一个圈子进入另一个圈子要煞费苦心。

我想起了王三和张红这两个人。王三是我的邻居，人才俊朗，小学文化，做小本生意。张红是个中专生，机关小干事，经常去王三家买一些瓜子大豆类的东西给老婆吃，娘们儿腔，胆小怕老婆。但一去王三家，他就像个干部似的，趾高气扬，哼三喝四的，模样大得特像个大领导。王三最看不惯张红的那副德性，常常在刚出门便撸起袖子，攥紧拳头，做一个揍他的动作。王三曾经很想和张红成为朋友，也想巴结巴结有文化的人，但无论如何文明礼让，张红都瞧不起他，明确地告诉王三，说王三没文化，走不了他们那种人的路线，也进不了他们的圈子。王三就是因为张红的明确敲打，深深地憋了口气，说："一定要比张红强无数倍，进入他的圈子。"

十年后，王三有了自己的集团公司，他坐在董事长的位置上，气宇不凡，完全没有了十年前做小买卖的那种寒酸。张红因为从机关调离到一个企业，如今企业破产，他都不知道自己该怎么办，看到王三的企业，招聘部门经理，他抱着试一试的心态前来应试。王三见到了张红，他走到张红面前，悄悄地说："你不是说我进不了你的圈子吗？"张红满脸涨得通红，不知道自己到底是去，还是留。如今王三的圈子根本不是张红能涉及的，这十年王三的圈子不断在变化，其实张红的圈子也在变化，只不过圈里人的层次不同罢了。如今想起张红如果当年和王三交成了朋友，也许王三的那种壮志凌云就无法喷发。王三未能进入了张红的圈子，却成就了今天的事业。圈子，有时也限制人的想法，使得人生暗淡无光；有时也能激进人的志气，如日中天。

人活在这个世界上，每个阶段建立起的圈子截然不同。我们总是从一个圈子跳到另一个圈子里，但是不论在哪个圈子里，我们都要笑对现实，用激情去燃烧生命，直到圆满人生。

棉腰子

　　我小时候穿在上身最里面的一件衣服，不叫棉腰子，叫主腰。现在从字面看来，应该是占主导地位的护腰衣服，固然叫主腰。

　　三四九的天气，着实冷得威风。回想起小时候的那天气，我就奇怪了，怎么就那么冷呢？现如今就是遇上了最冷的天气，也不外乎穿上一件羽绒服足矣，里面的衣服也就是一件薄毛衣罢了。想起小时候在冬季里的每一天都是被冻到骨子里的冷，我不禁打了个寒战。

　　小时候的冬季，最难对付的是早晨穿衣服

的时候。那时家里生着个炭火炉，一到后半夜炉火就灭了，早晨起来时，那才叫个冷。我缩在被窝里，总是在假装着没听到父母的叫声，头都是捂得严严实实。其实母亲早已经把棉腰子放在了褥子下面，等着我们一钻出被窝就穿上去，免得受凉。说起放在炕席与褥子的夹层处热棉腰子，真是件温暖到心底的事啊！有时父亲早早起来就把炉子生上了火，睁开睡眼惺忪的双眼，迷迷糊糊地看到了母亲手里拿着棉腰子，在炉子边儿来来回回地烤着。每一次从温暖的被窝里出来，穿着母亲烤得热乎乎的或者放在褥子下捂得暖暖的棉腰子，身子从未离开过温暖的感觉。这样的高级待遇在童年时期一直伴随着我们，棉腰子的那种暖，从皮肉的温暖一直流淌进心窝，也一直裹夹着我那颗弱小的心灵。在相当一段时间里，棉腰子的暖与父母亲的爱与艰辛、朴实，点点滴滴汇成一股力量，在我的灵魂深处扎根。

"腰上没棉，冻个圈圈。"这是老家人经常劝年轻人穿棉腰子的话。"圈圈"指的是没穿棉腰子被冻得捂着肚子、弯着腰的模样。我是在棉腰子的温暖中成长起来的，自然不晓得没有棉腰子穿的那种寒冷。也是啊，那些年的冬季怎么就那么的冷？记忆中，我们都是穿成了一个个的小炮弹，棉腰、棉袄、棉裤、棉鞋，棉手套，头上还有棉帽、围巾裹着，就是这样，那刺骨的寒还是能侵蚀到我们的每一个部位。如今回想起来，难免有些奇怪，是当年的气温太低，还是那年月的衣服不保暖？还是因为我太贪玩，在室外逗留的时间过于久了？总之，记忆里童年的冬季真是很冷啊！

冬季好漫长，我们又贪玩，时间久了，棉腰子里面被汗浸透的又硬又冰，穿起来不舒服。母亲总是要抽出夜里的时间，我睡下了，她开始拆棉腰子。洗干净后，想让棉腰子干了，那才叫费事呢。我平日里和孩子说起这事，孩子瞪大双眼，怎么都理解不了。

是啊，母亲当年想让棉腰子的布面干了，发明了"炒布"。就是把洗干净的棉腰子里子和面子的布，放到生火的锅里，像炒大豆似的来回翻腾，直到布干了。这火候可得把握好了，不能把布面烧了，还得温度上的来，确保可以炒干了。想想母亲坐于灶旁，不停地翻炒着布，困顿的双眼，疲惫的身躯，双手托起的是对我们无微不至的关爱。那种热锅里的感动，那种午夜灯下密密缝的穿针引线，那种熬红了双眼看着我们早晨穿上没有汗渍而舒服的笑脸……穿在我身上的何止是一件棉腰子，那是母亲的慈爱，是贴心的暖啊！

当年还流传着一句和冬季保暖有关的话，至今萦绕在我的耳边：冬季三件宝，棉袄棉裤棉主腰。这三大件，在北方零下二十几摄氏度的严寒中，足以御寒保暖，可见棉腰子也是非同寻常的重要。它可是三宝中，护着我的心，贴着我的背，暖着我的胃啊！

现如今，棉腰子早已"出局"，我贴身穿着的只是一件莱卡棉的背心。这些年，天气也稍微有了些许的暖和，户外滞留的时间少了，最主要的是为了风度，温度就足以忽略不计。我还有点陈旧观念，好多朋友连薄背心都淘汰了，可见那曾经给我们保暖的棉腰子，真的成了古董，成了韶华岁月里的温馨而实在的记忆。

偶尔想起棉腰子，那主腰的暖啊，还是袭上心头。母爱的滋味与艰辛，浓浓的暖意牵扯着我回到了童年，回到了那个穿着三大件，满街嬉笑乐怀的冬季。

钱的事儿（一）

记忆倒退到 8 岁的时候，再往前岁月模糊的了无痕迹。那时我一个山野村童，心无远念，所有的事情就是追蜻蜓逮蚂蚱，看狗打盹蚂蚁搬家。乐趣都建立在黄土上可见的资源，饿了回家找妈，困了上炕睡觉，无忧无虑到了极限。钱一概和我没有任何的瓜葛，即使有几分钱也不知道怎么去花。

第一次拿到一分钱，那是我找到的。说来话长，我闭着眼慢慢回忆着那年的事，睁开眼静静敲打着键盘输入着文字。

应该是 20 世纪 80 年代的冬天，腊月期间，下了一场大雪，我在村里上小学。学校在村西，家在村东，从家到学校有十来分钟的路程。但是那时的我觉得这段路好远，要经过六七根电线杆，供销社，还要穿过村子的当街、大队、骡马店、那棵在夏季榆钱儿繁茂的老榆树、一大片光溜溜的场面……每天都是数着这些固定的地方，最后坐在了教室的课桌上，心有时总也无法收回。想着我一路上踢的那颗石子是否还在校门口的原地等着我放学继续踢回家？想着大队的饲养员给那头黄牛用铡刀切好的玉米杆子，如果没倒入槽里，我放学路过就能抓一部分所谓的"甜棒"，解解嘴馋。最后一节课老师在讲台上好像是讲着《吃水不忘挖井人》的课文，让我读她讲的那一段，站起来慌慌张张的我，读了另一段，随即班里哄笑起来。我低着头，脚下的凳子卡在了腿腕处，弄得我好疼，一挪桌子，磕着前面的同学，"啊呀！"的一声，又是一阵哄笑。接下来便是老师的批评，我头低得快挨到了桌子，心跳的频率一个劲儿的加快，不知道骂了什么。一节课就那么站着，漫长的熬着，脑袋瓜子啥也没听进去，不住地数着每天路经的那几根电线杆"一、二、三……"，终于等到了下课的铃声，一下子脑袋清醒了，老师一出门，我就活泛了，耻辱感一点儿都没了。

回家的路上，我们好几个小伙伴走在一起，那时村里供销社主任的闺女郭志敏和我们也一起回家。那个年代她算是有钱的人家，每天她的兜里总是能听到硬币和硬币的碰撞声，可能是三五个一分钱。那声音真是好听，恍若天籁般的美妙。我们让她跑起来，就为听听钢镚的响动。她的钱也不花，就在兜里揣着。每一天都要拿出来让我们看看，那钱似乎不是她自己的，而是我们好几个小伙伴共同的。雪地被我们踩的"咯吱咯吱"，一路握雪球的小手冻得通红。当我们走到场面地时，厚厚的积雪平平静静地覆盖在上面。郭志敏突然拿出一个一分钱，说她敢把这钱扔在雪地里。我们听得都傻了，只见她手中的硬币随着话音落到了雪地里。厚厚的积雪埋葬了一枚小小的硬币，随之为我也种下了一桩心事。从那天起，我就盼着冰雪消融的日子，我一心想着要找到郭志敏扔掉的那一分钱。大约过了一个月，雪终于被大太阳给晒化了，第一时间就跑到场面地去寻找那一分钱。是的，找到了。那一刻，我是了结了一桩心愿，也是这辈子拥有的第一笔钱。一分钱不知道该怎么花，着实也纠结了一阵子。最后把那硬币放在了棉袄兜里，之后的春夏秋季，那一分硬币一直紧紧地贴着我的心。那一年我感到非常的开心，只有我自己知道，在小伙伴中间，除了郭志敏兜里有钱，就是我了。那一分钱在8岁的记忆里，清晰度总是在一次次地刷新，满足了整个童年。

稍大一些时，家里经济条件也好了些许，孩子们的零食不再是腌萝卜，小卖部也在改革的春风中盛行起来。一日和弟弟妹妹仨从母亲那里得到了六毛钱，手里握着这么多的钱，不知道该怎么去花。一再商量，买了两毛钱的瓜子四毛钱的面包。从来没有这么奢侈过，一小卷钱被我攥得全是汗，捏了又捏，数了又数，心里总是在打鼓，不住地放在眼前过过目，深怕短了一张。那种有钱的兴奋与满足，在记忆里也是清晰度颇高。直到六毛钱花出去了，三人围坐在炕上吃着面包，磕着瓜子，瓜子皮还得在嘴里重复嚼了又嚼。真是山野乡人，腌萝卜当零食吃了十几年，突然吃上了瓜子面包，那简直是奢侈到了仙人般的境遇。记得那些五香的瓜子皮没扔，留着，随时去闻闻，回味无穷，至今那香味还能想起，但如今的味觉却麻木到吃什么都没了感觉。可见饥不择食，寒不择衣。

纵观40年来，分分钱已是彻底告别消费市场，毛毛钱也逐渐淡出了人们的视线，面值越来越大，心里却越来越空虚。将近半个世纪浮生如梦，钱的事儿却被演绎得淋漓尽致。"有钱不是万能的，没钱却是万万不能的。"清晨一睁眼撒泡尿冲水中就与钱有关了，这一整天时时刻刻我们都是一个消费群体，没钱真的是不行啊！纵观灰色交易市场：钱可以进行情色交易，可以攻破官场封锁，钱可以收买人心，打破常规，改写历史，就连体育比赛都可以收买……真也是钱显露了其万能的本质。坐看风云起，静观窗外事，虽有不平，但却无奈。

钱的事儿，故事性很强。从一分钱的满足，到钱够花还在为挣钱奔波忙碌。地产商从一个楼盘飙升的上扬线到发展若干个楼盘的崩盘无奈，眼下谁又能在常态下知足常乐，不向"钱"看呢？

钱的事儿（二）

关于钱的事儿，我之前就写过同样题目的一篇文章，那是因为幼年时第一次拥有一个钢蹦，实在是难忘。现在扔钢镚的那个童年玩伴已经是大学教授了，我虽然和她拥有同样的职称，但我远远不及她的文化底蕴深厚。那一分钱的事儿，承载着我同她的故事，不曾忘记有过的艰难生活与惊喜，更加珍惜现在的拥有。

这次说钱的事儿，首先说我存款的故事，想必这是个敏感的话题，也是个很秘密、很保守的事儿。我若不说，谁说我有多少钱，那都是胡说八道。你想想，不是吗？

婚前在娘家生活，从来没有计划过经济。其实回过头想想，一个要计划经济的家庭，那一定是钱少，不计划，花不来嘛。在一部电视剧里有这样的画面，女主人面对月初收入的 15 元钱，开始对本月的支出进行分配：菜 2 元、面米 3 元、孩子 1 元、娘家人 1 元5 角、婆家人 1 元 5 角、爱人烟钱……15 元支出去 14 元，留一元应急。我在婚后也过了一段这样的精打细算的日子，我是每个月零存 200 元，年末再取出来整存到另外一个账户上。并且每年都要根据工资的增长，零存的钱也要相对的增加，由 1996 年每月存 200元，直到五年后每月涨到了 1000 元，每年都在递增。发现那个固定的账户上有了 36000 元，零头碎脑的现在已是不记得了，反正这个五位数让我有了一种踏实感。

之后的日子有父母的帮助，那个五位数逐渐在增长，我似乎有一种摆脱贫困外衣的轻松，带着这种轻松感，我开始在市里寻找最好的小区，为孩子选择最好的学校。是的，我买了当时最好的房子，花光了多年的积蓄，并且装修还背负了借款。我没有了存款，重新回到了那个一穷二白的日子，心里难免底虚得摸不着边儿。我感到了一种如坠深渊般的眩晕，我熟悉那种恐慌。但是每当看到宽大的房子，听到熟人的赞美，那种恐慌暂时被一种虚荣填得满盈盈的了。这时我每个月都不存钱了，因为每到攒够一笔钱，看着厚厚的一沓，还一部分借款之后就只剩点生活费了。我又开始了计划经济，紧缩一切开支，每月"零存"一点小钱。这种"细水长流法"也确实管用，在最困难的时候，一定能起到雪中送炭的作用，自己为自己解套了。

2007 年，经济紧缺的日子过去了，我的存款又上升到了五位数，甚至还多些，在朋友的劝说下我开始炒股。我说，我那时的头绝对是被门挤了，或者是被驴踢残了，水进的不是丁点儿的事儿。我之前对股市丝毫没有沾过边，却装得像个玩家，在股市的大屏幕前读取着天书一样的曲线，回家在自己的电脑前分析着，一次次地买入自己认为正确的股票。后来那些狗屁的分析全都被下跌的股价闪断了腰，我灰头土脸地关掉了电脑，悬崖勒马了。篮球进去乒乓球出来了。这场在股市上潇洒地进入，惨败地收场的表演就算结束。2008 年的年尾，我抛掉所有股票，存款仅仅剩了原有的二十分之一。此刻，我又一次逼近了零存款的记录，还好，彼时的我清醒了。

选择一种生活方式，也就选择了为之付出的代价。人生充满了意料之外的事，千金散尽可以复得。这是我无数次告慰自己的原话。

其实人生就是充满了无数个意料之外的事情。就在这一年，中国的经济形势处于劣势，房地产市场降温幅度很大，朋友提起了北京周边的房子便宜。于是我拿了炒股败阵余款，又从银行贷了款，甚至我把住房公积金都收刮得一干二净了。在 2009 年的新年看了房子，这次我不是盲目中买下来，我想着无论如何都比炒股强，再怎么房地产市场不好，我的房子还在呢。这年我手头的钱紧张得不能提，我陷入了一种岌岌可危的境界，内心真的被土崩瓦解得一无所有了。

上帝可能是眷顾我的伤痛，在新年伊始中，送了我个大礼包。次年京郊的地产升温，我的那点小钱逐渐在恢复着初进股市时的姿态，同时我的心也跟着舒展着。再以后我不再关注那房子的价钱，我已经把它租出去了，租金就可以还了贷款，我完全没了后顾之忧。这时，我整天蒙头干事，什么都不去想，将一个精力充沛的自己放到建筑行业。我说那时的我就是被青春闪了一下腰，我的存款由负数又一次突破了零，开始了增长。书上说这种存钱方法叫"迅速致富法"，我觉得我有点像龟兔赛跑，我是那个边跑边打盹的兔子。

就是这些有智商无情商的做法，一直伴随着我走到今天，在一个个危机中挺过来，存款由自我满足跌到沮丧，再从零中崛起。荒谬中自我安慰：钱就是个流通的东西，若硬要死死地按着它不动，那它如何产生价值呢？于是我开始消费一些原本不打算买的东西。并且我还发现这些东西似乎有温度，有时确实可以暖一暖心，满足感油然而生。

说实在的，其实我手里始终没钱，即使没有了钱，也还是有人惦记着我的钱。借钱成为寻常。偶有一天亲戚朋友张开嘴，我不敢说没钱，不是怕笑我经济短缺，而是怕对方难受。我慷慨解囊支助，还钱的日子却是遥遥无期，本来是好心帮助，结果钱借出去了就再也不提了。一日朋友说起别人借她钱的事情，她痛苦地说，因为要钱把亲戚都得罪了。这叫什么事啊？无奈之下我劝朋友，也是劝自己，什么时候还就还吧。我也是有过借钱经历的人，但是每一笔借到的钱，我在上面都记载着感恩，还钱的时候总是滴水之恩涌泉相报。突然觉得钱是人世间多么结实又脆弱的一条纽带。

钱的事儿，说来话就长。挣钱是一回事，那是体现了你的能力；花钱又是一回事，那是体现了你的实力；存钱那事儿，我不说那些灰色的收入，太据风险，不能尝试，还是试试"细水长流法"和"迅速致富法"吧。很管用。

逛鬼王满银

合上《平凡的世界》一书，我感动于路遥艰辛磨难的人生历程，心随着书中人物悲喜交织着。

王满银是兰花的丈夫，一个地地道道的逛鬼，二流子。从开始我其实就不是太讨厌这家伙，就像兰花对他一样，给予了很高的希望。王满银最出彩的是第一次卖老鼠药，那能说会道的嘴是游走江湖的利器，就凭着他那敏锐的洞察力和这利器，如果不是因为时代的阻拦，那他一定是个人才。王满银能放下面子，用他三寸不烂之舌，游说到人们对他有了信任感，对他的产品了解得彻彻底底，感觉他的老鼠药在瞬间成了老鼠的致命武器，似乎听到了无数只老鼠恐慌乱窜的闹剧在上演，之后就出现了无数只老鼠"吱吱"几声后的垂死挣扎。王满银自己对自己的状态是满意的，兰花因为在最需要爱情的年龄，得到了满银春雨绵绵般的滋润，绽放出绚丽的爱情之花，那个微笑慌乱了兰花的年华，丰盈了兰花的生命色彩，因此兰花对满银的爱是执着的。即使王满银满世界地乱跑，只有在岁末年头才逛回来，但兰花对这个逛鬼还是充满了爱恋与牵挂，不离不弃，爱意浓浓。

逛鬼王满银最没认清自己的一次是那次他领回来的"南洋"女人。当时他的那德行，真该撒泡尿照照自己再行事，但是他的确是认不得自己了，真的逛成了个鬼了啊。瞧瞧他那发型，那个随行的"南洋"女人的打扮，真的是乌鸦不嫌猪黑。男盗女娼的那种龌龊外形，肢体动作流露出来的那种暧昧关系，以及与兰花对话时的那种敷衍了事的行为，最终还是漏气了。兰花因为对他给予长长久久的思念与爱的希望，性的需求，而他却在兰花的眼前与那个领回来的女人耍开了流氓。当一个女人对眼前的一切一切都看透时，她的心陡然间降温到了冰点。王满银是个人人厌恶的逛鬼，但兰花却始终如一地不卑不亢地爱着这样的人，她是爱情的守候者。但眼下，兰花崩溃了，她的希望，她的期盼，在近距离的考验中颠覆得无影无踪了。兰花别无选择，索性喝下了这个逛鬼卖的老鼠药，爱情在她的世界里凋谢得残枝败叶，生活失去了方向，告别就在眼前。

此时此刻，这个逛鬼王满银被大舅子痛打了一顿，南洋女人仓慌逃离。当王满银发现兰花喝了老鼠药时，他那鼻涕眼泪擦不完流不尽的落魄逛鬼样子，真是可怜可恨可气！还好，王满银这个逛鬼二流子，真的是个"人才"，卖老鼠药还有真有假，兰花正好吃了假药，虚惊一场，王满银庆幸地无话可说。这件事给逛鬼王满银着实上了一节课，让他那朝三暮四、招蜂引蝶的劣质品性，得以控制。但那颗永不安宁的心还是没有收回来，逛鬼又一次启程。

当逛鬼王满银在上海的小旅馆被警察敲醒时，他惊颤抖栗的身子，语无伦次的言语，孤寂落魄的模样，让我好可怜这个常年流浪在外的中年人。当他送走警察，拿起镜子看到镜中的这个逛鬼时，满脸的憔悴，头发灰白，环境的窘迫，让他顿时觉得那个小山村是那样的美，他是那样地渴望回到那个女人孩子热炕头的窑洞！他从镜子里看到了此生走南闯北，逛鬼当了大半辈子，却一无所有的穷酸相！这个逛鬼此刻极度地思念家乡，想念兰花和孩子，他懊悔得一塌糊涂，恨不得即刻回到家乡。逛鬼王满银实实在在彻彻底底地失眠了，他在绝望中坚强起来，他回家了。

逛鬼是幸福的、可爱的、兰花是宽容的、善良的。兰花接纳王满银，因为在这个逛鬼身上储藏着一种让她看好的东西，他的那种淳朴的气息还是存在着，他的那种深深地爱着兰花的情结，兰花心里有数。因此他们的爱经过了坎坎坷坷的生死考验，逛鬼还是被爱人接纳了，被世人原谅了，幸福便慢慢渗透着滋润着这个曾经破碎的家。

逛鬼告别了逛鬼的生涯，这是命运对王满银的一种眷顾，是爱人对他的一种信赖，是孤旅生涯的厌倦与疲乏，是故乡浓情厚爱的感化。在我心中，逛鬼王满银还是个真正的纯爷们儿，我喜欢这样的真性情男人，能屈能伸。

人生不怕失败，有爱还可重来。

杜梨树下的等待

是一指轻柔绕过了最美的年华，而他却在一指轻柔间爱你；是一场激流倾泻了爱的双肩，而他却在一场激流间寻你；是一棵树下许了一生的承诺，而他却在一棵树下等你。这就是路遥《平凡的世界》里的孙少平和田晓霞相约在杜梨树下的梦，被一场激流冲打得支离破碎。就像泰戈尔的那首诗里所说的生如夏花，死如秋叶般的芬芳。

孙少平无望中返回了煤矿，开始了无止境的思念，此生此情可待成追忆，惘然一片。从此无心爱良夜，孙少平独守孤寂，梦里百般妖娆，晓霞婀娜腰姿，裙摆在他的幻觉中起舞飞扬，醒来依旧在恍惚间飘荡。爱人已去，纵有万千种风情，更与何人说？

　　《平凡的世界》中感人的爱情画面很多，但意想不到的变故也随着剧情在跌宕起伏不断刷新。孙少安和润叶的唯美爱情遭遇的种种时代与人情世故所造成的不幸；润叶与向前那种一人在爱情里寻死觅活的陶醉，一人又在爱情的坟墓里挣扎痛苦的呻吟中冷漠，最终因为怜悯走到一起的无奈婚姻；秀莲与孙少安牵手人生的平淡、穷困、奋斗、困惑以及最终命运的捉弄。一出出戏，每一出都有苍凉的景致，每一出都有幸福在沉淀。孙少平与田晓霞的爱情算是甜美神往下的一个谎言，我在叹息声中与人物做了道别。心祈祷：愿这爱的永恒在轮回中转世。

　　孙少平在《平凡的世界》中是路遥的个人写真照。我读着孙少平的个人经历，仿佛看到了路遥在深夜独自坐在陋室里，烟雾缭绕着他的世界，一杯咖啡提神，一只老鼠作伴的寂寞人生。他正在撰写着自己的人生，饥饿、潮湿的困惑，情感、婚姻的纠结，病痛、寂寞的折磨。无一幸免地缠绕笼罩着他，像乌云压顶，有时他呐喊这漫长艰难岁月，对一位年轻气盛的青年的毫无眷顾的残酷。有时他又欣慰是这困苦，磨炼出了他不畏惧一切的坚强意志。

　　田晓霞是一位青春貌美，活力十足、敢爱敢恨、家庭优越的善良女子。她虽然生长在干部家庭，但她不娇惯做作，没有飞扬跋扈的小资性情，内心深处有着对弱势力的同情与理解。她漂亮但很矜持，她对少平的爱是纯洁无眼的，她小心翼翼地呵护着这段感情，生怕自尊心极强的少平在她面前失去信心与尊严。她爱他就选择了朴实无华，爱他的脆弱和坚强，爱他的言谈举止，爱他就把他当成了一片蓝天的广阔、一湾海水的清凉、一朵夏花的美丽、一生幸福的守望。晓霞就是这样无畏地爱着少平，少平更是执着地思念着对方。他们的世界充满了思念、激情与梦想。

相约在杜梨树下。他们将要结束恋爱长跑的奔波，要走向爱情成熟的家园，铸就一个永恒的经典。然而，美丽的女人却消失在了茫茫的水天一色，任凭少平如何设想，终究现实残酷地封杀了他们的幸福。晓霞已经消失了，命运狠狠地跺了少平一脚，一下子把他从幸福的前沿踢到了漆黑无望的悬崖。他茫然失措地靠着回忆生存在痛苦的煎熬中，还好，在他的生命中遇到了同类的遭遇，弱者与同病相怜的苦，使得他有了心灵的寄托。少平今后的生活将与嫂子，侄子相连挂，如此的家庭是一种新的开始，与杜梨树下的梦截然两种颜色啊。这其实也是路遥的平凡人生的一个缩影。

杜梨树下的等待已成回忆，爱在遗憾中散落于心灵深处，但痛终究还是会被岁月吹散……

从阳光灿烂到星光璀璨——读霍金的《我的简史》

午后的阳光慵懒地洒在我身上，轻轻合上霍金《我的简史》，脚慢慢着地，我伸了伸腰，闭上眼想着书中的情节。

霍金，英国科学家、物理学家、数学家，思想家，哲学家等等一系列的头衔。全名斯蒂芬·威廉·霍金，1942年1月8日出生于英国牛津，出生当天正好是伽利略逝世300年忌日，父亲法兰克是毕业于牛津大学的热带病专家，母亲伊莎贝尔1930年也毕业于牛津大学。

他21岁得病，斜斜地在轮椅上度过了半

个世纪，现在还好好地活着，并且还在用他那仅可以动的两个眼珠子和三个手指头创造着奇迹。

《我的简史》讲述霍金演绎了"渐冻症"患者的传奇，走过了几乎不可能的旅途，他从战后的伦敦男孩成长为国际空间站光辉灿烂的学术巨星。书中的他毫不掩饰自己的世界，谦逊幽默地描述着自己的快乐童年，婚姻状况，人们看到他的第一时间的惊诧，以及面对早夭的前景如何迫使自己取得一个又一个智慧的突破……

霍金的童年可以说是阳光灿烂。虽然他生于二战期间，但这毫不影响他童年的幸福生活。父母为他们创造了舒适的生活环境，尤其是父亲买来的那辆吉普赛的帐篷车，更是给他带来了无尽的欢愉。童年时代他的聪明才智就凸显出来了，他极度喜欢电子科技产品，以至偷偷地拿了钱买了一个电动火车。他尤其喜欢和威廉一起创作，致使他十来岁就组装了电动飞机和轮船模型。他很粗线条但对于一些研究性的问题总是很细致。这样的好习惯就导致他走向了科学世界，走向了牛津，走向了探索宇宙的神秘世界。

最佩服的是他发现自己越来越管理不了自己的腿脚，明白自己的病情，不是沉沦而是崛起。21岁的青春年华里，遇见的是如此残酷无情的现实，面对的是自己宏伟远大的梦想，他说他将迎面而来的是悲剧人生。其实所有的悲剧都是激昂振奋人心的，包括霍金。在他得病后他遇见了简，这是他第一任妻子，当年他们是美好的。他们在几年内还创造了几个孩子，真的是一件罕见的大事。霍金在爱情与子女的家庭氛围中，事业突飞猛进。不过任何人和事都有他的缺陷，霍金也一样。上帝保佑了他的生命，成全了他的家庭，但爱情还是出现了问题。他离开了简，选择了自己的秘书，第二次组建家庭的他，主要还是建立在为研究宇宙学，以及为他的黑洞研究。现在我用一个平常心来看一位伟人，感悟：他们是为这个世界诞生的，他们是为人类拥有更好的环境，更健康的生存空间而活着。霍金还说过这样一句话：他这辈子一定不会去研究生化武器，他不想让人类生存的环境存在风险。可见霍金还是上帝赐予人类的和平使者。

如今霍金在宇宙界、学术界继续奉献，尽管他那么无助地坐在轮椅上，他的思想却使人们遨游到广袤的时空，渐渐解开宇宙之谜。吴忠超这样评价他：如果我们以大尺度来看宇宙，也只有他这一流的人物及业绩和星空同在。我这样写他：他是上帝派来的使者，日夜兼程，从阳光灿烂到星光璀璨。

毛姆说：阅读是一座随身携带的小型的避难所。这真是一个上好的比喻。阅读可以丰富我们的生活，拓宽我们的视野，掠去我们的平庸，激进我们的心志。一本好书可以让我们获得极大的勇气，甚至可以改变我们的命运。

再说散步，古语有：古之老人，饭后必散步。于是总觉得散步是老人的生活，我如果也是这般的形式，估计是跨入了年迈的行列。但是又见培根之说"散步利胃"，摸着每日饱胀的胃，静等夜里慢慢舒平，且时不时还疼痛起来，于是在夜里顺带遛狗也把自己给遛了一圈。

看过闫红写他小舅爷，说小舅爷是个平庸乏味、突嘴拙舌、笨手笨脚的人。任何事情在他面前都具有高难度，他是个很容易被人们忽视的人，也是一个很容易被命运整怂了的人。但是小舅爷认识不到这些，他只认识书，他是掉进各种演义，各种传中的人。因此他活得不烦不燥，不温不寒，那些书中的人物就能和他分解忧愁烦恼。如果小舅爷不喜欢读书，那他早已经被黄土埋没并分解了。可见读书丰富饱满了小舅爷的生命。

当前活跃的正是老虎苍蝇一起打的节奏，一天我无意中看到了一则新闻，曾经的两位高官在面对法律时的两种迥异风格。一位官员呐喊冤屈，几天之内面容消瘦憔悴不堪，精神萎靡，无法淡定，更无法面对森严的警员，莫测的高墙。不多久这位落马高官各种病症袭来，在急救线上悚然落幕了。另一位落马官员与前者判若两人，他在法律警官面前表现出来的是从容自若的淡定，他不否认事实，面带微笑，是鄙视还是轻蔑亦或是一种解脱，谁都难说清。他是位极具知识性的人，他的爱好之一就是看书。时过境迁，虽然眼下他没有书可读，但书中的那些沉淀的精华，在他的内心里产生了多大的影响力，让他城府了怎样的遇事境界，这只有他自己知道。我对落马的官员并不感兴趣，我只是觉得书是一种内在的力量，它在你需要的时候可以救助。

一下子想起了刘晓庆，她是一位爱读书的人，也是经历了炼狱锻造的人。在狱中她选择的不是沉沦而是涅槃，在寂静无声中的重生，的确如此，眼下的她就是被脱胎换骨般地重生了。她庆幸自己能有如此多的时间去阅读，珍惜着在狱中的这些时光，她没有颓废，反而更加年轻起来。出狱后她看着几年来阅读过的那么多书，说是书籍成长了她，感谢那些文字。在这儿我不是说遭遇牢狱之灾是件多么痛苦又幸福的事，而是说书海有路，它能指引你的心平静下来，将你从不幸的泥潭中拯救出来，让你在误入风暴骤雨中夯实了脚步，安置好眼下与未来。拂去曾经的沧桑，看清自己的不足，留下静美岁月。

　　读书也要分心情，我读书必须是头脑清醒时的事。清晨跑步之后，居家收拾停当，此刻落于书房，静静地享受着书香世界的幽雅。什么都不去想，心思全都放在书上，读传记类作品，感悟着作者奋斗过程中的种种艰难，欣喜着他在成功面前的感动。读到散文随笔类的书籍，我必是准备笔和本子，这样的话方便我看到优美的语句就摘抄下来，以备日后翻阅享用。我的灵魂不强大，性格又暴躁易怒，稍有不如意，时刻都会如同弹药库一样炸翻天。有时因为一小点不顺心又会万念俱灰般的丧失理智，似乎有人生殆尽般的灰暗，好长一段时间总是难以豁达。幸好书籍在生命中充当保护伞，将我人性中的两面隔离开来，淡定了暴躁，抚平了忧伤。

　　散步的好我总是不言而喻。以前认为古之老人的事，现在不是这么认为了，散步也是一件幸福的事。我散步不喜欢有同行者，爱一个人走，这样我就有了更多的随意性。我可以想当下自己的人生，构思一篇优美的文章。我可以快走也可以放慢一些，可以驻足观望对面的彼岸花，又可以在思想里去骂一个让我生气的家伙。散步有太多的空间和时间来完成我在读书和工作中无法去想像的事情，散步不但是健康了身体，还能将心里积压的某种东西给燃烧成灰烬。散步不就是走走吗？但也是要学的。散步要有持之以恒的决心，耐得住寂寞的心灵，从灵魂深处要彻悟到这是一种成长的需要。要不我说散步和读书其实是一样的，都是对人心智的延伸，宽度的扩展。

　　散步是一种心灵的享受，是一种钟爱的生活状态。脚尖轻轻地拂过大地，缓缓地迈着步子，沐浴着阳光，静听属于自己一个人的世界里的春夏秋冬，喜怒哀乐。一个人的散步，一个人的旅程，一个人的世界。当走累的时候，找一个椅子坐坐，"看庭前花开花落，荣辱不惊，望天上云卷云舒，去留无意。"这种感觉可谓心灵的洗礼。

散步之外的时光去读书，读书能使人睿智豁达，美丽优雅。每每触摸着心中挚爱的淡淡的墨香，那些充满灵性的文字，抚慰着我的灵魂，让我体味到生活的韵味，领悟到人生的哲理，感受到精神的富足。使我的思想进入了超凡脱俗的境界，怡然自得！"唯有书香能致远，腹有诗书气自华。"书，就像散步累了时的一杯水，黑暗中的一盏灯。

我们生存的城市并不宁静，是一个喧闹世界的缩影。我们总得寻找一种属于自己的世界，感受散步的曼妙，品味读书的静韵。当我们把散步和读书植入心壤，那在我们满脸皱褶如菊时，亦可用优雅的姿态闲庭信步；在我们双手青筋如虬时，亦可静怡地捧着书灿烂如初。

就这么轻轻地合上了书，一杯浓茶已变得清淡，看到了茶的风骨。像极了一位经历了沧桑的红尘中人，几经千回百转，擦去了岁月所有的颜色，终归简洁素雅而平淡安静。

数日来，我总是在焦灼中深夜不眠，于灯光下孤影独坐。暗夜里有明月星辰相伴，有细雨蛙声陪同；看秋风吹打落花的低吟浅唱，寒风卷雪肆意地狂舞；听着爱人孩子低沉而均匀的鼾声，听着小狗窸窸窣窣走来踱去的脚步声，听着自己敲打键盘的嘀嗒声。终了，心累时，不敢让自己伏案浅睡，只是默默地告诉自己，写一本书总是有太多的艰难。任何的经历都伴随着苦痛在里面，要不何来的幸福？心中的那个灯塔就在那边，看着就不远了。

于是，我的心被那闪烁着光芒的灯塔指引着，随心所欲地写字，平静地修行，慢慢地前进。

是的，这路子是走得有点慢了。从十几岁喜欢的事情，半世追随，于烟火人间，安得割舍？纵然明了写字是一件辛苦的差事，太过耗费心力。不论是描摹景色人文，还是倾诉一段或忧伤或唯美的爱情，都要把自己静静地放在那个境界之中。期间的劳累，无以言说，只有自己在慢慢喝一盏茶，静静品一杯酒时，方才可以吞咽那不堪回首的时光。一切的疲惫在情感的墨香中、漂浮的淡茶中、摇曳的红酒中，平静安逸下来。

其实认真地决定坐下来写作就是这两年的事情，因为爱，所以这么耐不住寂寞的人也就静了下来。想着，在文字的世界里，能安放下一颗不羁的灵魂，这也实属不易。开场白已经唱响了，命运的交响曲突然间变成了休止符，虽然独守寂寞心中难免有一丝怅然，仍在淡淡的岁月里度过了无数个日夜，一袭温暖在尘世中开花并幸福着。

深信文字是有生命力的，是有无限魅力和蛊惑力的，不然怎能有弃医从文之说。文字是在和灵魂对话，躯体只是个随从。于是用笔墨记载了我半世的癫狂，倾诉了我半世的忧伤。

企图，润湿了笔墨不想取悦谁，只是想留下这些年的经历，于黄昏之际，从头回想。看到那个曾经年少轻狂的自己，欣赏那些走过路过的风光。后来，你走进我的世界，我走入山河百川，文字游刃于心间笔端，于锦瑟年华汇流成河。

如若你没有来我的文字世界里走过，我亦没在你的城堡滞留，我没带走你的心情，你未曾记起我的容颜。那，你在我的世界里，我在你的城堡里，你还是你，我还是我。

　　既然降落人间，理所当然要勇敢地走下去，才无愧于心；既然你走进了我的世界，我定然不会忘记你的容颜。年轻的时候，极想离开那个束缚着自己的家，就像现在孩子生气说的，要漂洋老远老远。从来没有顾及过母亲收拾东西时，眼泪已经成串滑落。那时的光阴是用来浪费的，日子揉碎后无法再去拼凑，慌乱中感慨蹉跎了岁月。最终那些残局还得自己扛着。即使你流泪挽留，即使我倔强离去，你始终还在我的世界里温婉成一朵莲的美丽，温润着我的心房。

　　蓦然回首，人已到中年。走进我世界里的你，再不想让岁月遗忘，好好珍惜，好好善待。殊不知，你我都在这个世界里，表演着自己，或丑或美已演尽了半世浮华。往后的日子里，你便住进了我的世界，倘若还有精力登场，戏里戏外我陪着你，从容自若，随缘喜乐。只因，我的世界里有你走过！

后记

走过山长水远的流年，以为过往早已烟消云散。然而，愈到中年，愈要生出许多的况味，晕染着，喧闹着，幸福着人生这寂寥的舞台。人生从开场到落幕，若去细细回味，那该有多少的篇章去抒写。走过了，想啊，写啊，原来有一种岁月叫——因为懂你。

因为懂你，我独自静静地躺在你的怀里，你将我瘦小的身躯爱抚着，亲吻着，滋养着，我由乳臭未干的雏鸟渐日茁壮。我懂你多年来的艰辛，懂你在岁月中跋涉过的沧桑，懂你内心深处的呼喊与沉默。你是流淌的溪水，涓涓漫入我的心田。

因为懂你，我知道你一生的不易。你背负着文人的才情，在矿井里不见天日的劳作。滚滚的煤流，没有浸没你奋斗的决心，流落的汗水清洗着你的灵魂，你更清晰地看到了未来。你付出了常人好多倍的努力，换来了今生的安逸。你是雄壮的大山，让我感受到伟岸。

因为懂你，我走进了你的心海，感受着你坚实的臂膀，火热的心跳。

无论我们在一起有多久，你始终像我牵手的新郎。你是我美梦的开始，直到将这个梦带到地老天荒。我是青花，你是瓷。因为懂你，不怕烈焰炙烤，不弃不离。

因为懂你，你的一言一行都刻在了我的心上。我的世界，是你开启了我新的篇章，你明媚了我的眼眸，充盈了我的时光。一山一水的游历，一朝一夕的过往，变成文字，在将来没有我陪伴你的日子里，供你回想。你是我的生命，此生平淡，却因你绚烂。

因为懂你，我一身灰尘，行走在异乡的路上。我走在茶马古道上，看西风瘦马斜阳；我走在丝绸之路上，想大漠驼铃胡杨；我走在繁华的都市，看人来人往；我走在烟雨迷蒙的江南水乡，磨光了的石级，记载了千年的孤寂与沉默，我想起屈原的苦痛、李白的忧伤……我走在他乡的路上，像游子一样地思念着故乡。他乡是他乡，不是我的故乡。因为懂你，我感受着你跳动的脉搏，因为懂你，我又走在回乡的路上。

四季轮回，为美好漂泊，为信仰执着，为梦想流浪，为远方朝圣。这一岁岁、一程程，将过往浓缩成悲喜交织的剧情，编织成跌宕起伏的故事，绘制成五彩缤纷的画面。不管明天天寒地冻，不管明天昼长夜短，不管明天花开花落。我依旧将岁月剪成烟花，和着你的美丽看尽日出日落。不为别的，只因懂你。